De hel van LIMELICHT

她的罪名

by

Susan Smit

—

[荷兰] 苏珊·斯密特 ______ 著　许昕宇 ______ 译

贵州出版集团
贵州人民出版社

图书在版编目（CIP）数据

她的罪名 /（荷）苏珊·斯密特著；许昕宇译．-- 贵阳：贵州人民出版社，2023.11

ISBN 978-7-221-17900-5

Ⅰ．①她… Ⅱ．①苏… ②许… Ⅲ．①长篇小说－荷兰－现代 Ⅳ．① I563.45

中国国家版本馆 CIP 数据核字 (2023) 第 170686 号

TA DE ZUI MING

她的罪名

［荷］苏珊·斯密特 著　　许昕宇 译

出 版 人　朱文迅
策划编辑　杨　悦
责任编辑　潘江云
装帧设计　樱　瑄

出版发行　贵州出版集团　贵州人民出版社
地　　址　贵阳市观山湖区中天会展城会展东路SOHO公寓A座
印　　刷　环球东方(北京)印务有限公司
版　　次　2023年11月第1版
印　　次　2023年11月第1次印刷
开　　本　880毫米×1230毫米　1／32
印　　张　9.25
字　　数　180千字
书　　号　ISBN 978-7-221-17900-5
定　　价　49.80元

献给我身后千千万万名受贬低、受嘲弄、受诋毁、受排斥，乃至受到处决的女性。每年五月，白色的茉莉花会为你们盛开。

“乌托邦是一个差异仅存的世界，因此，特立独行将不再会受到排斥。”

——罗兰·巴特，1975年

· 1 ·

1674年，7月。

我拉开百叶窗，将它们固定在窗户两侧，屋内便迎来了清晨的第一缕阳光。远处的地平线上似乎燃烧着天国降下的火焰，粉黄相间的微光淡淡闪烁。月亮迟迟不愿隐去，散发出的银色光芒却也渐趋微弱。大地仍在沉睡着，等候着。很快，冬小麦和冬大麦就能够先后播撒在这片田地上了。

凉风拂过，我不禁打了个寒战。是时候穿起衣服了。我将笨重的深褐色胸衣紧紧束在睡衣外头，穿上黑色长裙，系上腰带，围上黑色围裙，最后再戴上一顶白帽，好把我那日渐稀疏的花白辫子都塞进去。

突然，一阵可怕的砸门声打断了我。砸门声越发急促，我急忙跑去开门，用颤抖的手指拉开门闩。一群端着火枪的男人推门而入，险些把我撞倒。他们一副军人模样，两名男子上来抓住我的胳膊。

“你们在干什么？”我大喊。“你被捕了。”一名军人答道。

“为什么？我什么都没做。”“你待会就知道了。”

我刚穿上木鞋，围上披肩，就被他们推搡至门外，塞进马车。一个军人进来坐在我旁边，就好像我是个妙龄少女，会随时跳下车逃跑似的。为了抑制我那过快的心跳，我将双臂交叉放于胸前。就这样，我们驱车驶往林布里赫特。天色尚早，沿路的农庄村舍仍紧闭门窗。最终，不出我所料，我们进入了一栋城堡的大门，在一片空地上停下了。

一位戴着高顶礼帽的男人正等着我们。我认识他，自他还是个孩子时便认识。看看他现在的样子，哪怕作为一名律师，身着正式制服，裤子也依旧过于肥大，裹在那双小细腿外的两条裤腿不住地扇动。

“听好了，恩特根·路易顿，”该男子神色庄严地说，“作为法庭的信使，我在此宣布：根据执法官和市政官的命令，于今日，即 1674 年 7 月 10 日，以使用巫术的嫌疑，将你逮捕。”

我没有辩解的机会。士兵们押着我穿过了城堡前的空地，途径牛奶场，再过了桥。城堡的台阶下方有一扇开着的门，一个士兵把我往里推，又用枪管指着我，让我下去。经过厨房时，我闻到了刚出炉的面包的香气，女佣们就站在炉子旁边，惊讶地注视着我。之后，我们就到了一处潮湿、昏暗的小房间，地上还铺着稻草。我还没来得及转身，门就从外面被重重地关上了。

我在这牢里来回踱步，试图理清思绪，让自己冷静下来。

我不会在这里待太久的，最多不过一两个星期罢了。我将为自己辩护，他们只能释放我。绝对不会有支持这项指控的证据，此案一定会被驳回。这桩案子就是在浪费人们的时间和精力。

没有人知道我在此处，来城堡的路上也没有一个目击者。最好的情况，磨坊主可能会意识到我没有在第二天拿上牛奶和鸡蛋去他那儿换取面粉；我的朋友尼尔可能会去拜访我，然后发现我没在家；我的邻居，雷尼尔·赫尔曼斯，会注意到我没在地里干活，他和他的妻子会听到我养的小鸡仔、小公鸡、兔子和猪因为饥饿而叫个不停。他们会照顾好我的动物——那两个守财奴，如果我要饿死了，他们连一颗卷心菜都不会给我，但他们却不舍得让动物饿死。当然，动物产下的肥料，他们肯定是会用在自己的农场里的。

再过四天就到周六了，离这里不远处的广场上会举办集市。毫无疑问，流言蜚语会首先在那时传开，不然的话，人们也会在周日的时候从库斯特神父的布道中听说这一消息。打从我记事以来，圣萨尔维乌斯教堂就一直受到当地领主的摆布。我已经几乎要听到那位神父的怒号了：

“那些和撒旦私通的人，必将承受上帝的怒火！”

接下来，他很可能会面向那位领主说些慷慨激昂的话。那位领主，赫尔曼·温南德·范·布雷尔男爵，作为上帝的仆从，守望着一方村民，让他们的安全能够得到保障，让他们的灵魂能够得到救赎。最后，他们会一同祈祷，祈祷那邪恶的恶魔之力会被再一次击败。

林布里赫特的人们会因我被逮捕而感到惊讶，但不会因此而悲痛——除了尼尔。其他人更有可能把那些陈年旧账都翻出来，眉飞色舞地讨论。也许有人会看到一些可疑的预兆，比如一只乌鸦，或是一轮月晕；另一些人认为他们的怀疑最终会得到证实；还有一些人，他们相信我的灵魂仍然可以得到救赎。让他们说去吧，我才不在乎他们是怎么谈论我的呢！

每当人们看见我，都会说“那个老东西又来啦”或是其他更不堪入耳的话。对于一个 74 岁的老人来说，我的听力还算是不错，但其他人并不知道这一点，因为我一直装作听不见那些话。装聋作哑替我省去了许多麻烦，同时，我也经常装作老眼昏花的样子，这样就可以顺理成章地不用理会别人了。只有在与别人擦肩而过时，我才会点点头和他们打个招呼。这也是年事渐高带来的一个好处吧。

人们嘲笑我钢铁般的冷漠，却也在某种程度上尊敬它。“你可不能去愚弄那个老顽固。”人们在我背后说三道四，恶毒的言语中夹杂着些许肃然。对他们来说，他们害怕自己的名声受到玷污。他们甘愿变成温顺的绵羊，或是其他被驯服的物种，以受人驱使。他们宁愿牺牲一切，只为保全自己的好名声——他们会放弃自己的欲望，放弃自己的天赋，放弃自己可悲的生活中仅剩的一丁点乐趣。他们不惜做到这份上，是因为他们相信，无忧无虑地享乐生活最终会使人堕入魔鬼的圈套。他们伸长脖子，伸进教会、领主和整个社会为他们准备好的枷锁之中。

我的存在虽不显眼，却也为人们所熟悉。我是个活生生的证据，证明着亘古不变的存在。我的存在也是林布里赫特的一部分，就像广场上的那株山毛榉树一样，经历了每一场风暴，遭受风吹雨打，却仍屹立不倒。

现在正值仲夏时节，这牢里却有些冷，到了冬天，这儿肯定要成冰窖了。牢房的墙是由石头砌成的，很厚，而且有一部分嵌进了地下。上方是拱形的天花板，拱很高，侧边的部分与墙相连。房间里还有四扇小窗户，透着些许日光。从窗户和门的缝隙间，流动着仅有的新鲜空气。今天天晴，阳光仿佛一道道细长的缎带贴着墙壁铺下来，洒落在地面上，映出淡黄色的稻草。

到了这天快结束的时候，门外传来了“咔擦咔擦”的声音。一个面色苍白，身形瘦长，约莫十八岁的男孩走了进来，手里托着一个锡制的盘子。我认出了他，他的父亲是个铁匠。他那些年长的哥哥们都随着父亲一块儿干活，有这么一个在法庭里替执法官办事的儿子，他们家一定感到很骄傲。

“晚上好。”我首先开口。

我以前曾听过他的名字，但一时竟想不起来了。看着他警惕的神情，我也没敢开口问。

“晚上好。”他嘟哝着。

他隔着些距离将盘子放在地面上。盘子里面盛着汤，稀得跟水一样，看着灰不拉几的，勺子整个没了进去，还有一小块面包漂浮在汤的表面。他走到角落，拾起那个被我用作厕所的桶。我不想看到他脸上厌恶的表情，便将视线移开。但他拎着桶从我身边经过时，我还是能清晰地闻到那些粪便的味道，只能羞臊地躲到一边。

“他们打算什么时候对我进行审讯？”我问他，但他并没有回答。

“你有听说什么消息吗？”我仍不死心。

他耸了耸肩，没再看我，然后径直离开了牢房。

当你老去时，人们就不会将视线停留在你身上了，你迟早得习惯这一点。显然，衰老对于女性来说意味着丑陋和耻辱，它对女性而言是一种威胁。人们的目光会越过你，看向你的身旁或身后，你对于他们来说不过是视野里一个麻烦的障碍。你变得不再美丽，不再有生命力，也不再有用。

看看我的手吧，淤青的血管爬满了肌腱，皮肤皱皱巴巴的，暗沉的色斑不知怎的就冒了出来，无法摆脱。当一名女性老去，她的双手就会变成这样。

当你久坐不动时，腰的下方会感到疼痛，这是衰老开始的迹象。之后，你会感到骨头和关节处的僵硬，并且一天下来都无法好转。再然后，当你抬起肩膀或是弯曲膝盖时，会听到“咯咯”作响的杂音。最后，你的四肢也会变得不那么协调。

看着这副佝偻的躯体和颤抖的双手，我感到诧异。虽然我的脑子还算灵光，但身体的每一次行动都迟钝而又缓慢。即便如此，我内心某处仍回荡着昨日的旋律，我的心灵仍未老去。

往常这个时候，我会待在家中，坐在窗边的椅子上，做一些修修补补的工作。我独居了很长时间——虽然看起来并不像。我养了六只鸡、两只兔子、两头猪、一只小公鸡、一只喜欢缠在我脚边的猫，还有两头奶牛——每当我出现在草地上，这两头奶牛就会向我走来。这样看来，也许我也称不上孤独。不过，我真正缺少的，是人的陪伴。当你如我这般年迈，死神会将你至亲至爱之人悉数带走，然后畏畏缩缩地跟在你身后，自始至终，寸步不离。比起现世的孤苦伶仃，我相信在死后，我的灵魂会在天国之上得到更多的慰藉和陪伴。我所爱的人们啊，大多数都由我亲手埋葬。我不停向死神祈祷，希望他也能将我带走。但是他把我留在这世上，让我继续受着折磨。死神是唯一有资格下决定之人，他同样不会顺从林布里赫特的那些绅士们——那些绅士们想要通过一次文明的审判将我赶走。

当时机到来时，我会把我的想法和盘托出。我这辈子一直是有什么说什么，从未让男人替我做过主。人们也许会在背后笑话我，但只要我开口，他们就会安静下来。即便我落到这般处境，只要我出现，人们还是会乖乖听话。

· 2 ·

“恩特根，你看到那个了吗？”我的妹妹卡特琳娜兴奋地问道，朝着位于另一边的房间抬抬下巴，我顺着她示意的方向看过去。“有四张床呢！”

在卢达德，我们的床垫是鸡毛和鹅毛填充的，铺在地板上，我们兄弟姐妹几个就挤在这张床垫上睡觉，而我们的父母离我们也只稍微远一点儿。

我们打开了那个房间的木门。

“你的脚再也不会踩在我的背上，彼特的膝盖也不会再出现在我的旁边了，”卡特琳娜舒了一口气，“还有，你也不会再贴着我的耳朵打鼾了吧。你觉得呢？”

她目不转睛地看着那些床，然后推了我一下。卡特琳娜习惯了受人照顾，比如我们的母亲。但作为她姐姐，我照顾她还是更多一些。现在她已经十五岁了，开始有了些改变，变得不再那么活泼，也更有自己的想法了。她微微抬起头，把脸上的卷发拨弄开的样子，颇有些矫饰的意味。我很喜欢以前她身上那股孩童般的稚气，但那股稚气已经消失不见，取而代之的是某种矫揉造作。这种改变对我来说可不太好适应。

实话说，她的这种改变甚至使我感到有些气愤。或许这是因为当我还是个无忧无虑的孩子时，我没有机会蜕变成一名优雅、美丽的女性，而是不得不变成一个事事操心的老妈子，好去照顾我年幼的弟弟妹妹。

1630 年是林布里赫特城堡完工的日子，也是我们举家搬迁至此的日子——除了我的另一个哥哥贾尼斯，他那时年近十八岁，刚从家中搬出去。我们的家乡卢达德是一个小村庄，离这儿几英里远，只有三十户人家上下。卢达德和林布里赫特都和辽阔的格雷泰德接壤。这儿的环境令我感到亲切——广阔的草地，起伏的群山，还有每年八月盛开的紫色花海，弥漫成一片柔和的花雾。但是我们的新房子却和之前大不相同。准确点说，我们在卢达德的居所只是个简陋的小棚屋，那个小棚屋由木头搭成，墙里塞了些稻草和泥巴，外墙沾满了黑色的焦油。屋里只有两个房间，一间用于做饭、起居、饮食、睡觉，另一间用于储存食物和木材。如果天气实在太冷，我们还得让小奶牛待在屋里；无论在地板上还是墙壁上都有很多裂缝，冷冽的寒风透过裂缝呼啸着钻进屋里，一年四季都是如此；而且屋子里也一直充斥着潮湿的气味。冬天时，屋里冰冷刺骨；到了夏天，则热得让人透不过气来。

我们的新房子是由坚固的石头砌成的，足以抵御寒风。屋顶上铺着厚厚的稻草，上面还长满了青苔，远远看去，那些稻草仿佛也变成了绿色。墙上的窗户安了铁栏杆，阳光透过紫绿相间的彩色玻璃照进来，熠熠生辉。

我的父亲皮斯肯是格雷泰德公地的一名管家。他的工作一定做得不错，搬来之后，市里的官员们依旧让他管理林布里赫特的田地和荒原，这可比格雷泰德的地大多了。他的工作就是确保牧民们都将自己的牲畜在公共用地上放牧。在收获季之后，他就着手安排人们放牧的时间和地点。如果有人砍伐的树木超过了自身所需，我父亲会对其进行罚款。打猎同样是被禁止的，只有诸如领主这样的贵族才拥有这项特权。他们狩猎野猪和鹿，其余地位较低的贵族只能狩猎那些更小的动物。

在我整个童年中，只要太阳没有落山，父亲都会在田间地头处理工作。工作之外仅剩的几个小时，他都用来和他的姐夫一块打理一片继承下来的土地。我要是想见他，就只能去地里。

黎明时分，母亲还在酣睡，我们就已经起床，安静地穿上了衣服。父亲会切几块黑麦面包，包好后放进衣服里，再带上一块奶酪和一截香肠。我们就这样沿路走着，穿过田地，踏过奶牛留下的踪迹，直至荒野出现在眼前。清晨的空气十分清新，大地上泛着薄雾，柔和的日光洒下，将雾霭染上黄色，翠绿的草茎上，露珠正闪闪发光。

待在地里的那些时间，我们没什么语言交流。但每当看见有植物开得比往常要早，或是有暗棕色的毛毛虫差点被我踩着时，我父亲都会指给我看。我们一起望着秃鹰在高空盘旋、俯冲，然后仿佛喷薄而出的水流一般再度翱翔升空。帚石楠花的根部中间会长出不知名的小植物，我的父亲就会在这种叫不出名的植物边蹲下身来，摘下一瓣平平无奇、绿中透黄的草叶，然后一直端详着。其时间之长，就连我也看出了它的特别之处。我眼看着这根小树枝抽出了绿色的嫩芽，其细长的叶脉汇聚在末端的一个点，任凭狂风呼啸，这株新生的植物都可以免受摧毁。

岁月在父亲的身上留下了痕迹，他的那些思想、记忆、念头都慢慢消散在空白之中。但是，他似乎一直记得我们一起散步的那些日子。那些日子里，无言的时光也并没有使我们产生隔阂——能一起散步，就足够了。他的步子很大，步伐却很缓慢；我的步子很小，为了赶上他，只能走得更快些。我们能够站在同一块大地上，呼吸同一片空气，就已经很知足了。

对一些人来说，他们直到把你所说的每一个字都推敲清楚才肯罢休；对另一些人来说，他们只是随遇而安。你可以从人们的举手投足间看出来他们是什么样的人。如果我和父亲看到一只蝾螈从沼泽地里探出头来，他只需要给我一个眼神，一切尽在不言中了。

在格雷泰德，当牲畜的数目和上报的不一致时，我父亲便承担起清点的工作。当他遇见放鹅的女孩时，会向她挥手致意。在一个农民那里，我的父亲曾下令筑起篱笆，那位农民便检查该篱笆是否足够结实，能否将牲畜拦在外头。而对另一户农民，我父亲则给予其严厉的训斥。因为那户农民不仅没有严格遵守休耕期的规定，还出于一己私利在土地里种植了豌豆。

到了中午的时候，我们会在小土坡上找个没风的地方休息会儿。我侧头看向父亲，他正凝视远方，神情淡然。在太阳底下，他眯着眼睛细细品味着这广阔的荒野，注视着远方形状奇特的树孑然矗立，注视着淡紫色的帚石楠花肆意盛开，远处的大地上还散落着三三两两的牛群和羊群。纵使日夜交替，这幅景象也从未改变，而我父亲竟从未对此感到厌倦。假如我把这个疑惑说出来，他肯定会辩解。他的确是对的，哪怕是相连的两天，也是完全不一样的。如果你有幸看到我们眼前的这幅景象，你会发现此处的光线、颜色、花草树木，在每个瞬间都会做出改变。

父亲脱下衣服，铺在地上，在上面小心地摆好面包、奶酪和香肠，我们就开始用餐了。

我现在还能够轻而易举地描绘出他的模样——个子不高，却很壮实，眼神非常敏锐。你要知道，他去世的时候，比我现在还要年轻。

1630 年的春天，卡特琳娜、彼特、我的父母，再加上我，我们几个穿过大片的农场、屋舍和一间小酒馆后，才走到了林布里赫特城堡的大门。当时全村的人都受邀前去参加城堡的落成典礼，而我们也才刚搬到这个村子不过一个半星期。经过八年多的修建，城堡总算是在那年完工了。

那是我们第一次有机会见到全村的人聚在一起，认识彼此。我的母亲因此紧张得要命。在那之前，因为安顿好房子就花去了我们所有的时间，我们全家人还从未有机会一起去趟教堂。

“把你的头发塞进帽子里去！”她厉声呵斥卡特琳娜。

我那妹妹看起来十分不情愿，她只往里搂了几缕发丝，好像是故意让它们漏出来一样。

我们来到了护城河边。护城河很宽，上面架着一座三孔的拱桥，通向城堡门前的空地。城堡外部的石壁上有狭缝，还开了一道长方形的门，有一大群人正在那儿交谈。

“嘿，看那儿！那里还没盖完呐。”我指指门口处右侧，那里的墙只搭了一小部分。

“安静点。”母亲发话了。

七岁的彼特穿着他周末游玩时才会穿的衣服，父亲戴着他最好的宽边毡帽。母亲挽着父亲的胳膊，每当有好奇的眼神望向这边时，都会使她十分害羞。好在大多数的人们还是对城堡更感兴趣一些。

“爸爸，那个是什么？”彼特问道。

怀着钦佩的心情，父亲看向大门上方用砖砌成的高墙。

“那里将会印上范·布雷尔家族和范·埃纳腾家族的徽章，”父亲答道，“他们是这里的主人。”

穿过大门，我们来到了城堡前一片巨大的空地，地上铺着浅色的石头。这里的人更多了，甚至还有一个营的士兵也驻守在这儿。从这个角度，你可以看到这片空地上盖着数间马厩和作坊，还有一个大仓库延伸开来，占据了大部分的空间。在牛奶场旁边那条宽阔的护城河上，架着另一座桥通往城堡。城堡修建在相当大的一处高地上，人们在很远的地方都可以看到它。

显然，用砖垒出这个城堡就是为了让人感到震撼——不仅要震慑周边地区那些一心想要占领林布里赫特的统治者，也要让自己治下的百姓感到钦佩。这栋建筑象征着领主的力量凌驾于所有人之上。父亲曾告诉我，所有的农户都必须向领主上缴当年收成的两成，如果其耕种的土地属于领主，那还需要再缴一笔昂贵的租金。当明白这一点后，你就会知道这个城堡其实就是用普通人的财产建成的，但村民们只是惊叹于那些门窗的宏伟。

城堡前的空地上飘扬着许多旗帜，旗帜上是红色、天蓝色和金色，这些颜色代表着范・布雷尔家族。在城堡顶端巴洛克式的塔尖上挥舞着另一种旗帜，上面印着他们家族的纹章。整个林布里赫特和相邻的艾尼格豪森的村庄都笼罩在尼古拉斯・范・布雷尔男爵的权威之下。

仆人们端着托盘四处走动，托盘上盛着果脯和为小孩子准备的柠檬水，水里还浸了椴树花。所有村民都得到了一小杯杜松子酒。作为成年女性，我也接过了一杯，我的母亲也因此对我投来了反对的目光，我父亲却选择了跟我碰杯庆祝。

喇叭声响起，士兵们示意我们踏上第二座桥，由那里通向一个小一些的广场。那个广场上容纳不了所有的人，大多数人只能跟我们一样留在桥上。父亲把彼特举到自己肩上，让他能看得更清楚些。

喇叭声再次响起，尼古拉斯·范·布雷尔出现在了高处的台阶上。他穿着一件剪裁考究的宽袖平领软铠甲，下着西班牙式短灯笼裤，脚踏高筒靴，头戴一顶装饰华丽的宽边鸵鸟毛帽子。他的妻子——玛丽亚·范·埃纳滕男爵夫人——穿着一件华丽的淡黄色低领礼服，面料闪闪发光。她戴着顶花边礼帽，头发梳在前额上方，掖在帽子里，卷发从两侧垂下。我从未见过如此华丽的装扮，无意间瞥了一眼身旁的卡特琳娜，发现她瞪大了双眼，正目不转睛地注视着。

台阶上还有几名孩子，周身上下打扮得和他们的父母一样贵气。

“那些是他们的子女，玛丽亚和赫尔曼·温南德，”父亲跟我们解释，“在他们妈妈后面还站着一对双胞胎小妹妹，叫伊丽莎白和乔安娜。”

男爵大人开始向人群发表演说。

“都结束了……”我好像听到他这么说，还有什么“……保卫我们的自由。”

对我们这些站在后面的人来说，他的话都听不真切，不过我们能清楚地看到他激动的手势和脸上喜悦的表情。到了某个时刻，他的演讲似乎结束了，我们也应该举起双手发出欢呼了。

“万岁！”卡特琳娜和彼特高呼。

我看着人群中一幅幅兴奋的面孔，内心突然涌出孤独的感觉，这还是第一次。把时间往前推移些，当我面对那些飘扬的旗帜、浮华的盛会时，心里五味杂陈，但也形容不出来具体是什么感受。在我们的一生中会经历很多次这样的时刻，我们自认为已经意识到了潜藏在心底的情绪，却需要花很长时间才能弄清楚那到底是什么；而等我们真正弄明白的时候，一切又都太晚了。

距那次落成典礼已有四十多年，我现在竟被关在这繁华城堡的最深处。在这里，就在这有着拱形穹顶的地牢里，我能准确地辨认出第一座堡垒的遗迹，他们就是在这遗迹上建的这座城堡。光滑的鹅卵石墙壁与上方的泥灰质墙壁有着非常明显的区别，另外，这处堡垒的地基是一处人为填造的高地。在过去的数个世纪中，人们会尽可能地占据高位以保卫村庄。在我度过生命中最好的光阴时，这座城堡一直矗立于此，它是强大力量的象征。

在生活中，我们会垒高所有的东西，就像在旧堡垒的地基上搭建一个新城堡一样，废墟上总会诞生出新的事物。世界上不存在无本之木、无源之水——所有的东西都能够向前追溯，虽然追溯的结果可能并不明确，也经不起考究。也许最初只是灵光一闪，就有了一个简单的念头或一次冲动的决定，仅此而已。

也许几十年前就已注定，我会像个老鼠一样被困在这里。之前无数个事件和选择共同造就了如今的情况，如果它们都足够关键，那么只要有一件事情发生，一切都会随之而来，并导致严重的后果。我看重事实，说话不留情面，常因此将自己与他人置于危险的境地。我十分清楚这一点，但为人若不真实，我们该如何成为自己呢？

在这个狭小的空间，我只需九步就能从左边的墙走到右边的墙。被关进这牢里之前，每当我的愤怒就要抑制不住时，我总是能够转身走开。但也许是因为这里几乎无处活动，我从未有过如此强烈的欲望想要把心里话一吐为快。

只有在荒野和树林间穿行时，我才能感到好一些。我踏出一只脚，接着踏出另一只脚，呼吸也慢下来，和步伐保持一致。一步一踏，一呼一吸之间，和谐的韵律产生了，这舒缓的节奏如催眠一般，使我冷静下来。任何思绪都无法穿透这节奏，我的怒火也渐渐平息。

内心的平静使我变得沉着而敏锐。我脑海中首先浮现的，是声音——鸟啼声，虫鸣声，我踏在大地上的脚步声，风拂过树叶和枯枝的“沙沙”声。然后，我注意到了光——这些光时而清晰柔和，时而耀眼过头，直至穿透了最尽头的角落，照亮了太多细节，无法一一入眼。我还看到了近处的草叶，看到了远方连绵的大地，看到了蹦跳的野兔，看到了逃窜的鹿，看到了头顶的天空。空气中弥漫着甜腻的花香，下雨天时会夹杂着水和泥土的咸腥气息。平日里，小溪中的河水泛着浑浊的绿色，而我现在却看见它清澈无比。

散步这件事从不需要我动太多脑子，因为我的身体总是会先一步行动起来。当年老渐衰，我的脾气也变得烦躁、易怒，只有由脚步和呼吸共同谱写的那一成不变的旋律才能抚慰我，让我平静。我可以徒步穿过格雷泰德，再穿过林布里赫特的树林，直到走到我的脚底起泡，也仍不愿停下。

如果不是这数百公里的足迹，我内心将更加容易被袭扰，那些宁静也会变得不堪一击。面对人群时，我也会更加声嘶力竭。那样的话，可能在我四十岁之前，他们就会把我当作女巫带走了吧。

· 3 ·

日子一天天过去，仍旧没有任何消息。他们应该是想要消耗我的精神，好在审判开始前削弱我的意志。自我被捕后已经过了一个半星期。我把牢里的一个角落打扫干净，然后每过一天都在那里摆上一根稻草，就这样数着日子。

我每天只吃两顿饭，要么是稀得跟水一样的粥，要么是汤里飘着的几块碎面包，再配上形状奇特的土豆。吃着这些粗糙寡淡的食物，我已经瘦削了不少，起床时还会头晕。在地上睡觉让我浑身疼痛。我动手把稻草聚拢在一块，在上面铺上毯子，试图让它垫垫我的身子。但是地板丝毫没有变得柔软，仍然十分坚硬，睡了没一会儿，我的臀部、脊椎、肩关节都会酸痛难忍，仿佛要散架一般。我只能小心地来回活动身体，直到血液再一次畅通。

有的时候，当厨房里在做饭时，食物的香气会飘进来，尤其是面包或炖菜出炉的时候，那香气几乎要使我晕过去。但我并不希望他们把炉子搬到别处。如果食物的香气再浓一些，你几乎可以直接品尝到这股味道。我嗅着空气中的气味，幻想着我正把一片面包掰成小块，再放进嘴里，感受那柔软的口感、微热的温度，还有轻微烤焦的酥脆外皮。这些天来，我还闻到了辣豌豆汤的香气——相信我，我甚至觉得我真的喝到了一口。

和父母一起搬来林布里赫特居住的那一年，我已经三十岁，不再年轻，也不指望结婚这档子事了。等到父母不能自理的时候，我作为家中的长女，理应承担起照顾他们的责任。每个家庭都是如此。在很早的时候，我就隐约感觉到，我必须为家庭奉献自己。据母亲所说，我小时候从来没有在地上爬行过——当我十个月大的时候，就能够站立，并且开始走路了。

在我出生整整十四年后，我们家才有了第二个孩子。如果这个时隔多年才到来的孩子可以称作是“无心之举”，那么我的降生就是一场“精心的预谋”。

“把你生下来就耗费了我所有的力气，”母亲经常这么说，“我花了十五年才恢复过来。”

在我的记忆中，母亲在我生下来的头十五年里，总是在祈祷，祈祷自己能够再次怀上孩子。她祈祷的对象包括圣女玛丽亚和大天使加百列。无论是在洗澡、腌制蔬菜，还是采集鸡蛋时，她都会嘀咕那些祷告词。甚至在睡前，哪怕她的双眼闭上了，嘴里仍念念有词，手中紧握着念珠不放，直到数完一整串才能结束祷告，安然睡去。为了能够更容易怀上孩子，她往口袋里放了曼陀罗草，还食用了向日葵籽，转头却又前往教堂点亮蜡烛，以补偿自己做出这些异端迷信行为的罪过。她在胸前画着十字，以祈求上帝的原谅。

当她的祈祷终于得到回应的时候，我也长大到能够照看这些新生的孩子们了。这对母亲来说无疑是个好消息。当贾尼斯出生时，母亲照顾了他两个月，其余的活则都交由我来承担。当她不再给贾尼斯喂奶的同时，她也对这个儿子失去了兴趣。从那以后，她就把贾尼斯扔给我，我负责给他喂食，给他换尿布，逗他开心，好让母亲有时间去重拾自己的信仰，操持家里的事务。

我的情况就是这样。两年后，卡特琳娜出生；七年后，彼特出生。他们的情况也没比我好多少。母亲把她的爱都奉献给了上帝，所以没有多余的爱留给她的孩子。她整日握着念珠祈祷，不断地在胸前画着十字，反复地擦洗屋子、擦亮家具。母亲之所以能够坚持下来，是因为她认为自己有愧于上帝。

年幼的弟弟妹妹们缺失的母爱都由我填补上了。我会抚摸他们受了伤的膝盖，会拍拍他们的头，还会给他们提供有用的建议，大家都能看出来我和母亲并不是一类人。我一直在为弟弟妹妹们操劳，但现在我意识到，这也是为了我自己——我一直在做无声的抗议，我所做的都是对母亲的铁石心肠强而有力的回击。

我童贞仍在，却已然成为一位母亲。我的余生似乎就要这样继续下去。

曾经，我诧异地看着母亲挺着大肚子摇摇晃晃地走着，每走一步都似乎要向前摔倒。每当有分娩的迹象，人们会第一时间从欧布赫里恩叫来我的祖母梅肯。我帮不上什么忙，只需要备好热水和湿布。我认真观察着祖母是怎么在婴儿的头已经出来的情况下，一把将其整个拽出来的。因为祖母上了年纪，不方便再跑这么远，以后只能由我来做这事。

在整个怀孕期间，母亲一直念叨着一成不变的咒语，希望以此保佑婴儿安全降生。到了分娩的时候，低声念叨逐渐变成了撕心裂肺的呼号，就好像只有这样做，神明才能够听见一样。

“大天使加百列啊！”她气喘吁吁地喊道，“守护女性的天使啊！司掌月亮潮汐的主人啊！聆听我的呼喊吧！”然后她会深深吸一口气，等到下一次宫缩到来时，继续尖声喊道：“全能的加百列啊！帮帮我！保佑我能有个健康的孩子吧！”

分娩结束后，母亲会将襁褓中的婴儿放在她青筋遍布的乳房前。每每这个时候，她都会感谢大天使，却从不感谢我和祖母。

作为家中的长子，贾尼斯在教区牧师的家中接受教育。我小时候从未接受过任何教育，却并没有因为弟弟拥有这一特权而感到丝毫不悦。当人们看到鸟儿高飞于蓝天之上时，会感到由衷的喜悦——看着我的弟弟接受教育，我也打从心底里开心。

他学习阅读一个月需要四分钱的学费，学习写作是六分钱，学习算术则是九分钱。有的时候，他会非常乐意和我分享自己都学了些什么。

在我们搬来林布里赫特前，贾尼斯已经成了学徒，跟随一名赤脚医生在锡塔德地区学习。作为学徒，贾尼斯只能做些理发和剃须的活儿，但那名医生也允许他进行一些简单的医治工作，比如采用放血疗法和水蛭疗法。我甚至还能时不时听到他谈论给别人拔蛀牙的故事。

贾尼斯小的时候就很聪明，长大之后也非常理性。终其一生，他都将对大自然的亲近、对灾祸的预示，以及违背常识和理智的知识视作迷信。如果我仅仅因为听见布谷鸟在白天鸣叫就断言第二天会下雨，或是因为看见天上飘着小而薄的云层就断定冰雪会在第二天消融，那他肯定会抛给我一个同情的眼神。假如天气真的有了变化，在他看来也和那些所谓的征兆没有任何关系，仅仅只是巧合罢了。

在我们这里，男孩们都需要走出家门，自谋生计，而女孩们则需要留下看家护院。我的使命就是将弟弟妹妹抚养长大，再陪着父母走向他们生命的终点——那时的我对自己的使命深信不疑。

我亲爱的雅各布改变了这一想法。雅各布跟林布里赫特其他的男人们不一样，他身上没有那种粗犷的气质，取而代之的是某种冷静沉着——用难听的说法，也可以说是笨拙愚钝。早些年间，林布里赫特有许多男人都曾试着来取悦我，特别是那些有家室的人，他们认为可以从我身上找点乐子。他们奉承我，讨好我，细致地打量我，想要弄明白我是否会愿意躺进他们的臂弯以消解孤独。但他们都错了，我并不觉得孤独。只有当你觉得生活空虚，并且想要填补这份空虚时，你才会觉得孤独，而对我来说，我的存在本身就已经是完整的了——并不是作为谁的姐姐或谁的女儿而完整，而是作为我自己而完整。我不需要丈夫，也不需要情人，那种生活并不是为我准备的。这一想法刻在了我的心底，我对世俗生活的渴望也随之被深深掩埋。

然而，我终究是败给了爱欲。

第一次遇见雅各布·博文迪尔特是在一个周六，当时我正走在前往集市的路上，他坐着马车从我身边经过，然后在前面不远处将车停了下来。随着我们之间的距离越来越近，我意识到了这是怎么回事，但是除了继续往前走，我还能做什么呢？他就站在原地，没有转身，就在那静静地等着我，直到我走到他的眼前，就好像主动的是我，而不是他。

“下午好。”我冷冷地向他问好。

“下午好，女士，”他神色有点害羞，“我也要去集市，你愿意与我一起吗？”

“谁说我要去那的？”我有点不悦，径直朝前走去。他赶着马追上来，和我并行。

“我从你胳膊上挎着的篮子看出来的。”他窃喜，这使我更加愤怒。

“请容我谢绝你的好意，我完全可以一个人走去集市。”

他没有回答，显然是不知道该怎么把对话继续下去，但仍然驾着马车缓缓地跟着我。就这样走了几分钟，我突然停下脚步，这样马车就会自然而然地把我落在后面。

“那就听你的吧。”他回过头来冲我喊道，然后继续驱车向前。

在集市上，我看到他漫步于各个货摊前，四处买些东西，为下一周做准备。远远地，我注意他穿的衣服略显破旧，但衣服下的躯体却十分健硕；他的皮肤晒成恰到好处的棕色，青春洋溢的脸上挂着几道浅浅的皱纹。他无疑是个单身男性，他的衣服上没有女人给他缝的纽扣，也没有女人替他进行采购。他似乎并不喜欢待在人群中，举手投足间有种遗世独立的气质。

他正在一个摊位前挑选小卷心菜，显得有些局促——我喜欢他局促的样子，便走到他的身边。

“如果是我的话，我不会挑那个，”我所说的那颗菜已经有些发黄了，“没两天就该烂了。”

“谢谢，”他说着，把那颗菜放了回去，“你救了我一顿饭。”我点点头，随即转身离开。我已经决定不要喜欢上他，那就这样吧。

那时，我温顺地接受了自己的命运安排，丝毫没有想过要抗争，因为我从来没有想过这个世界是可以被改变的。是雅各布让我意识到了这一点，他唤醒了我那未被污染的灵魂。雅各布根本不是个叛逆的人，他的生活由一种不言自明的责任感所主导。他总是做着合适的事，正正好好地生活着，唯一会越界的是他在私下里开的那些善意的小玩笑。只有他那自由自在、无忧无虑的心境才能让他时不时想出这些小玩笑，而他试图打破常规的那些行为也是和缓而诙谐的——这与我正儿八经的风格是如此不同！

可以这么说：我在生活了很久之后，才真正获得了生命。在我的意识觉醒后，我变得自负而又固执，就好像是想要补偿我失去的那些时间一样。回首那段时光，我的固执几乎变成了毫无理性可言的鲁莽，在风险面前我也无法做出正确的判断。但不管怎么说，我确实获得了新生。

接下来的几周，我偶尔会看到雅各布——在教堂里，在集市上，或是在我们家门前经过的马车上。他总是独来独往，穿着深色衣服，戴着顶黑色礼帽。他有时会扫视我们家的前院，如果在眼神的搜寻中看见了我，他会抬起手来和我打招呼，我也会挥挥手向他问好。自从第一次遇见后，他就没再和我说过话。考虑到我的尖酸刻薄，我也能够理解，不过还是会有些遗憾。

我四处打听，终于了解到他住在艾尼格豪森，就住在格雷泰德的一个小村庄中。他没有兄弟姐妹，母亲于数年前去世，之后由他继承了农庄，现在似乎是一个人住在那儿。令我惊讶的是，他从未结过婚。我本以为他是个年轻的鳏夫，毕竟他看起来不可能超过三十岁。

我的母亲曾让我出去采摘红醋栗和树莓以贮存起来。那是我第一次走进林布里赫特的树林，非常大，人们在里面很容易就会迷路。当时的我开心地发现树林的边缘处有好几簇树莓丛，就在道路边上。于是我把柳条编成的筐放在地上，好让我的双手都空出来。

正午时分，地上几乎没有阴凉的地方。我从植物的茎上拔下那些成熟的、深蓝色的果实，并逐渐享受这个过程。这些果实非常好采摘，就好像它们正等待着这一刻一样，至于那些被鸟啄食过的，我会将它们留在原处。

“那边还有好些可爱的果子。”我身后传来一个轻柔的声音。

我迅速转过身去，眯起眼睛，好看清是谁在那儿。当发现是雅各布时，我笑了起来，尽可能显得亲切一些。我这么做，是因为有一些东西需要我去弥补。

“需要我帮忙吗？”他问。“如果你愿意的话。”我回答道。

雅各布把他的马系在一棵树上，那匹马立刻低头吃起了草。灌木丛里有许多带刺的树枝，雅各布把它们一一折断取出来，放在一边，这样我就可以摘这些树枝上的树莓而不被刺伤。雅各布一个接一个地弄着，直至后来我们开始一起合作，整个过程平静而又淡然，就好像我们之间从未发生过什么。我们之间几乎没有语言交流，如非必须，他绝不会说些无用的话。在这一层面上，他使我想起了父亲，或许这也是我会对他心生情愫的原因吧。

一段时间之后，我的篮子已经装满了，背也开始有些驼了，便跟他说：“等莓子酱做好后，我会给你带一罐，就当是谢谢你。”我的语气有些生硬，他也只是点点头。

“那栋有绿色百叶窗的就是我的房子。”他告诉我。

我用胳膊挎上篮子，朝家的方向走去。当我转身时，发现他依旧在注视着我。

他的模样仍浮现在我眼前——双手叉着腰，头戴着黑色礼帽，下巴微微前伸。他的一只手举起来和我打招呼，就像他曾经无数次做过的那样，但这次有些不同。这次，我从他的手势中看出了热切的渴望，那渴望直接击中了我，就好像那双手真的抚摸在我的身上。

那是我一生中度过的最开心的一个夏天。那个夏天，我坚硬的外壳就这样变得粉碎，褪去硬壳的我无拘无束地呼吸着这个世界的空气。我为人不再那么坚硬、冰冷，我开始温柔地看待他，温柔地看待自己，温柔地看待这个世上的一切。在那之前，我通常只有在荒野上行走了数个小时后，才会有相同的感觉。

那时我才意识到，我的内心一直将自己武装起来以抗拒未来的生活。我从未依靠任何人，我只会成为别人的依靠。

坠入爱河是很迅速的，如果用时间衡量的话，几个短短的瞬间就够了。哪怕是最微不足道的动作都能俘获芳心——当他用手梳理头发时，敏捷地翻过篱笆时，或是用悲伤的眼神注视着你时。悸动之后，若是抵挡不住油然而生的爱意，那只能任由它将你淹没，直至世间万物皆与你无关。

软弱和勇气都是一种选择。在细细思索后，我向我的软弱屈服了。我已下定决心，这一生中我至少要体会一次男女之情。

那个下午，雅各布的出现和他克制得恰到好处的欲望点燃了我。我突然意识到自己是一个女性，一个受人追求的女性。在别人对我隐约的追求中，我内心的渴望也被唤醒。每每在教堂时，我都会擦亮双眼寻找雅各布的身影，同时也希望他没有注意到我特意打扮了自己。我看着他，目光不时地停留在那些本不该停留的地方。

在洗衣服的时候，在打扫院子的时候，在每个平凡的时刻，我都会想他。我又回想起那个下午，他为了不让衣服卡在树枝上，便把袖子卷了起来，露出了小臂上结实、健壮的肌肉线条。想起那些肌肉，我的身体便会感到一阵奇怪却又持久的躁动。

我把莓果煮熟，往里撒糖，一步步地制作我的果酱。而我做每一个动作的时候，都在想他。我很清楚，如果我真的给他送去了一罐果酱，那肯定会进一步发生点什么。我相信他对此也十分清楚。

教堂钟声响起，到周日了。我现在能看到他们，那些虚伪的村民们，脸带虚假的虔诚缓慢地走着。他们踩着鹅卵石铺成的路，贼眉鼠眼地窥探着身边的人，看看谁又在和谁说话，谁又穿着什么衣服。这天上午，他们聚集在城堡附近的圣萨尔维乌斯教堂——那教堂离我现在不过一百多码。男人们和女人们分别从教堂的北侧入口和南侧入口进入，走进那上帝的殿堂。

教堂的牧师是由领主指派的，如果牧师没能使领主满意，那么领主就会训斥他，甚至依自己的喜好换一个新的牧师。这座教堂完全算得上是归男爵个人所有，村民们只不过是可以使用它而已。

除了要把自己收成的两成上缴给领主外，当地的农户还需要把收成的一成上缴给教堂。教堂牧师会拿到这一成的一部分，剩下的则应该用于救济贫苦百姓。按理来说，教堂储存的食物应该相当多才对，但据我所知，穷人们依旧贫困潦倒、忍饥挨饿，只能靠邻居们施舍给他们的剩饭生存。要我说，人们上缴的那些收成一定大部分都在林布里赫特的城堡中，就在城堡里储存什一税的谷仓中。但是没有人敢说出这一点。毕竟，教堂的什一税是献给上帝他老人家的，抱怨什一税的人可是会被冠上渎神的罪名。

在教堂地下室的墙壁上有一些阴森可怖的画像，足以唬住大多数人了。墙的左边画着那些能够通往天堂的人，而墙的右边则画着那些注定要下地狱的灵魂，他们奋力地挣扎着，却依旧被熊熊火焰吞噬。如果你想要和那些左边的人一样能在死后去往天堂，你最好尽心尽力完成自己的职责，并且乖乖上缴什一税。

我还记得最后一次在教堂时，库斯特神父带领着我们一起祷告，以防止恶魔利用自己的力量驱使晚霜毁坏人们的土豆和豆子。据称这种恶魔能够操纵天气，我却完全不信。哪怕不考虑其他任何因素，只要他们注意到椋鸟在四月就早早筑上了巢，那他们就可以知道五月一定会是好天气。

人们不再留心他们的四周，他们忘却了与泥土、空气、树、植物，以及动物行为有关的一切知识。如果你想了解天气，看看大自然吧，看看它们，你就能获得你想要的一切信息——蜜蜂的出现预示着冬天的尾声；羊毛似的朵朵白云在晴朗的日子里出现，一整天都挂在空中，说明接下来的天气不会太好；蚊虫滋生，并且四处叮人，说明暴风雨将要来临。

在如今的日子，人们并不想听到这些。如果搅拌器里没有黄油，他们不会想到是城堡的问题，也不会考虑是不是对牛奶的储存方式不太对，而是会将其归咎于恶魔的把戏。如果暴风雨突然来临，导致闪电劈死了田野上的奶牛，他们不会去关注闪电来临前的征兆，也不会及时把牲畜带回棚内，而会认为这是诅咒在起作用。他们宁愿生活在对未知的恐惧中，也不愿睁开哪怕一只眼去看看周遭的事物。一旦有任何事情发生，他们不是去赞美上帝的好心和仁慈，就是在咒骂恶魔的阴险和歹毒。

教堂的钟声响个不停，每隔几拍，就会产生一次沉闷的回响。对死气沉沉的牢房来说，这钟声是一次久违的甘露。我之前从未注意到钟声的鸣响竟然也能如此多变。大钟里面的摆锤来回敲击，我全神贯注地聆听着。一个人在不怎么看东西或不怎么听东西的情况下度过几天，他会变得善于观察，感官也会变得更加敏锐。钟声的节奏慢了下来，每两次鸣响的间隔慢慢变长，余音也逐渐消散、模糊，直到最后完全消失，只剩下大钟里的摆锤还在依依不舍地微微晃动。世界再次安静了下来，礼拜仪式开始了。

还记得那个遥远的周日，我在教堂做完礼拜，吃了午饭，就找了个散步的借口离开了。实际上，我去了艾尼格豪森。走在路上，我努力压抑着心中的疑惑，不知不觉间就来到了那户有着绿色百叶窗的房子前。那是一栋中等规模的房子，有一个前院，一个户外的小棚子，还有几间马厩。我现在回去还来得及，毕竟我们没有约定好一个日子，等到哪天他路过我家时我再把果酱给他，他也一定可以理解的。但赶在自己改变主意前，我就敲响了房门。

不一会儿，雅各布就打开了门。他一副随意的装扮，看见我很开心的样子。我举了举手上那罐果酱，示意自己为什么会来登门拜访。

“我答应要给你的。”我轻描淡写地说着，把果酱递给了他。

“进来吧。”他把门开得更大了些。

我走了进去，环顾四周：“你一个人住在这儿？”

他点点头，好像知道我对他的事情了如指掌：“这房子很大。”

我努力表现出纯真无邪的样子。我作为一名女性待在一个男性的家中，如果在这个女性身上发生了任何不测，所有人都会认为是她的错。我主动投怀送抱，就好像我并不在乎我的自尊或我的名誉一样。自尊和名誉是一回事吗？一个女性能有尊严地献出自己的声誉吗？我不知道，但我正试着这样做。

我四处看了看，对着他家的壁炉和壁炉上架着的那口锅发表了还不错的评价，然后就不知道该做什么了——做什么都可以，只要不是在这种诡异的亲密气氛中和他对视就好。就在我说到餐桌的时候，雅各布走到我的身后，贴近我，然后轻轻地在我耳后吻了一下，让我几乎不敢呼吸。他继续亲吻我的脖子、我的下颌，而我喘着气，连我自己都能听见。就这样持续了很长时间，我才敢转过身去——还是他把我的身体转过去的？我记不清了。当我们终于面对面，双目注视着对方时，他浅浅地笑了，笑得温柔而又狡黠，抛却了任何犹豫。他追求眼前的目标已久，过程中一直保持着十分的耐心，他确信自己能够得手。

我站在原地，不敢有任何动作。他亲吻着我的嘴唇，我最后一根紧绷的神经也松弛了下来。他的双唇柔软得出乎意料。当我年轻时，我也曾与人接吻，但吻得如此深沉而热烈，这还是第一次。他紧紧地抱着我，扫去了我几天以来坐立不安的焦躁情绪，褪下了我的羞涩和扭捏，使我鼓足勇气回敬他同样热烈的吻。

他双手滑过我的肩膀，往下游移，直至我腰部以下。我默许他为我宽衣解带，好让他能够握住我的乳房。我轻轻拍打他衬衫之下的前胸和后背，感受那结实、细腻皮肤下隆起的肌肉。我们在抚摸对方身体的同时，嘴唇一直牢牢地粘在一起，没有停歇。

最后，还是他轻轻地把我推开。“你太美了，”他微笑着，说道，“我简直无法自拔。”在那之前，从未有人对我说过这样的话。

大约一两个小时后，我离开他的住处，踏上了回家的路程。我们还没到谈婚论嫁的地步，但是我们都想要再触犯一次这样的“禁忌”，说不定第二次机会很快就会到来。

与教堂教给我们的不同，这根本不像是堕落人性的陷阱，而是天堂般的短暂体验。我知道，身为未婚女士，我应该为我的行为感到懊悔。但每当我想起那段缠绵悱恻，我丝毫不感到愧疚，我只会细细回味那每分每秒的快乐。

· 4 ·

虽然这牢里很小，我仍须不时地走动来活动活动我的身子。每隔几个小时，我都会顺着太阳的方向走上几圈。随着时间流逝，我走过一圈一圈又一圈，如果让人们看到，他们一定会认为我是在制作召唤恶魔的法阵。

把一只脚踏在另一只脚的前方，就这样不断地走着，能够给我带来些许慰藉，我的身体也慢慢平静下来。当我行走于荒野间，穿行于树林间，我都会在不知不觉中和周围景色融为一体。但在这牢里，我要先让我的灵魂飞往外面的世界。我不断地走着，直到我的双腿如机械一般开始自觉地行动，我的脑海中浮现出了那些熟悉的场景。

我行走在连绵起伏的地面上，看到帚石楠花已经盛开成一片浓郁的紫色，尚未变得枯黄。远处，一棵白杨树孤独地站立着，枝丫都变得干枯，只有一片奇形怪状的灰黄树叶仍挂在上面，迟迟不愿面对自己的死亡。当你凑近时，你会看到露珠泛着银白色的光芒。在低处，一层厚厚的黏土阻挡了水流，这些水便淤积成了大片的沼泽和一条条溪流。一条蝾螈从水里突然蹿出，溅出了几滴水花。

不一会儿就到了仲夏，我沿着洒满阳光的山脊向下走。一只阿尔康蓝蝶振翅飞过我的身边，巨大的蓝色翅膀在太阳下熠熠生辉，仿佛一阵小型的蓝色旋风。在我的脚下，从沼泽地上冒出许多绿色的苔藓和小草，闪烁着淡淡的光芒。在我的前方，刺柏丛向空气中不断喷洒着花粉，就像一团团雾霭——如果用老派一点的比喻，那团雾霭就像是枝繁叶茂的老橡树。

如果你想要唤起心中的一些形象，你应该想象自己正沿着顺时针行走。我就一直沿着这个顺序走着，我走到了祖母梅肯的家中，那里一个人也没有。我绕到后院，那处后院见证了我家每代人的成长。我查看马厩，查看谷仓，查看堆放肥料的地方，还查看了烘焙面包的屋子。那个屋子的屋顶是由砖瓦铺成的，人们都管那个屋子叫锅炉房。最后，我终于在经过小菜园时看到了祖母，她就站在一块菜地附近。

在一个面向东方的小型掩体下，她养着一群蜜蜂。祖母眯着眼睛，观察着那些蜂巢。那些蜂巢是由稻草编织成圆环，再用裂开的荆棘藤捆绑起来制成的。祖母养这些蜜蜂作为副业。她对养蜂十分了解，所以产出也很可观，每一个来到这里的人都能够拿回满满一大罐蜂蜜。

她抬起头，我伸手和她打了个招呼。她挺直了身子，双手扶着腰，笑眯眯地等着我过去。看见有人因你的接近而喜笑颜开时，你真的会开心到别无所求。

祖母也不是次次都前往教堂做礼拜。“上帝知道该去哪找我。”她总是这么说。每当母亲就此事向她抱怨时，她都会这么回复：“如果你们相信自己有坚定的信仰，就不必每个星期都要去大张旗鼓地宣示自己对上帝的忠诚。那些经常去教堂的人看似虔诚，实则像胆小的孩子，上帝对他们来说就像鬼故事，让他们既喜爱又恐惧。去他的地狱和诅咒，我已经一把年纪，不吃这一套了。”

当时的父亲作为公地管家为市政官员效力，这使得祖母在他人的责难和非议下也能够受到很好的保护。但我一直觉得，就算没有父亲这层保护，祖母仍然会是个直肠子。在一些人的眼中，她是个彻头彻尾的异教徒，但她却从来没有落到需要为自己辩护的地步。

祖母无所不知。她知道用洋地黄和蓝莓一起研磨而成的药能够驱走山羊肚里的寄生虫；如果刚结束分娩的女性正遭受乳房充血的痛苦，她会在她们的乳房上敷上几片卷心菜叶以防止感染；如果有母亲想给孩子慢慢断奶，祖母会给她们喝鼠尾草茶以逐渐减少母乳的产生。人们牵来已停止产奶的奶牛，祖母会给那些牛做长时间的按摩，结结实实地在它们身上敲打几下，一边在它们耳边低声说些好听的话，最后让它们咽下一种混合草药。在那之后，这些奶牛会再产上一年左右的奶，人们对祖母神奇的手艺都已见怪不怪。

对于祖母带给我的影响，我母亲非常在意。如果我散步后带着几捆草药回家，她会摇摇头；如果我在屋里各处撒上荨麻以驱赶炎热，她会愧疚地在胸前画起十字。母亲不禁止我做这些事情，但她让我保证不会被别人发现。她自己则怀着最敬畏、最虔诚的心情，尽可能地去弥补这些异端行为给家里带来的不良影响。

祖母帮助母亲生下了贾尼斯。那之后的几天里，母亲在屋里忙着照顾婴儿，我和祖母就坐在谷仓前的阴凉地里。我们从屋里拖出来了一把椅子让祖母坐着，我就坐在地上，坐在她的双腿间。她时不时敲敲我的脑袋——祖母喜欢这么做。然后，她用一根树枝在地上划拉着。我看着她的双手。那双手晒得黝黑，青筋微微凸起。

“你在画什么？”我问她，她咧起嘴笑了。

“一些符号，也是一种文字，它能帮助你和看不见的东西说上话。”“也能和天堂里的上帝说话吗？”

“是的，你还能和人间的神明对话。它们并不如人们认为的那样离我们十分遥远。”

她先画了一个圈，在那个圈外面又接着画了一个又一个圈，每个圈都是依顺时针方向画的，直到整个图形看起来像个蜗牛壳一样。然后她自图案的底部至顶部，画了一条更深的线。

“贾尼斯·路易顿——愿所有好的都更加坚定不移地施予彼身，愿汝人生中的黑暗皆变为光明，”她念道，“因世间一切之善，定该如此。”

她低声呢喃着这些话语，目光却看向无尽的远方。我深受触动，目不转睛地看着眼前的祖母和地上的符号，直到她最终看向我，带着清澈的眼神和温暖的微笑。

“但是你怎么知道他们有没有听见呢？”我轻声发问。祖母又咧开嘴笑了，然后耸了耸肩。

“我就是知道。毕竟你光用眼睛看到的，远不及你所能知道的。”

这时，母亲突然带着婴儿出现在门口，把我们俩吓了一跳。

她看到了泥土上的那些线条，用脚尖一抹就把它们擦掉了。“我不想让那种东西出现在这里。”母亲干净利落地说道。

她把我弄进屋，一边画着十字一边对我说：“别老惦记着那些愚蠢的念头。”

在朗读完《圣经》后的午餐时间里，母亲禁止我们交谈，唯一的声音就是餐具碰到盘子时发出的“哗啦哗啦”的响声。祖母找着机会朝我眨眨眼，母亲发现后会不屑地发出一声轻哼，我便赶忙扭过头来再次正视着前方，嘴角却在偷偷上扬。

祖母没能见到我与雅各布成婚，她于我们搬来林布里赫特五年前去世。那天，我们发现她在家中，坐在窗子前的椅子上。她佝偻着身体，下巴抵在胸前，双眼紧闭，看起来就跟打盹没什么两样。

我知道该在什么时候播下种子，在什么时候收割作物，在什么时候挖出果实；我知道哪些草药可以治病；我知道月亮会产生什么样的影响；我还知道不同的星座都位于天上的什么地方。而这些知识，我都是从祖母那儿学来的。从她那儿，我了解到未成熟的药草会在春天长出叶子，而那些叶子必须在天气干燥时拔掉；我了解到当月亮渐盈时，应该在圆月的晚上将胡萝卜拔出，而不能等到白天，这样可以保留它们治病的功效；我了解到种植土豆最佳的时间是在月亮渐缺，却又不至新月的程度时；我还了解到唯一适合改种庄稼的时间是在月亏时，而对更加成熟的植物和树木的改种工作则要等到月亮处在室女座上时才能进行。

祖母曾告诉我，夜空中最亮的那颗星是大犬座的天狼星。那之后，我就一直对这颗星保持关注。当它于夏末清晨的曙光中闪耀在东南方向的低空时，就说明已经过了种植甜菜和羽衣甘蓝的时节了。祖母每次种土豆时都会默默地在心里为它们赐上祝福，我也一样。

苍穹之上发生的事情并不会对我们有丝毫影响，但它能够映射出我们的生活。世间的一切皆有联系，万物是作为一个整体而运转的，这是世界运行的机制。观察星球的位置，你可以知道大地上正发生着什么，以及将要发生什么，这样你就不会违逆自然，而是顺应而为，仅此而已。

上至苍穹，下至人间，外至宇宙，内至灵魂，万物皆是如此。人们总是不假思索地认为世间万物都是以自己为中心运转。在我眼中，这才是对神灵的亵渎。

自从雅各布家的那次幽会之后，我每个星期都能见他好几次。他路过我家的次数变得频繁了起来，每次我都会出去和他说会儿话。他身上一直有着那股闲适淡然的气质，十分吸引我。每次和他交谈，听他讲着那些有趣的话，我都能听到自己“咯咯”发笑，听上去就像个傻里傻气的雌性动物一样。

一天下午，我又随雅各布上了他的床。在那张窄窄的床上，我们紧挨着躺下，一想到脑海中那罪恶的想法马上就要实现，我们俩都有些害羞。一直以来，人们都告诫我们要克服不洁的淫欲，就连圣方济各——他对自然的看法深深触动了我——都说他自己的身体就像“一头可怜的驴子”。即便如此，我仍然选择了顺其自然，放纵了本该压抑的欲望。

雅各布的双手在我身上摸索。他的指甲很短，手掌很宽阔，掌弓很深，就和我父亲的手掌一样。他隔着裙子的面料揉捏着我的乳房，一只手抓着我的臀部，将我狠狠拉进他的怀中，他的呼吸也变得急促而紊乱。他抓着我的手往下游移，直至他的胯下。我触碰到那里的坚挺后吓了一跳，他看着我，满脸坏笑。

我的体内涌起一股渴望，这种渴望只有他能满足。

我们扯下彼此身上的衣服，直到浑身赤裸。当他脱下衬衫，我看到那肌肤下呼之欲出的肌肉，那些肌肉一直在活动，仿佛有生命一般。他爬到我的身上，用手肘和小臂撑在我头的两侧，然后看着我。他脸上的神情也变得严肃。

“这是你想要的吗？”他问我。

“是的。”我好不容易说出口。

其实我并不确定我想要的是什么。但我相信，无论是什么，他都能给予我。

他进入了我的身体。伴随着每一次的震颤和略微的刺痛，某种奇妙而强烈的感受充斥着我的全身。整个过程没有持续很长时间——毕竟是第一次。

“对我来说不算很快了，”他略带歉意地跟我说，但我没太听明白。“我下次会控制得更好一点。”

我跟他说没关系，真心的。我满心欢喜，因为刚才我所经历的一切是那样真实。而且从现在起，肌肤之爱对我来说不再是一片盲区了。

我们紧紧依偎在一起，静静地听着彼此的呼吸。

一小段时间过后，他向我吐露，当初第一次见到我时，是我走路的样子吸引了他和我搭话。“毫不矫揉造作，像个天真无邪的孩童，”他如此描述道，“毫不在意旁人的目光。”

听着这些，我就在想，那是平庸的女人才会有的优点。如果没有人看向你，你又何必费尽心思讨好别人呢？

但是他看向了我。

他摸着我的大腿，我侧过头看他，看到他的眼里重新闪烁着光芒。他的手顺着我的大腿往上抚摸——往上……再往上……直至我的欲望被唤起的那个地方，让我的欲火重燃，爱欲更甚。

几天后，我手捧着一束野花回家时被母亲看到了。在我家门前的那条路上，雅各布把花递给了我，而母亲当时就站在家门口俯视着那条路。母亲跟着我进了屋，急促的脚步声中夹杂着些许恨意。把花放在家中在母亲看来是一种不端的、亵渎的行为，因为花朵本应该铺在上帝的殿堂里，铺在殿堂里圣女玛丽亚的脚边，这样才能显示出你的虔诚。你绝不应该把它们放在自己的家里。我本以为她会对这份礼物恶言相向，却没料到她的关注点在送这份礼物的人身上。

“你跟那个男人有来往吗？”她质问我。“他只是比较好心，又刚好住在这条路上而已。”“那他也是个陌生人。”母亲的神情十分严肃。

“我认识他。”我一边说，一边把花插进桌子上的一个瓦罐里。

母亲靠过来，站在我的旁边，死死地盯着我，开口问道：“你是不是在他面前敞开了双腿？”

我被这粗俗的描述吓得往后一缩，然后垂下了头，方才的自豪此刻都变成了羞愧。

母亲刚一张嘴说了些什么，下一秒，一个巴掌就扇在了我的脸上，我手中的花也掉落在地上。她直直地盯着我的眼睛，身体不住地颤抖，却似乎并不为打了我而感到震惊。

她在我脸上留下的掌印微微发烫，但我没去碰它，因为我不想表现出沮丧。相反，我尽可能沉着地直视着她的眼睛。时间一分一秒过去，这已经演变为一场我和母亲的斗争，而这场斗争逐渐画上了句号——我要离开她，走我自己的路。

直到现在，那一巴掌的感觉仍像个烙印般留在我的脸上。那一巴掌是母亲对我的惩罚，也是她对我唯一的一次惩罚，她对我的看法和评价都体现在那一巴掌上。它带给我的烙印永远也不会消去，当我在教堂上对雅各布说出“我愿意”时，烙印仍在发烫。

母亲怀上我时只有十五岁，生下我时是十六岁。

“如果没有这么早生下你，我也许能有机会成长得更好一点。”她经常这么说，带着点谴责的口气。我曾无数次听到她一边干着活，一边头也不抬地叹着气。

我的父母一定是在 1598 年的那个夏天怀上我的，他们抚摸彼此时一定也像我和雅各布一样急不可耐。后来，他们很快地成了婚，就在生下我的几个月前。我很好奇他们是否为此感到羞愧，也很好奇母亲看待她自己时，是否跟看待我时一样刻薄。毫无疑问，祖母梅肯处理此事时一定非常和蔼，但对我母亲来说，更重要的是从那之后，她就不再被她那对宗教极其狂热的家庭所接纳。我从未见过我的外公外婆，也没见过母亲的任何一个兄弟姐妹，哪怕他们住得离我们很近。隐约记得有一次，我看到母亲在街上和一个女人简短地说了几句话，便问她那是谁。她用一种很陌生、很疏远的口气跟我说，那人是她的姊妹。

“这是天性，”我时常听到祖母说些类似的话，“所有会呼吸的，会进食的，会消化的，会飞的，会爬的，会走的，迟早都会想找个伴。人和动物有什么区别呢？大家都是如此。”

世间万物都有交配的冲动。在我失去贞洁的前几天里，我一直在脑海中重复着这句话。如果强烈的羞耻心和罪恶感要冲垮我，我还会大声把它说出来——祖母说的是对的，一定是。在农场里，公羊会骑在母羊的背上，种马也会跳上母马的身体，猫儿们出去游荡几个月后，会带来一窝猫仔，就像在猪圈里，母猪会产下一窝小猪崽一样。如果上帝真的如此反对交配的冲动，那他为什么要让动物拥有这种本能呢？

周日的钟声敲响，使我从梦中惊醒。礼拜仪式结束了。

村民们一个接一个地离场，然后走到墓地上聚集起来聊闲天。他们都是住在我家附近的农民和我的邻居们，还有那个磨坊主和那个编筐的人。就在他们之中，有人指控我是个女巫。怎么会呢？这些年来我一直和所有人都保持着距离，从未与人发生过争执，只专注在我自己的事情上。

那天其余的时间里，我没有仔细地去回忆往昔，也没有绕着牢房走上一圈又一圈。时间静静地流淌，数个小时过去了，我依旧忍不住去想到底是谁向市政官举报我的。

坐立难安的心情最终变成了沮丧的情绪。这个月是收集干草的时节，眼看就要过去，我有太多的工作要做，不能坐在这里无所事事。我本应该在我家的地里修剪植物，那些植物马上就要开花了。在草场上，在一片狐尾草、绒毛草、窄叶车前草、毛茛、峨参和阔叶杜鹃花之中，隐藏着青草和药草，它们对我养的黑牛和棕色奶牛来说都是十足的营养，却马上就要枯萎。如果我无法收割草料，我该如何让我养的动物挺过这个冬天呢？

你不会想到这样的事情会发生在自己身上，它只可能发生在别人身上，发生在很远的地方，更别说我认为这种指控别人为女巫的行为已经成为历史了。毕竟“猎巫”的行为在1636年就已经被教皇明令禁止，现在距那时已经过去了将近40年。当然，教皇的禁止并不意味着这种行为立马就会消失。在1649年，仍有个十四岁的女孩被宣判为女巫，命令是由赫伦的领主阿诺德五世·沃尔夫冈·休恩男爵亲自下的。最终，那名女孩在被斩首后，尸体也遭到焚毁。行刑的地点离这儿不远，骑上一匹快马只需一小时就能到。

在贾尼斯出生的1613年，我们听说了很多巫师在鲁尔蒙德作恶的可怕故事。据说，女人的流产和动植物的疫病都是那些巫师捣的鬼。整整一个月里，人们每天都要在火刑柱上烧死两个巫师，而被烧死的人里有百分之九十都是女性。

在贾尼斯学习医学后，他开始批判猎巫运动，并将其称之为迷信。每当他发表自己激进的言论，母亲都会高声祈祷。当时，我认为那些恶魔行径背后并不存在人为的影子，但不敢坚定自己的态度，以免生命受到威胁，但贾尼斯却敢于否认恶魔的存在。有一本很流行的书籍，拉丁文名为Malleus Maleficarum，人们通常称之为《女巫之锤》。书里详细描述了该如何揪出女巫，贾尼斯则对此发表了激烈的批评。

“这本书上说，人们可以认出女巫身上的记号，”他愤怒地说道，“胎记、疣、痣都可能是记号。但是我在给病人检查身体的时候，从来就没见过一个人身上是没有这些东西的。更别提可笑的‘针头测试’了——如果用所谓的女巫探针扎进一颗疣或是痣里后没有流血的话，就证明受到指控的人的确是个女巫。所有的医生都知道是否流血取决于针头的粗细和锋利程度，以及扎针的方式。就靠这些所谓的女巫探针？那些执行测试的人可是依靠被定罪的人数多寡计算报酬的，他们当然会想尽可能多地赚钱啦。”

“够了，贾尼斯，不要再说这些不敬的话了。”母亲会出言制止他，但他会接着说下去。

“‘浸水测试’如果是真的话，则更加荒唐。受指控的女性被扔到水里，如果她浮在水面，人们就会坐实她是个女巫；如果她沉了下去，那她确实是无辜的。无论是哪种情况，她都活不下来——这个测试本身就是个死刑。”

“她们中的大多数人会被及时救上来的。”母亲说道，想要安抚贾尼斯激动的情绪，但贾尼斯只是激动地摆了摆手。

每当听说又有女性被烧死时，我们都会为之胆颤。我仿佛能够看到这种惨剧即将发生在我周围的每个女人和女孩身上，曾经在我身上的那股鲁莽也消失了大半。每当一名女性被领主和牧师以站不住脚的罪名宣判为女巫时，她最后的结局就是在民众慷慨激昂的咒骂声中化作缕缕烟尘。这可怕的场面足以使任何人噤声。

我曾怀疑绝大多数“女巫”都是清白的，但在整个人类历史上，也总会有那么几个受到恶魔诱惑的女性吧——那些阴差阳错加入了撒旦麾下，然后再也无法回头的女性。诸如此类的事实总不可能是被编造出来的，不是吗？

一直以来，我都被灌输着这样一种观念——每当女巫为所欲为时，恶魔的力量都会加倍。我对此坚信不疑。撒旦无法在人间自如地运用恶魔之力，他需要借助血肉之躯才能发挥自己的力量，而女性显然是最容易受到操控的。

“警惕那些嚣张跋扈的女性，”我们在教堂听取教诲，“提防那些卖弄风骚的女性，那些行事令人费解的女性，还有那些周围人都遭受不幸，自己却一帆风顺的女性。她们会让撒旦降临到我们每一个人的头上。”

鉴于现在我自己也遭到了指控，我不再坚信女巫的存在，或许就连撒旦也是不存在的。在我漫长的一生中，我反而从那些看似虔诚的信徒身上发现了最为邪恶的魔鬼。在礼貌和正直的伪装下，魔鬼露出了自己的爪牙，彰显着自己深不见底的黑暗。我从那黑暗中看到了傲慢、贪婪、嫉妒、暴怒和自大，只要你留心观察，它们就会无处遁形。

我十分确定，由宗教法庭主导的官方调查根本不是为了抓出藏在女性当中的女巫，而是为了迫害所有不够温顺、不够虔诚、不守贞洁的女性——那是人们不希望女性成为的模样。

我没有选择压抑自己的天性，甚至在听说那个十四岁女孩的遗体被绑在火刑柱上焚烧之后，我内心的声音也没有丝毫减弱。或许这就是我被困在这牢里的原因。

当执行官的小助理给我送来晚餐时，天已经不早了，牢里比往常也更加昏暗。

休伯特——我突然想起来了，这个男孩的名字是休伯特。

“嘿，休伯特，”我叫了叫他，男孩惊讶地抬起头，“你有听说那些先生们打算什么时候跟我谈话吗？”

他第一次直视我的眼睛，跟我说道：“我听说的是明天上午，林布里赫特法庭的法官将会亲自审问你。”

“是时候了。”说出这话时，我比自己预想的还要冷静，不安的情绪像是在我的胃里打了个结。

休伯特点点头，转身离开了。

·5·

我没有机会清理一下自己的身体，只能穿着脏兮兮的衣服，头发也乱糟糟的。铐在我手腕上的锁链异常沉重，我几乎抬不起自己的胳膊。士兵们端着火枪，把枪管抵在我的背上，就在我的肩胛骨之间，把我赶出了地牢。他们都厌恶用手碰我，就好像我是个肮脏的牲畜一样。

刚出发时，我的步伐有点跟不上他们，毕竟在牢里那坚硬的地板上整日或卧或坐，我的身体已十分僵硬。我们经过了几个守卫，上了几级台阶，进入了一个走廊里。走廊里有高高的窗户，眺望出去能看到城堡的庭院。耀眼的阳光透进来，我只能眯起双眼。就在我们的左手边，有个法庭官员站在一扇紧闭的门前。过去了数分钟，大家都缄默不言，只能听到门后面传来的几声低语。

门开了，士兵们挥手示意我进去。这间屋子很宽阔，顶很高，日光透过大大的窗户照进来，窗户两边系着红宝石色的窗帘。墙上挂着很多的油画，大多数都是范·布雷尔的肖像。一盏铜制吊灯从天花板上坠下，在半空中微微摇晃。

在一个长桌子后头坐着一个五十岁左右的男人，正若有所思地看着我。他披着黑色的斗篷，斗篷的顶端围在脖子上，用黄铜的纽扣固定住。

“坐下吧，路易顿夫人。”他指了指桌子对面的一把椅子，语气并不是很友善。我一屁股坐在椅子上，感觉是如此放松。我靠着椅背，双脚平放在地面上，这感觉实在是太棒了。但几乎是在同一时刻，我意识到自己仍是嫌疑人，现在还不到卸下防备的时候。

这个男人身体微微靠后，抵在他的椅背上，眼神越过眼镜上端直视着我。他的左边坐着另一个男人，正不停地写着什么；他的右边是一个身穿长袍的牧师，神色忧虑地看着我，仿佛我会随时对他施加诅咒一样。

“今日，即公元1674年7月21日，你以施行巫术的嫌疑，即将在此接受第一次审讯，”那个男人说道，“我名为赫尔曼·塔肯，在此次案件中肩负检察官和法官的职责。在我的两边分别是圣罗马教堂外派的教堂医师，同时也是位出色的女巫专家的安德里亚斯·冯·威谢尔神父，以及教堂记录员威廉·库伊珀，他将以书面形式记录下此次审讯的一切内容。”

我向这两位先生点点头，试图和他们打招呼，但他们都回避了我的眼神。

塔肯询问了我的姓名、我父母的姓名、我祖父母的姓名、我的出生地，还有我的年龄，我一一回答。当我说起自己的年龄时，他挑了挑眉毛，然后用两手的指尖挤压自己的眼睛，直到它们变成一条缝。

“根据圣经和神圣罗马帝国的法律记载，施行巫术是被禁止的，若是用巫术对人、物、畜造成伤害，须从重处罚。你清楚这一点吗？”

我点点头。

“请大声回答，这样你的回答才能被收作记录，”塔肯说道，“你是否清楚，任何被怀疑使用巫术的人，都有义务进行反驳？”

“是的，我对此很清楚。”在很长时间不说话后，我的声音听起来变得非常奇怪。紧张不安的情绪聚集在我的胸口，紧紧挤压着我的喉咙，使我开口困难。

“你是否知道，你的邻居雷尼尔·赫尔曼斯有一头奶牛在今年的圣枝主日死了？”

“知道。”

“有人控告你施行巫术，诅咒了这头奶牛。”

我的大脑开始飞速运转——是雷尼尔·赫尔曼斯告发的我。

我曾在他的请求下去检查过那头奶牛，但它年纪太大了，我也无能为力。

“我对此一无所知。”我回答道。

“在五月份，又有一头奶牛死亡。你对此有什么解释吗？”“那些死去的奶牛和我没有任何关系。”

“林布里赫特的人们并不这么想。”

“或许的确是这样，我已经习惯了人们在背后议论我。我已经在林布里赫特生活了四十四年，但人们仍然把我当陌生人看待。”

塔肯点点头表示理解，然后用一种仁慈的语气说道：“这一定让人很不开心，我能想象到这让你对那些人有多么生气。为什么你不承认自己的罪过，让自己的灵魂得到解脱呢？我们能够理解对你这种离群索居的女人来说，不洁的存在有着多大的诱惑。”

这些话令我感到既厌恶又羞耻。他是在暗示魔鬼会和女人交媾吗？

“为什么我要承认从未犯下的罪过？”我冷冷地回答。

“你的恶魔行径并不是第一次广为人知，”塔肯的语气严厉了起来，“在过去的二十年中，还有很多先例：一个年轻女孩在遇到你后身子就变得虚弱不堪，一个男人在临终之际将你唤作女巫，村里的马儿们也纷纷病倒。”

“谣言罢了，尽是些老掉牙的胡言乱语。”

“这些可不只是谣言，路易顿夫人，不少人都表示愿意出庭作证。比如酒馆老板伯特·范·诺伊斯，牧牛人齐泽恩·布鲁格，还有他的女儿艾丽丝·布鲁格。”

“诽谤！都是诽谤！”

我很清楚现在最好保持冷静，但是经过这么些年，我简直对那些胡编乱造的故事厌烦透顶。

“牛总是会生病的，”我冷静下来，“人到了年纪也会死的，为什么一定要把这些和巫术扯上关系呢？”

“你的意思是，你不相信这世上有巫术？”塔肯问道。

“是的，所有关于巫术的说法都是一派胡言。”

“你是在宣称巫术是子虚乌有的吗？这本《女巫之锤》……”他将手掌重重地拍在他面前桌子上那本厚厚的、用皮革包裹起来的书上，“……序言是由罗马教皇亲笔写的，难道也是错的吗？”

“我不知道，我没有读过那本书，但我从来没见过任何巫术存在的证据。”

整个房间沉默了几秒钟。塔肯右手边的那个牧师闭上了双眼，似乎在祈祷。我能看出来他是真的很害怕我，他真的相信我在上一个满月之夜参加了魔鬼的午夜集会，女巫们聚在那里赞美撒旦，然后和他共舞，与他做爱。但是对塔肯来说，现在完全是另外一种情况。

“够了，”塔肯不悦地说道，“已经得到足够的理由来羁押嫌疑人并且展开诉讼程序了。路易顿夫人，你在此被指控为有罪，法庭将为你指派一名律师。下一次开庭时，法庭将传唤证人。”

我笔直地坐在椅子上，想要张口说些什么，却不知从何说起。我手腕上的镣铐依然很沉重。

我身后站着一个官员正守着大门，塔肯朝他点点头：“把她关回牢里去。”

那天晚上，翻个身对我来说都已变得异常艰难。我右边的髋关节和我的肩膀不时地抽搐，每一次都伴随着疼痛；我堆积在身下的稻草都已变得干瘪，我几乎是直接睡在牢房的地上；我的身上和头发上到处都是跳蚤和虱子，弄得我瘙痒难忍。

夜深人静，牢房里充斥着一片空寂的回响，听不到任何声音——鸟儿向着日出的啼叫，护城河里鸭群的聒噪，城堡外的人声，守夜人的鼾声——统统都听不见，只有牢房门外火盆里跳动的火焰往门缝下送来了一缕微光。

我强迫自己闭上双眼，放慢呼吸。看在上帝的份上，希望我这一觉能够睡到天亮。但我的尝试还是失败了，恐惧占据了我的内心。我现在的身份已经从嫌疑人变成了受指控的罪犯，马上就要迎来审判，而我从未料想事情会发展到这一步。我不知道自己脱罪的可能性有多大，以前有过被指控为女巫的犯人在法庭上洗清罪名的先例吗？

· 6 ·

在雅各布和我经常见面的那几个月里，我曾对那个时刻有过无数次幻想，但那一刻最终到来时，却和我所幻想的完全不同。事情发生的那天中午，我们躺在床上，雅各布躺在他那一侧，手枕在头底下，直直地看着我。然后他突然翻起身，使我也从床上弹了起来。他跪在床上，抓着我的双手。

“你就是我的唯一，”他对我说，“恩特根·路易顿，你愿意成为我的妻子吗？”

这是他的原话。他神色庄严，眼神真诚，身体就跟刚降生时一样赤裸。

我站在厨房里盯着面前的架子，手里拿着盛放黄油的碟子，有些不知所措。作为一名已婚女性，我突然间就有了自己的家庭，我不再只属于我原生的家庭。就在我们婚礼后的第二天，雅各布就把所有的家务都扔给了我，这么做之后，他明显地松了口气。就在我要把黄油碟放回原处时，那些碟子“哗啦”一下全都倒了。

我可以把东西放回之前的地方，就放在那个铜制的茶壶后面。我也可以给它找个新的地方，比如架子上更矮的那一层，这样我也更好取它。我也可以把餐桌推到窗户旁边，也可以养更多的鸡，也可以理出一片种植药草的园子，或是像我祖母那样养些蜜蜂。只要我想，这些事情我都能做。

我把架子清空了，然后把上面的东西都放在餐桌上一一检查。看样子，大多数东西在雅各布的母亲去世后就再没用过了。小的锡罐需要擦拭，装盐的瓶子需要往里添置新盐，滤网需要好好清理一下，那口黑色铁锅的把手也需要修理。除了这些外，我们还需要买新的黄油钳和一个好的筛子。我忙活着把架子上的东西重新归置了一遍，大功告成后，我欣赏着自己的成果，非常满意。

雅各布穿着鞋子走了进来，鞋子上沾满了泥点子，他也没有在进门前跺跺脚。看见地板上湿漉漉的泥土，我并没有说什么，因为我注意到他正欣喜地望着我。他径直朝我冲过来，一个雀跃就来到了我的身边，一把抱住我，双手搂在我的腰上。

“我的厨房里发生了什么呀？”他兴高采烈地问道。“是我们的厨房。”我笑着纠正他。

“看我说的什么话！是你的厨房。”

他捧着我的头，在我的嘴唇上深深地吻了一下。

“你是怎么打算的，这个地方由你打理吗？”他朝着锅努努嘴，环视了一下厨房，自然也扫视了一下架子，但没有对架上发生的变化发表任何评价。就在这时我明白了，再也没有任何人能够对我指手画脚，哪怕是我的丈夫。

“我会负责我们两人的三餐，”我说，“但你要明白，这个地方得由我说了算，而且我会定期出门，否则我会生气的。”

“就像一匹被拴了很长时间的马。”他一边说着一边咧着嘴笑，气得我推了推他。

“别担心，”他笑道，“马厩的门永远为你敞开。”

我这匹野马的心境开始发生了变化。虽然开始新生活还没多久，但我已经隐约相信，这个家会成为我最终的归宿。

因为娶了我的缘故，当地居民都在疏远雅各布。他拥有土地和农场，在他那个村庄里也有许多未婚的年轻女性，而我已年近三十。不仅如此，我还是个自卢达德来的外乡人。他以前就不爱交际，在和我结婚后，当地的人们就彻底不和他来往了。

我和雅各布的婚礼合乎法律，也合乎上帝的礼仪，但我的母亲从来没有真心认可过我的婚姻，从她简短的用词和说话的语气就可以听出来。她从来没有叫过雅各布的大名，提到他时都说“你男人”，言语中隐隐有一股怒气。我觉得她可能想对我说“你的职责就是照顾好我们的家庭，这是天经地义的，你怎么能做出这种事？”

在我内心深处，我觉得母亲是对的——但我绝不会跟她承认这一点。我的确躲开了本属于我的命运，过着一个借来的，不，是偷来的生活。这生活不属于我，我从雅各布真正的新娘那里偷来了这一人生。

卡特琳娜也在很长一段时间内反对我。自从我卸下了身为长女的担子，她就得牺牲自己的自由，承担起我抛下的责任。自不必说，我们的父母只能指望我们两个，不过卡特琳娜向母亲表达不愉快的方式与我完全不同。她毫不避讳地问我，在经历了这一切后，我是怎么做到无愧于心，也无愧于上帝的。头一年里，我们聊天还不到五分钟就会进入这个话题。最后，最后，她总算不再谈及此事；对雅各布的态度也终于有所改观。

有时，雅各布只是讲了个傻得冒泡的笑话——或是显而易见的文字游戏，或是丝毫没有深度的俏皮话——卡特琳娜都会被逗笑。甚至雅各布只是挑挑眉毛，她都会“咯咯”傻笑。虽然没有表露出来，但我其实挺开心的。毕竟，如果雅各布能让我妹妹发笑，那或许我做的这一切还不算那么糟。

“磨坊主让我代他问好。”雅各布把一袋面粉放到桌上。“就这一袋吗？”我语气有些不悦，“那可是整整一箱小卷心菜呢。”雅各布看起来有些垂头丧气：“就这些，没别的了。”

“你还价了吗？”我问他。

“这交易看起来挺合理的。”他说着，转身又要出门回到地里。

“如果你不和那个吝啬鬼据理力争，你就只能拿到一半的东西，你必须多说些话为自己争取一下。”

雅各布耸耸肩，关上门离开了。

在我眼里，雅各布的温柔有时也是一种软弱，这种软弱令我生气。以前买土豆的时候，我会代替他和卖家讨价还价，最后当我告诉他成交价是多少时，他都会难以置信地摇摇头——有时能省下的钱比他预期的还多一半呢。

我决定拎起那袋面粉亲自去找磨坊主。既然雅各布嫌麻烦，那就我来做吧，实话实说，我也宁愿由我来处理这种事。如果你观察得足够仔细，你会发现雅各布的温柔能够使我得到极大的抚慰，这也是我选择他的理由。在这段婚姻里，我永远都不用担心自己的独立性会受到威胁。

我和雅各布的婚姻生活从一开始就是一团糟，哪怕在我们最相爱的第一年，盲目的爱情掩盖了其他所有的问题，也没能掩盖我们婚姻生活中的混乱。两个人共同生活就好像是在合作操纵一台难以驾驭的机器一样，它摇摇晃晃地运行着，慢慢陷入了停滞，只有施加足够多的力气，才会“咯吱咯吱”地再次运作起来。而每一次的肌肤相亲，都能使我们找回彼此。如果他把手搭在我的大腿上，就会点燃我心中的某处火焰；如果他走到我的身后，在草地的围栏边把手搭在我的肩膀上，所有的对抗也会在顷刻间烟消云散。有时在床上，我也会翻身把头埋进他的臂弯里，如果他顺势搂住我，我就会依偎在他的胸膛，所有的争端也就不复存在。

每一次起冲突时都会由我先开口，雅各布会选择容忍，而正是由于他的逆来顺受，我的抱怨往往会演变成指责。我的责难换来的只是他的愈发沉默，直到最后，他都一言不发，我的怒气也会慢慢消下去。大体上，我们的争吵伴随着相当少的言辞，和好时更是不需一言一语。我不认为这是好事，这样下去，我们永远都学不会沟通。

我面对雅各布时，很难只保持一种态度。只有和心爱的人在一起时，人们才会持续不断地思考自己应处于什么样的位置，面对孩子、动物时，或打理自己的果园时，人们是不会考虑到这一点的。有时候，考虑这种事也会使我精疲力竭，我就干脆随它去。而后的几个月里，我们就按各自的喜好生活，相安无事。

雅各布正在修补养鸡场，我站在门口看着他工作。我经常这么看着他，然后逼自己回答一个问题：我对他到底是什么感觉？答案通常会是“让人感到亲近”，有时也会是“爱”。而今天的感觉，是“爱”。

他完成了修补的工作，径直朝我走来。他每靠近我一点，我内心那股温暖的感觉就消失一分，取而代之的是不知从何而来的冰冷。我慌忙移开视线，拿起房子边的扫帚，装作我是刚出来拿上它一样。就在我低头扫地时，雅各布走到我的身边，停留了一会儿。我抬头看看他，冲他和善地笑了笑，然后就继续低头扫我的地，直到他进屋。刚才那股冰冷的气息到底是从哪儿突然冒出来的？它仿佛是个活物，就像一股穿门而过的凛冽寒风轻而易举地将我击倒在地。

我目送雅各布进屋。看着他紧绷的双肩，我敢肯定，他也和我有同样的困惑。

曾经，我多么希望能够对这个男人敞开心扉，却未能如愿。这个男人是我的丈夫，我爱他，但每当机会摆在我面前时，我都会退却，因为我并不认为他能够理解我的内在——或者说，我与生俱来的深沉。我从未给我的丈夫任何机会去洞察我的灵魂、我的思想、我的感受。我心灵的门扉始终紧闭。我也曾感到恐惧，也曾在大自然中欢欣雀跃，也曾在大地上播撒种子，散播祝福。但在面对我的丈夫时，对这一切，我选择缄口不言。正是这份沉默，成了压倒一切的重担。

我渴望有人能深入我的内心，却也对此恐慌不已，这一矛盾使我痛苦不堪。也许，去了解另一个完全不同的个体，本就没有丝毫可能？爱人之间的心有灵犀也只是浪漫的童话？人终究是孤独的吗？或许你注意到，我并没有用“命中注定”这一说法去形容孤独，因为对我来说，孤独也许并非那么糟糕。

身为一名女性，当你对你的爱人袒露无遗，你可以得到一段鱼水之欢。你的爱人可以很轻易地进入你的身体，却无法看透你的思想，穿透你的心灵。让男人理解你绝不是一件顺理成章的事情，你不得不向他们解释你的情绪，表露你的想法，好让他们明白发生了什么。你必须要学会跟他们解释，但说实话，我从来都不擅长这事。我也同样注意到我的父母也不擅长这事，那我还能从何学起呢？不仅如此，我的父母在相处时也缺乏温柔，而我和雅各布却很亲昵。所以在某种意义上，我和雅各布做得比我父母还要更好些。

但一想到雅各布，我的心里便又会充满悔恨。我错失了那段时光，黑暗、沉重的感觉在我的身体里日渐膨胀。我想要传递给他的爱意最终却没了去处，那些我没能好好把握的光阴近在咫尺，却又遥不可及。

我多么希望他还活着，这样我就可以看着他在田野里干活。我会看着他把干草打包成捆，还会从篱笆处向他挥手，他一定会把手里的干草叉立在地上，然后也朝我挥挥手，脸上绽放出大大的笑容。

我想知道这是否就足够，这一切是否真的能令我满足。

雅各布去世后，我只能在记忆中追溯他的模样，然后更为彻底地爱上了他。是的，当某个人不再陪伴在你身边时，你完全有可能对那个人爱得更加深沉，这种事是会发生的，而且很容易发生。你所爱之人不可能再做任何事情，也就不再会使你失望。你可以尽己所能去爱那人，你的心也会因爱发光。

世上很少有东西能够让施予者很快地得到同等的回报，爱是其中之一。因为无论接受这份爱意的人如何回应，他们自己的心都会因爱而温暖。

·7·

“你能跟我来一趟吗？”

我惊讶地发现雷尼尔正站在门口，他上次站在门口这么叫我已经是十年前的事情了。平日里，哪怕我就在隔壁的田地里伸手跟他打招呼，他都会假装没看见。从他的眼神可以看出，光是站在那儿就已使他十分勉强，更准确地说，他似乎想直接掉头走开。

“什么事？”我问道。

“我的一头牛已经有阵子没产奶了，现在它连东西都不吃了，我妻子觉得你也许能帮得上忙。”

“等我拿个披肩。”我回复道。虽然已经五月了，但天气还有些凉飕飕的。

当我出门时，他阔步走在我的前面。面对这种傲慢的行为，我也只能付之一笑。到达他家的谷仓后，我一眼就看到了那个奄奄一息的可怜动物。

那头牛十分瘦弱，几乎是皮包骨。它的舌头没有任何水分，眼白泛黄。这可怜的动物既咽不下食物，也放弃了行走。它垂垂老矣，行将就木，仅此而已。

我照例检查了它的乳房和舌头，试了试腹部，最后敲了敲它的脑袋。

“奶牛总有死去的一天，”我对雷尼尔说，“就和你我一样。如果我是你，我就会趁它还有点肉的时候把它给宰了。”

他瞪着我，眼睛里闪着怒火，就好像我方才给这只动物施加了诅咒一样。“明白了。”他说道。

他没有带我去看另一头牛，那头牛在一个月后也死了。有充分的证据显示，我隔着很远的距离给那头牛施加了诅咒——他很有可能就是这么到处宣传的，有很多人会相信他，也许他也是这么跟市政官说的。如果当初我能赔偿他两头奶牛的话，还有一线希望让这事就这么过去，但我丝毫没有类似的想法。就这样，我被逮捕了。

林布里赫特的人们能够随心所欲地相互攻讦，但当地领主必须严肃对待这些指控。领主会估计这些谣言在当地会造成多大规模的恐慌，从而判断是否需要进一步调查。领主是唯一能够对市政官发号施令，同时插手教堂事务的人。就像点燃火焰一样，开启一宗女巫审判也可能会引发不可控的熊熊大火。因为被指控为女巫的人会开始指认其他人为同党，而那些被指认为同党的人又会指认更多的人。地方上的统治者必须要想清楚，为了抓住一个所谓的恶魔崇拜者，这些代价是否值得。

不难看出，赫尔曼·温南德·范·布雷尔在我这桩案子上没有丝毫犹豫。

我用尽所有力气才能赶走脑海中那些可怕的想法，然后努力唤起一些美好的画面。我所依恋的那美好的图景，只有她——我的女儿，格蕾琴。她有一头浅金色的头发，苹果般圆圆的小脸，每走几步都会把手中的布娃娃掉在地上，然后弯腰去捡。那个娃娃是我在怀上她的最后几周里用旧裙子上的面料缝制的，里面塞满了稻草，再用两颗纽扣当作眼睛。

在和雅各布结婚一年后，我的月经突然停了。

恶心反胃的感觉持续了一整天，好不容易好了一点，情况又迅速地恶化，我吃的所有东西几乎都要吐出一半来。我欣然接受所有因怀孕带来的不适，因为我知道，我越是难受——尤其是在怀孕早期，我肚子里的孩子就能够被孕育得更好。

在一个春夏之交、星象颇佳的夜晚，也是我体内的胚胎慢慢成形的时期，我在一轮上弦月的照耀下种下了一棵苹果树的种子，就在菜园旁边，它长成后将成为我孩子的生命之树。我的直觉告诉我，这孩子会是个女孩。

那段时间里，雅各布已经对我的各种直觉习以为常。每当我对即将到来的天气或是马上要生病的动物发表一些预告时，他都会开玩笑说我是“先知”。但他也会认真对待我的预言，自从我第一次跟他说了关于孩子性别的直觉时，他便开始用“我们的女儿”来指代我肚子里的生命。

怀孕的体验新奇而又怪异。我以前经常看到母亲挺着大肚子，却从来没想过那肚子里会有多么“热闹”。怀孕六个月后，我的女儿开始在我肚子里来回翻腾，尤其是在晚上我躺下身想要睡觉的时候。直到最后快要分娩时，她仍然在我的体内四处碰撞，冲击着我的五脏六腑。

一天清晨，我的下腹部突然感到一阵剧烈的疼痛，仿佛被出膛的子弹射伤了一样。随之而来的是一阵又一阵的痉挛。雅各布就躺在我的身边，依然熟睡，我没有叫醒他，我觉得我必须安静地接受这一切。我集中我的注意力，试着去缓解每一次痉挛带来的痛苦。无论是我还是我的孩子，都在这场斗争中拼尽了全力——我必须强忍我的痛苦，打开我的身体；而我的女儿则需要克服那狭窄的通道才能来到人世。我们之间搭起了一道无形的桥梁，她似乎马上就要来到我的身边。

我在之前已经备好了鼠尾草、桦树叶、罗勒等草药，用于洗去血污和缓解疼痛，也用浓烈的杜松子酒外加其他一些药草调和了药酒。

从我母亲分娩的经历中，我了解到产前的初步宫缩可能会持续很长一段时间。所以在痉挛的程度轻了一些后，我便和往常一样安静地起床。

“要来了。”我的语气十分平静，连我自己都有些惊讶。“什么？”雅各布睡眼惺忪地发问。

“我们的女儿要出生了。”

他猛然弹起身，开始连珠炮似的提问："什么？你确定吗？疼不疼？有什么我能做的？"

"你什么都不用做，"我微笑着安慰他，"只需要去把我妹妹叫来就行了。"

正当我洗完澡打算穿衣服时，宫缩突然变得剧烈起来，疼得我几乎无法站立。我把床垫从床上拽到地上，手脚并用地爬到了那上面。恍惚间，我发现自己正如同动物一般左右打滚以减轻痛苦。这是良性的疼痛——当我感到恐慌时，便这么说服自己——该发生的总会发生。

我努力驱赶面对宫缩时的恐惧，我不想让痛苦像一阵又一阵袭来的海浪将我吞噬，我更希望能够攀到海浪的顶点让它带我前行。我不会摆好架势抵抗它或逃开它，我相信它会带我走向分娩的尽头。我在疼痛前卸下了武装，但不是作为受害者，而是作为它的主人。

在卡特琳娜到来之前，我就进入到最后的发力阶段了。这是我的身体决定的，我没办法等到她来才开始。卡特琳娜跑到我的身边给我加油打气，但她似乎也不清楚还能做些什么。我只能向她解释如何把我收集的新鲜柳条、槲寄生和蓍草挤压在一起制成湿状膏药，等孩子降生后涂在我的身上。

我配合每一次宫缩的节奏发力，一次又一次，但却感觉不到胎儿的移动。我记得母亲生下一个孩子只需要不到十五分钟，我已经生了多久了？

又一次宫缩到来，我已几近力竭。我感觉自己已不站在海浪的顶点，而是坠入了海底。

好不容易恢复过来后，我注意到房里还有其他人。我隐约看到了我的邻居尼尔·温南德，她比我年轻几岁，和我们住在同一条路上。一定是雅各布把她叫来的。

她靠了过来。

“你需要我的帮助吗，恩特根？”她的嗓音非常清脆，“我曾自己生过两个孩子。”

看着她友善、坦诚的面孔，我没多想便点了点头——我打从心底里信任她。她面露喜色，把脸凑过来对我说：“等下一次宫缩来的时候，放松你的面部和肩膀，用你背部和腹部的肌肉发力，就能把孩子生下来了。”

很快迎来了新一波的宫缩，我按照尼尔说的做，情况确实有所不同。我躺倒在床垫上艰难地喘着气，没过两秒，我又起身迎接下一次宫缩。

“你可以做到的，夫人，”尼尔在一旁鼓励我，“你一定可以的。”

剧烈的宫缩接踵而至，没有任何减缓的迹象，这股前所未有的力量在我的体内撕扯。我甚至觉得我已不是这次分娩的参与者，而只是一个容器，造物活动在我的体内自顾自地发生。灼烧般的疼痛已开始使我的双腿感到麻痹。

“下一次宫缩之后，你的孩子就会生下来了。”尼尔在我抬起的腿边对我说道。

宫缩如期而至，我用尽我浑身的力气想要把孩子推出来。“把手伸出来。”尼尔发话。

我不知道她为什么让我这么做，但依旧依照着她的话把手伸了出去。我睁着双眼，惊讶地发现婴儿的头颅已经从我双腿间出来，我甚至都可以触碰到那颗小小的头。尼尔流畅地将婴儿一把拉出，交到我的手上。我将婴儿贴在我的腹部。

小婴儿身上黏糊糊的，像是覆盖着一层白色的牛奶凝乳，她的身体微微发红，看起来是那么完美。这一切总算是结束了。

我观察着她。我看到她身上的毛发，看到她张开的双眼，看到她纤细的手指在空中划出优雅的轨迹——真的是我孕育了这个生命吗?

我成为母亲时是三十一岁，一些人可能会认为这个年纪很大了，但我的母亲生下彼特时是四十一岁。我本想再要两个孩子，雅各布则想再要四个，不过这些最终都没能实现。在我当母亲的头十年里，家务事是由卡特琳娜负责，而尼尔则会帮我照看格蕾琴。我不仅生了个女儿，也收获了一个朋友。

终于，一缕朦胧的晨曦透过窗渗了进来，隐约可见地面上灰褐色的石头、石头交叠处的缝隙，以及上方圆形的拱顶。窗外是一簇簇树叶，挂在树梢上，顺着支离破碎的天空望向远方，能看到另一边的护城河。

这个世界的细节一点一点地显露出来，就像观看一场游乐演出一样，我的目光紧紧跟随着这些细节。正是因为光，时间的流逝才能够被人们所感知。肉眼无法观察到流逝，但如果你将眼睛闭上一会儿后再张开，就能看到很多不同之处。你会看到黑夜变成黎明，黎明变成白昼，而每一个阶段都伴随着千千万万的细微变化。

我听到钥匙插进门锁的“咔哒”声，艰难地坐起了身子，我不想早餐送进来时像个放弃挣扎的人一样还躺在地上。休伯特两手空空地走了进来，后面还跟着个人。我试图站起身，却没有成功，这个执法官的小助理立马到我身边，轻而易举地就把我拉了起来。我一定轻得像一根羽毛。

随后他便往外走去，离开时关上了身后的门。

他带来的男人就站在我面前。他的眼睛很小，似乎总是睁不开的样子，眼睛上方的眉毛却十分浓密。他身穿一袭黑色的教士服，底摆正好能够盖住脚踝，腿上裹着一双针织的黑色高筒袜。现在这牢房里只剩我们两个人，他略显不安地看了看四周，然后主动伸出手与我相握。

“我是来自马泽克修道院的哈尔巴赫神父，”他率先开口，“很高兴见到你，路易顿夫人。我是法庭指派给你的律师。”

“穿着教士道袍的律师？”我反问道。

他所属的教会将在很大程度上决定我是否会被定罪，我很难想象这一切竟是合乎法律的。不过我也许并不应该感到惊讶，毕竟塔肯那种人都可以在充当检察官的同时又充当法官。

面前的男人似乎被我的问题弄得很尴尬。

“正义会得到伸张，你必须相信这一点。”

“我不相信那些高高在上的正人君子，自然也不会相信你们这些教会的小跟班。”我直视着他的眼睛，一字一顿地说道。

“既然如此，请将你的信仰寄予全知全能的上帝，他的力量可以战胜一切邪恶，在正义和真理到来的时刻，你可以向他寻求帮助。”

我一言不发，在他看来也许是一种默认。

“好了，现在让我们进入正题吧。接下来的几天里，法庭将会听取你和其他证人的证词。我们这边有任何可以传唤的证人吗？有没有人愿意为你说话？”

我在脑中飞快地搜索。

“这个人得有好的名声。”他继续说着。

“我有个当医生的弟弟，他绝对会愿意为我辩护，而且他的论据也十分有力。这些我都可以向你保证，但是他已经去世五年了。”

“愿他的灵魂安息，”眼前的男人带着牧师的口吻说道，“还有其他人能为你的品行作出担保吗？”

这些年来，我帮助过不少人，他们也对我表示了感谢，但是我想不到他们中会有任何一个人有勇气站出来替我说话，对抗谣言。除了尼尔，她一定会义无反顾地站在我这一边，但是我不想将她置于危险之中。如果她替我作证，人们可能会将怒火转向她，甚至将这个孤苦伶仃的女性同样指控为女巫。

我摇摇头。

“那真是太不幸了。”这位牧师说完，神情若有所思。

他看起来正努力地思考着人选，但我并不信任他。

“还有一种可能。”他双手合十，手指顶在嘴唇上，一副沉思的模样。他的双手爬满了皱纹，凸起的血管纵横交错，指甲上也布满了裂纹。

“还有一种方法可以结束审判，或至少加速审判的进程，就是坦白你曾经与撒旦勾结并祈求耶稣基督的宽恕。在祈祷和忏悔过后，你会有一丝希望被宣判已受到净化，法庭也会允许你回归社会。”

“但这会证明那些证人的说辞。”

“难道他们说得不对吗？”

“我没有受到魔鬼的控制！”我愤怒地喊道，“怎么回事？你不是我的律师吗？还是说你只是市政官派来让我认罪的？”我的声音在狭小的地牢里回响，之后便是短暂的沉默。“我没有做过任何伤害那些人的事情。”我的声音平静了许多。

“明白了。那我现在没什么能帮你的了。”

· 8 ·

我的面前放着一杯水和一个盘子，盘子里有两片抹了黄油的面包。这是我进入牢里以来最丰盛的一餐。我本想细嚼慢咽，慢慢品尝这些食物，但最后我还是忍不住狼吞虎咽，就像一匹饥饿的马面前摆着一堆干草一样。

把所有东西都吃完之后，我还是很饿。

在我的脑海中，我看到了那些村民将会在接下来的几天里轮流站上证人席。他们面色红润，期待着自己说的话会被那些位高权重的大人们仔细地聆听，为自己在如此重要的案件中能发挥作用而感到兴奋。他们迫不及待地为自己的故事添油加醋，以彰显自己微不足道的价值。这些人以我的邻居雷尼尔为首，他一直嫉妒我所拥有的一切——我养的动物、收成良好的庄稼、丰饶的菜园，还有我的农舍——我的农舍不仅比他的要大，还有更好的屋顶，就连壁炉都有两个。除了那次让我去看他家的奶牛外，这个男人从没有向我寻求过任何建议。说心里话，我也没有任何理由要给这个讨厌的老家伙提供任何帮助。不过我倒是就即将到来的恶劣天气和严酷的寒冬给过他的妻子几次善意的提醒，也给过她一些自己种的蔬菜，但是她从来不敢忤逆自己的丈夫。

我现在意识到，当初为了求得我的帮助，雷尼尔不得不放弃他的尊严。等站在证人席上时，他会把我当时对奶牛的评价解释为拒绝提供帮助，同时把我提供的“宰杀奶牛”的建议说成是对动物判下的死刑。我很怀疑他是否真的相信我有施行巫术的能力，不过考虑到人们对我的看法，这一模糊的感觉也可能会慢慢在他的脑海里扎下根来。

现在的人们都关注高高在上的牧师，认为他们无所不能。如果人们仍然像以前一样关注天空，关注土地，关注他们豢养的动物，该有多好。那样的话，他们就能够像我一样未雨绸缪。如果有迹象表示暴风雨将要来临，他们能够及时挖出地里的土豆以避免它们腐烂；如果晚霜即将到来，它们就能够在植物的幼苗上盖上一层泥土以防止幼苗被冻坏；他们可以把浸泡过的紫松果菊喂给那些最脆弱、最年迈的牲畜；他们还可以确保往牲畜的饲料里加上足够的药草。可是他们都做了什么？在歉收的荒年，只有我收成不错，他们都感到妒忌，心生怨恨，最后竟认为我才是罪魁祸首。

我真的应该像哈尔巴赫神父所建议的那样认罪，证明那些人是对的吗？然后赔偿他们的损失以避免进一步的诉讼？这很有可能是人们站出来指控我的真实目的，我绝不妥协。

在我漫长的一生中，这并不是我第一次被称作女巫，塔肯提到的那些证人全都这么称呼过我。酒馆老板伯特·范·诺伊斯是第一个叫我女巫的人，那已经是二十六年前的事了。

一天下午，我和雅各布都在酒馆。在不耽误工作的情况下，我们经常小酌一杯，再玩上几局纸牌。那时格蕾琴已经十五岁了，独自一人在家也不会有什么问题。村里的每个人都会光顾这家酒馆，尤其是在不用播种，不用采摘，也不用割草的时节。夏天的时候，酒馆里经常会有人演奏风笛，人们就在酒馆门外载歌载舞。有的时候，我也会独自去酒馆谈生意。

不管人们如何看待女性独自前往酒馆，在酒馆的酒桌上谈生意总是要比在自家厨房的餐桌上谈生意简单得多。

伯特从他父亲戈尔滕的手里接过了这家酒馆，但是他的父亲还是会忍不住对酒馆的事务指手画脚。戈尔滕总是坐在角落里监视着一切，然后时不时晃荡着身子走去吧台，要么是抱怨这个那个，要么是给出自己的建议。伯特会在听他说完之后简单地点点头，然后把他送回专属于他的那张桌前。

正当我要和戈尔滕说话时，他刚起身打算往吧台走，同时我也看到伯特的脸上有了一些疲态。“老戈，和我喝一杯吧。”我指了指我们身旁的空椅子。

他停住了脚步，不太情愿地弯下身子坐到了椅子上。我手中的那杯啤酒，我只抿了一口便递给了他。

“给，喝我这杯吧，我会再点一杯。”

“我去点吧。”雅各布站起身往吧台走去。不用留下来听接下来的无聊话题，他也松了一口气。

“生意怎么样，恩特根？”戈尔滕压低声音说道。和其他许多人一样，他也认为我独自出现在酒馆却没有男性陪同是一件令人羞耻的事情，更糟糕的是，我出现在酒馆竟然是为了做男人的工作：谈生意。

“就那样吧，你也知道今年的收成不太好。”听我说完，戈尔滕慢慢点了点头，视线始终停留在我的身上。

“但你的收成总是特别好。”

“还行吧，但我们这杯酒还是祝所有人都能在下个收获的季节获得丰收吧。辛勤耕耘的人最后肯定会获得回报的。”

他咕哝了一声表示认同。就在这时，雅各布把满满一杯啤酒摆到我的面前。“谢谢。”我对他说。

我们三人同时举起酒杯，各自啜饮。

几天之后，雅各布听说戈尔滕病倒了，只能躺在床上静养。又过了三周，戈尔滕能够下地走动了，却总不如之前那么健康。那时候开始流传起了一则谣言——我通过让戈尔滕喝下我那杯酒给他下了巫术，原因是我心里清楚他不喜欢我。很明显，一开始只是戈尔滕喃喃自语，然后伯特把他的话一五一十说给了每个人听，还向所有人反复提到：“这都是那个叫路易顿的女人害的。”

在把那杯酒递给戈尔滕的一年之后，我再次见到了他。那段时间里我一直没在酒馆露面，但最终我还是决定直面那些懦弱的流言蜚语——或者诚实些说，如果不把我包装得如此有英雄气魄的话，事实是那则流言在当时基本已经销声匿迹了。那个编造的故事最终变得苍白无力，尼尔也向我保证她没有再听到任何人提起过那个谣言。她说，人们几乎已经要将它忘却了。

我自己同样注意到，当我在周六前往集市或在周日前往教堂时，没有人在我周围窃窃私语了。一直与酒馆刻意保持距离反而会显得我问心有愧。

我可以用这些话安慰自己，但当我走进旅馆时，我身上的每一处肌肉还是会不自觉地绷紧。我面无表情，背部跟鱼竿一样挺得笔直，身体活像一副僵硬的盔甲。

戈尔滕和往常一样坐在角落里他专属的那个位置，脸上依旧是一副警觉的神情。当他的视线捕捉到我后，他立马坐直了身子紧紧地盯着我。我也同样直视着他，他却把目光移向了我的身后，就好像那里发生了什么更重要的事情。如果他当时只是生气地对我骂骂咧咧，或是敌视我，那我都有应对的办法。但他那时的做法却像燎过干枯树枝的火焰，只一瞬就点燃了我心中对不义之事的愤慨与不满。

接下来要发生的事情完全在我的计划之外，我本来只想专注在自己的事情上。对于第一次重回酒馆的我来说，能够在众人狐疑的目光下走进这个地方就已经足够了，但我当时直接走向了戈尔滕。在我离他越来越近的这段路程中，坐在其他酒桌和吧台的人们都逐渐停止了谈话，整个酒馆都安静了下来。而戈尔滕本人则继续凝视着我身后的某个地方，直到我走到他跟前朝他开口。

“喂，戈尔滕！”我的声音很大，好让酒馆里的每个人都能够听到，“你现在是不是觉得好一点了？”

我的本意是想训斥他，但刚说出的话哪怕在我自己听来都像是在威胁他。戈尔滕害怕地看着我，点了点头。

仿佛挤尽了全身最后一丝力气，我精疲力竭，走到酒馆另一边找了个空座位坐下了。我咒骂着自己的愚蠢，如果他之后又生病了怎么办？人们会把矛头指向谁？大半个林布里赫特的人们都目睹了方才的场面。

谢天谢地，那之后的几年里，戈尔滕的身体都非常健康。我继续造访着那家酒馆，有时和雅各布一起，有时只有我一个人，大家也都慢慢习以为常。只不过每次我走进酒馆时，身体还是会不由得感到些许僵硬，在两杯酒下肚后才能放松下来。

即便一切都看似回到了正轨，在生活的表面下，暗流仍在涌动。时过境迁，斗转星移，一切的一切都开始叠加，摇晃，崩塌。危巢之下岂有完卵，命运很快就给我上了一课。

· 9 ·

我和雅各布同床共枕了近二十年，他还是会经常有意地避开我。在他离世后的这些年，我仍然努力地让他活在我的心里。我回首生命中每一个重要的时刻，都有雅各布的身影。还记得婚礼那天，他来我父母家接我，那柔情似水的眼神将我深深淹没。我当时穿着一件母亲留给我的浅棕色短上衣，胸衣紧紧地束在里面，头发也盘了起来。那晚我们在酒馆里起舞，吸引了周围一圈人驻足观看。

当重要的事情像这样发生的时候，你很清楚自己会将它们铭记一生。然而，也总会有些微不足道的瞬间在不经意间镌刻在你的脑海中。

婚后的第一个夏天，我和雅各布躺在草地上，我的头枕在他的腹部，他的手强壮而又粗糙，随着我的呼吸轻轻地抚摸着我的肚子。一阵风吹过，树梢在风中摇晃。雅各布的手开始逐渐往下，再往下，幅度越来越大。就在那时，我隐约感觉到心里涌起了一股莫名的情感。

它可能只是我的一个错觉，也可能重要到会改变我的一生。

“我的妻子。”这是他时常挂在嘴边的话。仅仅是这四个字而已，没有任何控制我或占有我的痕迹，确切地说，我们之间是彼此拥有的关系。

当我想起他的时候，也总会不自觉地想到那个冬日的早晨。那天早上，我们各自换着衣服，跟往常一样严肃、沉默，就像两个陌生人。我看向他的后背，肌肉在皮肤的覆盖之下有节奏地活动着，两处肩胛骨看起来反而是那么脆弱。我的内心开始动摇，只要我把手搭在他的肩膀上，温柔地看着他，这个简单的动作就能重新点燃我们之间的激情，只需要一秒钟，我就能完全引导局势。但最终，我还是败给了自己的铁石心肠。时机稍纵即逝，雅各布离开了房间。

我又成了孤身一人，活力和激情也悉数褪去。

和雅各布的婚姻使我在自己的人生中前进了一大步。身为母亲的我蜕变成了一名真正的女性，这让我第一次感到我可以主宰自己的人生。雅各布对我的爱意和渴望让这种感觉愈发强烈，与此同时，我体内的野性和叛逆也成长得越发明显，他却没有足够的力量去驯服我，他无法在合适的时候将我体内的野兽关回笼子里。真是讽刺，我逃避自己命运的方式竟是将自己许诺给一个男人。就像在婚礼现场时掷地有声的承诺：你会忠于你的丈夫吗？我向他屈服，向他妥协——就这样，我使自己得到了解放。

每当我觉得雅各布把我们的豆子卖得太过便宜，我都会背着他去找那些买家理论。那些小商贩在讨价还价的过程中绝不松口，看向我的眼神里都带着怜悯，显然，他们觉得一个女人竟相信自己能够与人谈判，简直太滑稽了。这种态度激怒了我，最终我干脆取消了整笔交易。

“你都做了什么！”当我告诉雅各布时，他大声向我抱怨。

“那些自以为是的商人理应得到教训，我们不需要他们。”

“但我们确实需要他们啊！”

“但不是毫无底线，雅各布，我们不需要贱卖我们的豆子。我会去和另一伙人谈谈交易，会卖出去的。”

雅各布翻了个白眼：“他们已经收购粮食很多年了，这么多年来都没出过岔子。恩特根，你太高看你自己了。在你还没反应过来的时候，他们就不会再想和我们做生意了。”

我看向他，摇了摇头：“你甚至都没有尝试过。”

他把工作手套摔在桌子上，气冲冲地走出了门，几分钟之后他回来，气还没有消。同时，我在收拾脏了的衣物准备拿去洗。我胳膊底下夹着一堆床上的织物，含情脉脉地看着他。

“好几次了，我本来可以直接扇你。”他的话里仍带着怒气。

我真想亲他，我当时真应该直接亲上去。

雅各布可以指责我挥霍无度，我可以指责他心胸狭隘，他认为我不负责任，我则认为他太过谨慎。在内心深处，我坚信只要我们共度的时光足够长，那他一定会变得和我越来越相似。然而，这只不过是陷入爱情的人们常出现的幻觉而已。

格蕾琴出生后，给她喂奶并不是件容易的事。她死死地抓住我的乳头，就好像会有小羊羔跟她抢食一样。一开始，她抓的地方只是有点红而已，但后来就出现了伤口，伤口变得越来越大，裂开的程度甚至堪比我的小拇指。为了减缓伤势，我们试着敷了甘菊制成的膏药和卷心菜叶，但都不起作用，尼尔也想不出什么办法。每一次喂奶都像是受刑，我只有咬紧牙关才能勉强熬过去。雅各布一定也用尽了最大的耐心，当时我受不了他碰我，因为那就像是他很想从我这得到什么，而我又给不了。

最终，我发现猪油制成的镇痛剂和金盏花能够有效抑制疼痛并帮助伤口愈合，这一发现也在之后帮助了村里很多哺乳期的女性。

在格蕾琴断奶后，我们继续给她喝山羊奶和稀粥，直到那时，我才重新找回了自我。我重新拥有了自己的身体，我的身体不再是喂奶的工具，不再是单方面给予的机器，而是装满我自身情绪和体悟的容器。渐渐地，我的性欲也再一次复苏，而我新近才获得的身为母亲的本能也开始苏醒。我的脑海中有两种声音：一种是经由我母亲传达的牧师的声音，另一种是我祖母的声音。第一次，牧师的声音占了上风。

“要当心，林布里赫特的女人们，”我仿佛听见牧师站在教堂的小讲坛上高声疾呼，“在生命迎来终结之时，上帝的审判将会降临于你们每个人。要知道肉体情欲的沼泽必将引你通向撒旦的深渊，女人无休无止的性欲是世间所有巫术的温床。”

唯一让宗教认可的女性是贞洁的圣母玛利亚，她没有任何情欲。她甚至能够在没有和丈夫性交的情况下怀上耶稣，也就因此没有任何罪过。除了她还有哪位女性能够做到这点？我们这些理应受人尊敬的妻子在教会的呼吁下摒弃了对肉体的欲望，却又被要求服从丈夫的性欲。那些医生和趾高气扬的牧师命令村里的已婚女性们不要在床上有任何非分之想，哪怕是睡觉时也要穿戴整齐。性交只有两个目的——让男人射精，让女人生育，仅此而已。毕竟在教会的解释下，男人荒淫无度只是不经意间的堕落，而女人偶尔的激情则会让她万劫不复。

同样是年轻妈妈，我欲火焚身，圣母玛利亚却冰清玉洁，我们两个一定有一方撒了谎。谁知道呢？如果我纵容自己踏上那条罪恶的道路，我孩子的健康可能会受到影响，于是我努力压抑自己的欲望，直到它几乎不费吹灰之力就使我屈服。即使只是雅各布在马厩里触碰了一下我的背部，或是一个稍显多情的眼神，都能立刻将我点燃。无论如何，我最后一定像匹发情的母马扑到了我丈夫身上，因为我还记得他受到惊吓后的放声大笑。

自从那次以后，我们开始抓住每一次机会相拥在一起，就像我们偷尝禁果后的第一个月一样。我们的婚姻重新焕发了生机，格蕾琴也没有受到任何伤害，于是，牧师和我母亲的那些谆谆教诲逐渐变成了若隐若现的轻声细语，直至消失。

我花了大半辈子的功夫才使自己不受他人信仰左右，相比之下，寻找属于你自己的真理要简单多了。因为真理一直就在那儿，当它不再被歪理邪说所裹挟时，你会惊讶地发现它竟如此清晰，如此简单明了，而你却一直对其视而不见。

考虑到我曾在年轻时像母亲一样照顾我的弟弟妹妹，你可能会自然而然地认为我有着天生的母性关怀，但事实上，我的母性似乎已经消耗殆尽。格蕾琴一断奶，我就开始坐立不安，我想要离开这个家，踏上我自己的路，一直走向远方，沿路把土豆、大豆、谷物、大麦、燕麦都卖个好价钱。我真心爱着我的孩子，但多年来，我已先后三次在母亲的命令下履行着为人母的职责，早已对那些育儿之道和父母责任之类的琐事都失去了耐心。我感到自己的责任心大不如前，我怀上孩子，生出孩子，再给孩子喂奶，现在轮到雅各布照顾孩子了。

太可笑了，你以前不理解自己母亲的所作所为，到头来却变得跟她一样，就好像你不想接受某种似曾相识的东西，就拼命反对它一样。

我拒绝忽视自身的需求，这再合理不过了，在我之前的所有女性都是这么做的——当然，我母亲是个例外。我周围的女性都全身心投入到孩子的养育中，她们这么做是出于责任感，出于母亲的本能，出于对孩子的爱。我看着自己的孩子，看着她苍白的肌肤，看着她有神的双眼，我对她的爱绝不会少半分。我惊讶地意识到在这方面我与其他母亲是如此不同，我无法释怀，而广阔的天地和空寂的虚无则吸引我挣脱现实，遁入其中。

当格蕾琴还是个婴儿的时候，雅各布经常会用衣服把她绑在自己的胸前，然后带着她下地。这不是什么苦差事，也没有什么能比做这事更让他开心。村民们看到他这副样子，会开玩笑地说他看起来就跟怀了一个宝宝一样。再之后就出现了针对我的流言蜚语，说我没有能力去照顾自己的孩子，也根本不爱自己的孩子。我不在乎，棍棒和石头可能会击碎我的骨头，但恶名永远不会对我造成伤害。我们一家都是如此。

今天，他们会再一次传唤证人。十年前的 1658 年，戈尔滕第一次指控我为女巫；十年后的今天，齐泽恩·布鲁格将前来对我发起新的指控。人们声称我使用巫术弄瘸了他的女儿艾丽丝，他绝对会在法庭上添油加醋地讲出他的故事，不是今天就是明天。关于那个故事，我已经听过十个不同的版本了，一个比一个夸张。不得不说，这个男人真的非常有想象力。

那是盛夏里的一天，天气非常好。艾丽丝当时快十二岁了，长着一双大大的棕色眼睛，算不上特别聪明，但我很喜欢她。她有时会走进我们的院子里找格蕾琴一块玩耍，而我会给她一杯牛奶或是一杯加了康乃馨花汁的糖水。那天我正走在回家的路上，看到艾丽丝在田地里走着，步子摇摇晃晃，跟个小鸭子似的。我上前去向她问好，到了跟前才发现她的脸色惨白，面色如纸。

“来这边坐着休息吧。”我指着树下的一处阴影。

她踉踉跄跄地走了过来，我和她一道坐在草地上，然后看着她问道：“你是不是很长时间没吃东西了？”

她摇摇头。

“那可能是你晒了太久的太阳了，那会让你不舒服的。”

她耸耸肩。

我们接着安静地坐了一会儿。我身上没带食物和水，只能用手给她扇扇风，她闭上双眼，看起来的确有点用。我正打算跟她说要去把她的父母找来，就看到齐泽恩在远处干活，我站起身朝他挥手直到他看见。

“她怎么了？”看到自己的女儿坐在地上，他开口问道。

“看起来有点头晕。”

她的哥哥也赶了过来，在她旁边蹲下身：“艾丽丝！醒醒！”

女孩睁开双眼，但开不了口。她的哥哥用胳膊搂住她的脖子扶着她，她勉勉强强地倚着哥哥站了起来，虚弱的双腿几乎支撑不住自己的身体。

“爸，我们必须带她回家。”哥哥说道。

齐泽恩先是难以置信地看了看自己的儿子，又看了看我，然后毫不费力地抱起自己的女儿往回走去。

“再见，博文迪尔特夫人。”男孩回头向我道别，然后随家人离开了。

我目送他们离开，想着艾丽丝在家里稍微凉快些，或是吃些东西后，身体可能会好一点。我决定第二天去他们家看看情况。

一小时后，我正在做晚饭，家里响起了敲门声，我让格蕾琴去开门，门外站着艾丽丝和她的妈妈崔妮克。

“你还不舒服吗，艾丽丝？”我听到格蕾琴这么问，心里有些惊讶。格蕾琴邀请她们进家里来，但她们拒绝了。

看到我走近，崔妮克对我说：“给她些吃的吧，恩特根，这样她能好一点。”

我不敢相信我的耳朵：“你想说的不是这个意思吧？”

格蕾琴拿着一片面包飞快地跑来，我阻止了她。

“格蕾琴，他们觉得是我对艾丽丝下了咒，让她病倒的。他们觉得让我给她吃下什么东西就可以移除诅咒，如果我拒绝的话，在他们看来就等于是变相地承认了自己的罪行。”

我的女儿疑惑地看着我：“但是你为什么要伤害艾丽丝呢？”

“我不知道，你觉得呢？”

话音刚落，艾丽丝就“噗通”一声跪倒在地，格蕾琴急忙跑去把她扶到桌子边坐下。

“快把东西拿出来给她，恩特根。”崔妮克咄咄逼人，格蕾琴也期待地看着我。

“妈妈？”

我叹了口气，双手垂下，站在崔妮克的面前。

“你给她吃下一些盐，她就能好起来。但是我向上帝发誓，崔妮克，我绝没有伤害你的孩子，我以后也绝不会伤害她。当时在田地里我只是在帮助她而已，我现在也愿意继续帮她，但前提是你得相信我。”

崔妮克目不转睛地注视着我。

“怎么样？”

“好吧。”她点点头。

我转身进屋倒了一碗水让艾丽丝喝下，然后在一小块面包上撒上盐，艾丽丝一小口一小口地把面包吃了。不一会儿，她的眼神就恢复了清澈，十五分钟后，她就能靠自己的双腿行走了。离开时，她的母亲向我道谢，而我在想，她究竟是为了什么而道谢——是为我治好了她的女儿，还是为我移除了自己的巫术？

十年后的1668年，齐泽恩的三头奶牛在短时间内接连死亡，他再一次将矛头指向了我。他丝毫没有想到是自己让三头奶牛挤在一间狭窄的谷仓里致使它们生病，他更愿意在村子里四处宣扬是我在千里之外对奶牛下了咒，因为我在很久之前就诅咒过他们一家，先是艾丽丝，然后现在轮到了家畜。

几天后，我灵光一闪，想着自己是不是可以对他剩下的家畜施加祝福，这样它们就不会死了。但是我这么做的话，他就会坐实是我的诅咒导致了那三头奶牛的死亡。假使我真的知道如何施加祝福，这么做也会让我承担起对那三头奶牛的责任，并且付给他相应的赔偿。

我骂骂咧咧了一路，终于赶走了他，我甚至还随手拿起了地上的一个桶子砸向他。他应该庆幸我手里的不是斧子。

“这样下去情况会越来越糟糕的，姐姐，”贾尼斯来拜访我时提醒我，“大家都会说是你诅咒了那些牛，你不能就这么随它去。”

“嗨，那个叫齐泽恩的不可能拿得出证据，”我宽慰他，“去年我甚至都没去过他的谷仓。”

“但问题的关键在于如果他没完没了地重复他的指控，人们会信以为真的，你知道那都是些什么样的人。他们成天疑神疑鬼，散播恐慌，弄得每个人都不好过。搞不好到最后，领主真的会把这当作一个案子去严肃处理。”

“齐泽恩不会真的相信我是个女巫，他只是想让我赔偿他的损失而已。就因为我住在这个农场里，所有人都觉得我很有钱。”

贾尼斯把手搭在我的肩上：“正因如此，你必须反抗。去告他，让所有人都知道你不是好欺负的。”

“告他？”我咧开嘴笑了，我喜欢这个主意。

“对，告他诽谤，要五百块的赔偿金。”听到这话，我直接笑出了声。

“那现在我是不是需要找个律师？”

“我会为你辩护的，首先要让他赔礼道歉，同时也要解决流传在人们间的那个荒谬的迷信问题。”他捏了捏我的肩膀，笑着说：“你怎么说，姐姐？我可不想错过这个绝佳的机会。”

贾尼斯写了封公函，上面的遣词造句我还是头一次见。他以我的名义对诽谤的行为进行索赔，然后亲自前往法庭证实了这项指控，使得案子终于成立。贾尼斯提醒我这场官司可能会持续上好几年，的确，诉讼过程拖了好几个月，而我们连法庭的门都没进过。

齐泽恩也没有轻易就范，他一直拒绝以书面形式撤回指控，不过他倒是很聪明地停止了对我的恶意中伤。如果我们在村里撞见了，我会一直盯着他，直到他先和我打招呼，我才会向他问好。林布里赫特的人们也重新开始正眼看我了，这次反击真是一次正确的决定。只有抗争，而不是任人鱼肉，才能使一个人获得尊敬，这一点，我将终生铭记。

贾尼斯最终去世了，他染上了疾病，虽与之抗争，却没能挺过来。他终生未婚，没有子女，只有事业算是小有成就，我们只能把他埋葬在寒冷的荒原上。

几个月之后，我撤销了对齐泽恩的指控。这不是个明智之举，这意味着我放弃了贾尼斯的毕生追求——以高贵优雅的姿态与迷信作坚决的斗争。但只靠我一个人根本坚持不下去，每一封跟法律相关的信件都使我神经紧绷。我没有足够的学识，不知道在法庭上该如何作答，也不知道能够向谁寻求帮助。在我们对齐泽恩发起诉讼大概满一年后，我放弃了。

齐泽恩也没有再提这事，他依旧毕恭毕敬地向我问好。这桩案子似乎尘埃落定，生活又恢复了往日的和平。

先上台的是戈尔滕和伯特·范·诺伊斯，然后是齐泽恩·布鲁格，现在站在上面的是雷尼尔·赫尔曼，絮絮叨叨地说着他那几头死去的奶牛。他们满口谎话，通篇都是对我的诽谤和中伤。但是他们真的想要看到我被绑在火刑柱上烧死吗？我并不这么认为。他们攻击我只是出于愤怒和妒忌，因为他们生活不顺，便想把过错推到其他人头上。而我的生活又非常顺遂，并且作为一名女性，我敢于反驳他们，这也让这群男人非常不满。归根结底，他们只是希望把我逼得走投无路，让我乖乖赔偿他们的损失。他们都认为我有足够的钱。

当下，我被囚禁在这座城堡。命运真是变幻无常。一开始只是村庄里的一些风言风语，而现在，世俗机构和宗教权威都在搜集对我的指控，一桩针对我的案件就这么慢慢成形，对我的调查也在有条不紊地进行。一切都起源于村民间的争执，现在却演变成了对我一人的审判。

·10·

那东西又出现了，昨天晚上和今天早上我都听到了“沙沙”声，我眼角的余光也捕捉到了一个黑影。要是在家里，它敢大摇大摆地出现，我的猫早就把它抓住了，而现在我不得不亲自动手。但是该用什么武器呢？这地方也没有石头或木块，我只能脱下我的鞋子，准备给它狠狠地来一下。

那个小东西在地上飞快地窜来窜去，时不时停一小会儿，用豆大的眼睛扫视四周，再接着移动。我悄悄地接近它，手里攥着鞋子，但是那东西却一个拐弯消失在了墙角，我只能作罢。那是只棕色的田鼠，体型很小，尾巴很短。它不应该出现在这儿，它应该在外面的田地里。它是迷路了吗？还是昨天我的食物送来时意外放进来的？或者是在他们终于给我换上新的稻草时钻进来的？我警惕着任何细微的动静，但是它没再出现，它一定已经从某个洞里溜走，回到外面的世界了。

在这牢里，我又成了孤身一人。

大多数记忆就像你的老朋友，你会时不时想起他们，你比任何人都了解他们，你也不会为他们的出现感到吃惊。但也有一些记忆会从烧尽的余灰中喷涌而出，它们之前从未出现在你的脑海里，此刻却清晰地展现在你面前，就如同第一次发生时一样。

我的脑海中开始浮现起童年的记忆，这些记忆深藏在我心底，第一次如此迅速、清晰地复现在我眼前。不同于其他回忆，这些童年的记忆不掺杂任何多余的幻想，也不遗漏任何点滴。

记忆里的我一定快九岁了。我牵着父亲的手，顺着他的目光看向落日余晖，芳草和花簇在夕阳的照射下金光灿灿。在我们的头顶，天蓝色的苍穹与浅绿色的大地交相辉映，洁白的云朵穿行其间，一洗冬日的阴霾。我们静静地站着，仰着头，欣赏这片刻的景色。

我们继续在田野中漫步。现在是四月，正是草地疯长的季节，人们把最后一点干草喂给他们的奶牛，然后把它们从黑暗的谷仓中牵出来。这些奶牛经过整个冬天漫长的圈养，终于可以在大自然中自由自在地享受美味的青草。现在正是一年中最美好的时节。作为公地管家，我父亲会把划分好的公共用地分配给每一户农民。

父亲为了我的安全考虑，让我站在篱笆后头，我就在这儿等着他们回来。我能清晰地描绘出他们的模样，就好像他们现在就在这地牢里，就站在我的面前。奶牛都从谷仓中被放了出来，它们的蹄子稀稀落落地踩过地上的绳子，鼻孔翕动，贪婪地呼吸着野外新鲜的空气。它们身上的绳子被解开，欢欣雀跃地在土地上蹦跳，它们的瞳孔兴奋地放大，尾巴也竖了起来。向着广阔的天空，向着高悬于天空上的太阳，它们奋力向上甩着自己的后蹄。

父亲向我走来，停在我的身边，带着同样兴奋的神情观察着这一切。奶牛已经渐渐安静下来，开始低头品尝新鲜的嫩草。

父亲为我结婚一事感到高兴。至于我的母亲，她不得不接下照顾卡特琳娜的担子，同时也担心自己的处境，便试图向我灌输一种观念，即以我的家庭地位，在这个年纪出嫁是闻所未闻的事情。在这种情况下，父亲只是向我递了个温和的眼神，就使我足够坚定。

对结婚这整件事情，他只在和我并肩走过荒野时说过寥寥几句话。“他人还不错。”说这话时，他目视前方。

我已记不清那天是温暖还是凉爽，也记不清我们是已经走了很长一段路还是刚走出家门。

“面对婚姻时，乐观开心比愁容满面更需要胆量。”他补充道。

他见识过我认真的模样，回想起来，他似乎也从我母亲那里见识过相同的神情。

我的内心涌上一阵酸楚，我本可以在那时问他很多问题，最后却都没有开口。我本可以问他是否真正理解了婚姻中需要什么样的勇气；我本可以问他，虽然人生并不理想，但他有没有从婚姻的柴米油盐中感到幸福；我本可以问他，他是否和我一样注意到了母亲为恪守自己的宗教信仰而背上了多么沉重的十字架，这沉重的负担又把她折磨得多么痛苦；我本可以告诉他，哪怕只是他简单的一句祝福，对我来说都意义重大——父亲的支持对我而言，抵得上世间一切重要之物。

我和父亲在格雷泰德的土地上一直走着，直到走出很远。他现在需要看管的土地少了，步子也慢了，身体状况更是每况愈下，但他对待工作仍是勤勤恳恳。同时，父亲也饱受疾病的折磨，他的膀胱里开始出现结石，这有时会让他疼得直不起腰来。在贾尼斯的建议下，父亲开始戒酒和荤腥，因为这些东西会加重他的病情，而带有祛毒功效的热饮和热水澡则能缓解疾病的症状。于是，母亲一改以前一个月用一次浴盆的习惯，变成了一个周用一次。她会拿着家里的锅去小溪边盛水，把水运回家烧热后再倒进盆里。家里的小辈们都知道母亲的辛劳，因为每次我们回家，母亲都会提到这个话题。

“等他进澡盆里，那水早都凉了，”母亲总会这么说，“我只能又一趟一趟往回运水，烧好后再往里加。”

“只有这么做，爸爸才有可能得救。”贾尼斯说。

“你爸爸的病是上帝赐予的，主是为了让他得到净化，”母亲反驳，“反抗上帝的意愿不仅毫无意义，甚至是一种罪过。”

在这种时候，贾尼斯会笑着引用雅各布·凯茨的诗句：

“若你陷入疾病与不幸，尽己所能吧，神明会为你拭去忧愁，心灵自会得到抚慰。”

最后那几年里，父亲脸上总是挂着痛苦的表情，甚至有的时候会因疼痛而暂时失明，不得不坐下来。但是他仍坚持在荒原上散步，来抚平因病痛和年老带来的伤感。

偶尔，我父亲会因剧烈的病痛疼得下不了床，但林布里赫特的领主和贵族们都不知道这事，因为父亲害怕会丢掉公地管家的工作。那段时间里，他会时不时拖着虚弱的身子下地，去田里露个面。每每回想起来，我都会感到气愤，像我父亲这样的人竟然也开始相信生命中的艰辛和饥饿都是上帝赐予的，我们应该理所应当地接受。

牧师的教诲仍在我耳边回荡："辛勤劳作者丰衣足食，懒惰散漫者忍饥挨饿。"这是人类的命运，如我父亲这般谦卑的人会为自己吃苦耐劳的品质感到自豪。在他看来，依靠自己的双手劳动，发自内心地热爱工作，既是伟大的，也是他自我价值的体现，他会一直坚持到身体干不动的那天。他因此成了一个品德高尚的人，他不辞辛劳地为人们工作，为尼古拉斯·范·布雷尔男爵挣得了财富。而作为回报，他们在发现父亲的病情后，毫不留情地将他解雇了。

我们刚搬来这里不久，林布里赫特城堡就建成了，又几乎是在同一时间，它就遭到了攻击。就在这条路上，于利希的公爵的势力延伸到了锡塔德，而他此刻想要将林布里赫特和艾尼格豪森都纳入自己的版图。那之后的两年里，于利希对城堡发起了几次暴风骤雨般的袭击，却没能成功攻占它，因为尼古拉斯·范·布雷尔从布鲁塞尔搬来了救兵。雇佣布鲁塞尔的军队花费了大量的金钱，而这份负担则落到了林布里赫特和艾尼格豪森的人民身上。

那之后过了很长时间，母亲才终于跟我们解释为什么吃的总是不够，是因为要支付布鲁塞尔军队的费用，并且尼古拉斯男爵把官员的薪水都降到了可怜的几分钱，其中就包括作为公地管家的父亲。在我结婚之后，我每周都会给我父母带些豆子和马铃薯，在彼特还住在家里的时候，我每到夏天也会给他带去水果。我会很开心地承认，嫁入一个条件还不错的家庭的确是一桩幸事。

尼古拉斯·范·布雷尔想要从于利希公国和尼德兰联省共和国下保持完全的独立，他决心守住林布里赫特这片自由的土地，不惜任何代价。作为林布里赫特的领主，教皇为他加冕，赋予他神圣的权力，他也因此对神圣罗马帝国负有直接的责任。

对我们这些林布里赫特的平民百姓来说，谁拥有这片土地并不重要，男爵大人在一年一度的圣萨尔维乌斯教堂庆典讲话中高声赞颂的自由对我们来说也不值一提。为了争取这份自由，我们不得不向军队支付昂贵的费用，耗费大量的资源，换来的却是可怜的粮食产出、微薄的薪水、高昂的地租，还有无处不在的沉重赋税。这一切牺牲真的值得吗？

曾经有好几次，我的父亲不得不对穿过荒野的军队采取行动。尼古拉斯·范·布雷尔禁止外来军队在格雷泰德扎营，而这些军队的敌人们则将这项命令视作对那些军队的支持，因为在你反应过来前，战争就有可能已经打响。男爵大人不想派他自己的军队去处理此事，因为有可能会引起摩擦，所以，作为管理土地的公职人员，我的父亲扛下了这一棘手的差事。但他也只能从附近的区域召集同僚，除此之外没有任何权力。男爵期望他能够劝说驻扎在此地的军队离开，另寻他处，以在战火的纷争中保全林布里赫特的独立。

还记得有一天，父亲回到家，神色惊恐。他只告诉我们他遇到了军队，然后将他们赶走。但从父亲苍白的脸色中，我敢肯定他曾与死亡擦肩而过。

最后的那段时间里，我有一次给父亲洗澡。他坐在木制的澡盆里，双腿弯曲，膝盖从浑浊的水面上露出来，双臂环绕着膝盖，看上去就像个小孩子。我用罐子舀上温水，倒在他的头顶上为他清洗头发，然后用手肘支着盆的边缘，一勺一勺舀起肥皂水为他冲洗肩膀。

他目视着前方，和往常一样沉默寡言，眼神中透露出些许忧伤，似乎已坦然接受了这即将走到终点的一生。

一个正直的人——父亲死后，市政官如此称呼他。在我看来，他们之所以这么评价我的父亲，是因为他终其一生都没有反抗过位高权重者，而是像个温顺的仆从一样服从了自己的命运。我同样认为我的父亲是个正直的人，但理由却完全不同，我认为他的正直和他对命运的顺从没有任何关系。

门外响起了声音，现在是正午，以往这个时候从未有人来过。休伯特开门走进来，身后跟着三个男人，他们走进这狭窄的空间，我下意识往后退了一步。其中一个人稍显年长，服饰考究，另外两个人则都很年轻。

“我是多米尼加教团的康拉德·宾斯菲尔德教授，”年长者郑重地说道，“我受命前来对你进行检查，被告人，检查你是否有任何女巫的特征。”

宗教法庭的检察官很多都是多米尼加人，我对此很清楚。现在我就要面临一次调查，我害怕地看向休伯特，他仍站在门口。

教授转向他，说道：“你可以离开了。”

休伯特微微转了个身走了出去，关上了身后的门。我心里非常慌乱，颤抖着问道：“这次检查意味着什么？”

“意味着我必须检查你的身体上是否有任何耻辱标记。”

“耻辱标记？”

“就是黑色的点，也叫作痣、酒色斑、疣，还有其他撒旦留下的记号。”

“我弟弟是助理医师，他说几乎所有病人的身上都长着痣、疣，还有小疙瘩。”

“你弟弟可以有他自己的看法，”面前的男人有些生气，“但他不是这个领域的专家，我才是。别拖延时间了，快脱衣服吧。”

我垂着手站在原地。

“我奉执法官与市政官之命前来，”教授的语气严肃了起来，“我可以向上面报告你拒绝配合做身体检查，也就是拒绝配合整个审判，这会大大增加你的嫌疑，你很有可能因此提前被判有罪。我还是建议你现在就把衣服脱下比较好。”

我看向另外两人中更年轻的那个，他的眼神向下躲避。

“否则，我的助手会替你动手。”

我解下我的腰带，脱下裙子扔在地上。我这么做与其说是服从，倒不如说是出于对那个年轻男孩的同情。在我脱衣服的时候，他们在地上铺上一张床单，把工具拿出来，在床单上一一摆开。我仍站在原地，身上只剩下内衣了，这时，我竟久违地感到了害臊。我已经很长时间没有这种感觉了，以前也只有在跟男人独处时会偶尔害羞。而现在，我的羞怯中还夹杂着愤怒和恐慌。

我快速脱下了内衣，全身赤裸，忍不住哆嗦，等着这几个男人转过身来。我手足无措，不知道是否该遮住我的胸部或私处，最后我决定就让双手自然地垂在身体两侧，这个动作让我保留了最多的尊严。

他们不值得让我羞怯。

一个男孩提着一盏灯笼，里面燃着一根蜡烛，另一个男孩握着一支鹅毛笔。

“好的，现在我们从身体的正面开始。”教授对两个男孩说道。

提着灯笼的男孩向我靠近，照亮我的皮肤。教授手里拿着一副压板，在灯笼的光线下仔细地查看我的身体。

“把左边的胳膊抬起来。”教授用命令的口吻说道。

我照着他说的做，然后感觉到他用压板压着我的皮肤。男孩把灯笼靠得更近了些。

我眼看着自己的那部分身体被照亮。

“我从出生起就有那颗痣。”

“安静，路易顿夫人。”教授说着，让另一名男孩在纸上用拉丁文记下了什么。

他继续检查我身体的每一处，就在我以为要结束的时候，他命令我躺在那张床单上。

“为什么？”

“我们要把你的阴毛都烧干净，看看那下面有没有藏着什么东西。经验告诉我们，恶魔很喜欢在那里留下自己的记号，宣告自己对那个地方的所有权。”听完这话，我没有任何动作。

“需要我再提醒你一遍配合的重要性吗？这也是为你自己好。”

一方面，我有一巴掌打在这些男人的脸上的冲动，然后大声训斥他们的胡作非为；但另一方面，我也抑制不住想要屈服，而且这种想法很不争气地占了上风。我想尽可能地减少伤害，避免暴力冲突，甚至去讨好他们。通常来讲，我鄙视这种迎合别人的行为，我会坚决地拒绝人们来摆脱这种迎合。但是现在，我必须理性，我没有跟他们讨价还价的空间。我会暂时屈服，但心里暗暗发誓，登上法庭时，我一定会坚持自己的立场。

在强大的心理压力之下，我半跪在地上，然后躺下，双腿并拢，每个动作都做得如此艰难。下一刻，他们就把我的双腿分开。我彻底成了玩物，任人摆弄，供人参观。巨大的羞耻感袭来，我闭上了双眼。

一个男孩手里拿着根木棍，借助蜡烛的火焰将其点燃，另一个男孩手里拿着浸泡过肥皂水的布条在一旁待命。当男孩把燃烧的木棍伸向我的胯部时，我感到灼热，便本能地缩回了身子。

“你躺着的时候最好一动不动，路易顿夫人，”教授开口道，“不然，可能会发生一些意外。”

我再次闭上了双眼，迫使我自己顺从地接受这一过程。一开始有些痒的感觉，之后一块湿布盖了上去，又感觉有些凉。

房间里充满了烧焦的气味，火焰灼烧着我的皮肤，我尖叫了起来。浸湿的布不足以消去烧伤的疼痛，没过多久，我又感到身上另一处被灼烧着，然后又换了一处。我停止了尖叫，只是低声地发出痛苦的呻吟。

结束之后，我的双眼依然紧闭，只能听见教授用拉丁文和男孩们说着什么。

那块湿冷的布正盖在我的下体。

“检查结束了，”教授对我说，“你可以穿上衣服了。”

我没有搭话，只是用那块湿布按在灼伤的皮肤上以减缓刺痛。

“明天就是开庭的日子了，祝你今晚睡个好觉。”

我静静地听着自己的呼吸，有规律的节奏让我舒缓了下来，身上灼烧的疼痛也渐渐平息。我隐约听到了鸟儿婉转的啼鸣和潺潺的水声。城堡的护城河与林布里赫特的河流相连，这条河流经广场和整个村落，最后又汇入到松德河中。河流十分湍急，推动着领主磨面的机器日夜不停地转动；河水也十分干净，你可以直接饮用，也可以在河水里洗东西。它是如此清澈、纯净，你甚至都不能准确地将其保留在自己的脑海中，每次你看到这条河流，它都要比记忆中更加澄澈。

我曾无数次沿着这些河流漫步，欣赏波光粼粼的水面。河岸边生长着芦苇和其他的水生植物，河面上时不时游过毛茸茸的鸭群，浩浩荡荡，在水面上拖出一条蜿蜒的长队。

“浸水测试”的指定地点，就在这城堡里的护城河。

·11·

我步履蹒跚地穿过两排人群，走向高处那张长长的桌子，桌子后面坐着九个男人，宾斯菲尔德教授是其中之一，还有两个是第一次审讯时坐在塔肯旁边的那两人。大厅里挤满了围观的群众，相比之下，第一次审讯就好像一次随意的闲谈。

我努力挺直身体，使我的眼神看起来尽可能镇定。每走一步，脏兮兮的衣服都会拍打着我的周身，这身衣服的袖子太大了，上衣也松松垮垮的。

人们都转过身来好奇地打量我，一些人用手捂着嘴，眼神中透露出害怕，还有一些人稍稍往后，脸上是幸灾乐祸的表情——多么正直的人们啊，我们这个小村庄尽是这些高尚的家伙。在人群中，我看到了伯特·范·诺伊斯，看到了齐泽恩·布鲁格带着他的女儿艾丽丝和他的妻子崔妮克，看到了磨坊主，看到了修补匠，还看到了酿啤酒的人。整个村庄的人都在这儿了。我注意到雷尼尔·赫尔曼斯正怒视着我，就好像他才发现我把他的家畜都咒死了一样。格蕾琴不在人群中，这使我松了口气，我不希望她看到我现在这副模样。

我的目光突然捕捉到了尼尔，她正在人群当中坐着，我们四目相对。她泪眼蒙眬，想要张口说些什么，我十分清楚她要说的话，便挤出一丝微笑，向她点了点头。在人群中看到一张友善的面孔，这给了我莫大的安慰，但我依旧不动声色，保持镇定。

工作人员指了指那九位大人面前的被告席，示意我坐在那儿。我大腿上灼烧的皮肤拧在一块儿，仍然感到刺痛。法庭的工作人员上前解开我的手铐，“当啷”一声突兀地响彻了整个大厅。我的辩护律师，哈尔巴赫神父，就坐在我旁边不远处，他朝我点点头，然后又转过头去目视前方。

我认出了一名市政官——威廉·韦伦斯。他还在长牙时，他的母亲曾来找过我，我给了她用生姜和丁香捣成的糊，让她涂抹在小孩的牙龈上。

塔肯坐在整张桌子中间，身着一件高贵正式的黑色长袍，系着白色的圆领，圆领上还镶着蕾丝。他清了清嗓子，开始讲话。

“今日，即公元 1674 年 8 月 4 日，我们将在此进行审讯。被告人路易顿·恩特根，雅各布·博文迪尔特的遗孀，生于卢达德，现居林布里赫特，被控有使用巫术的罪名。本次审讯将公开进行。坐在我旁边的是来自多米尼加教团的康拉德·宾斯菲尔德教授和来自耶稣会教团的安德里亚斯·冯·威谢尔医师兼神父。”

说到这里，塔肯朝他们两人微微点了下头。

“在我左手边是执法官约翰·菲尔伦斯霍兹，市政官阿诺德·施米茨，威廉·韦伦斯和戈达特·哈登。本人，赫尔曼·塔肯，将作为检察官兼法官主持这场审讯。我们也同样欢迎来自马泽克修道院的哈尔巴赫医师兼神父，他将为被告人进行辩护。最后是法庭记录员，威廉·库伊珀。”

接着，塔肯站了起来，其他人也纷纷起立。“我们将在教皇特使菲利普·拉维纽斯的见证下开展这次听证会，”塔肯脱帽鞠躬，“感谢您的出席。”

那人优雅地点头回应，嘴唇仍然撅着，眼神里也没有任何波澜。

“阁下，感谢您的邀请，”他开口道，“我谨代表神圣罗马教会，相信并期盼着这场公平的审讯，愿上帝的祝福与我们同在。”

“谢谢您，大人，”塔肯语气庄重，“您可以完全信任我们法庭的公正与权威，我们十分清楚自己的任务之艰巨，责任之重大——我们需要判断被告人路易顿·恩特根到底是不是女巫。自 7 月 21 日首次审问被告人后，我们在过去几周收集了许多目击者证词，共有三十一桩犯罪事实浮出水面，并被记录在案。今天，我们将对被告人提出最重要的几项指控，并给予她机会进行驳斥。”

我仍震惊于“三十一”这个数字无法忘怀，三十一桩犯罪事实？

塔肯看向我。

“你是否是路易顿·恩特根本人，出生于卢达德，同时也是雅各布·博文迪尔特的遗孀？”

“是的，大人。”我的声音极其微弱，几乎听不见。

“多年来，林布里赫特有很多流言指向你，称你为女巫。每当有灾祸发生，人们总会提起你的名字。对于这些，你作何回应？又会如何反驳？”

“对于这些我毫不知情，我只是过着自己的日子，并未去招惹其他人。”

“我们来看几件最令人瞠目结舌的案例，”塔肯低头看着面前的文件，“你是否把自己喝过的一杯啤酒给了戈尔滕·范·诺伊斯？”

“天哪，你真的要提这么久远的事情吗？是，我确实是给他喝过一杯酒。”

“戈尔滕·范·诺伊斯在那之后病倒在床上好几天，他十分确信你就是罪魁祸首。”

“他怎么想是他的事情，但是证据呢？难道还有法律禁止给别人递啤酒吗？”

人群中出现了一阵小声的议论。

“我以最严肃的语气建议你，女士，请尊重法庭，”哈尔巴赫神父站起身，对塔肯说道，“大人，我能与我的辩护人沟通一下吗？”

塔肯点了点头。哈尔巴赫牧师朝我走来。

“只回答问题就行了，路易顿夫人，”他低声对我说，“请不要质疑他们的提问，这是为判决结果考虑。”他看起来真的很担忧。

我半信半疑地点了点头，他回到了座位，塔肯继续发话。

“六年前，你是否对艾丽丝·布鲁格下了诅咒，使她全身虚弱，动弹不得？”

“恰恰相反，我去帮助了她。当时我在田地里看见艾丽丝，她在太阳下走了太长时间，才会不舒服。”

“在那之后，崔妮克·布鲁格有没有去找你，让你给艾丽丝服下什么东西治好她？”

我知道塔肯在诱导我。

“不是我治好的她，我没有这个能力，任何好心人都可以让她吃些东西，或让她喝些水去治好她。她母亲同样可以做到这些事。”

话音未落，我转过头看向布鲁格一家，崔妮克正不悦地皱着眉头。

“请正面回答问题，”塔肯怒斥道，“你是否给了她面包和盐？”

“是的。”我的语气很平静。

“在吃了你提供的面包和盐之后，艾丽丝·布鲁格又恢复了行走能力，这是我们记录在案的事实。”

我侧头看向哈尔巴赫神父，但他什么也没说，只是翻弄着手头的文件。

“在那之后，齐泽恩·布鲁格的奶牛就毫无征兆地离奇死亡了，你可知道此事？”

“那是十年之后的事了，和我没有任何关系。”

“齐泽恩·布鲁格当时公开宣称你是女巫，应为犯下的罪行负责，这不是事实吗？”

“当然不是，我当时还起诉了他，罪名是诽谤。”

“但你后来撤诉了，这难道不是一种隐晦的忏悔吗？”

“我当时没有足够的钱请律师为我辩护。”

“再看最近，你的邻居雷尼尔·赫尔曼斯有一头奶牛死亡，你知道这事吗？”

“我知道。”我的语气开始有点不耐烦。

“雷尼尔·赫尔曼斯也将矛头指向了你。”

“同理，他可能是这么做了，但他肯定拿不出证据。”

“根据雷尼尔·赫尔曼斯的证词，当他们剖开牛的尸体，从里面爬出了形形色色的可怕动物，有蝙蝠、老鼠、蝾螈，还有和小臂一样长的蛇。这足以说明是巫术在起作用。”

人群里响起了可怕的哭喊声。

“简直荒唐无稽！”我脱口而出，“根本没有这种事情。”我咬紧牙关，现在一定不能哭，哪怕只是一瞬间的脆弱，都会被解读为悔恨。我的邻居怎么会想出这么恶毒的谣言来中伤我？“我没做过这种事,就算他说的是真的,那么——我向圣女大格特鲁德发誓——这事也与我没有半分关系。”

“她在说恶魔的语言！”人群里有人喊着。

我没有转过身面对旁听席，而是僵在原地。有两股情绪如恶魔般控制着我，其中一只恶魔在引诱我尽情发泄自己的怒火——我非常想要啐在这些人脸上，我身后无知的乌合之众和我眼前邪恶精明的男人们，我的怒火最好能把他们吓坏；另一只恶魔则对我内心压倒一切的渴望充耳不闻——你为何对我不理不睬？为何对我的清白视而不见？是我啊，我是那市集广场上屹立不倒的老树啊，发发慈悲吧！

台上的男人们简短交流了一会儿，整个法庭也渐渐地喧闹起来。

塔肯敲了敲桌上的小木槌让人群安静下来："宾斯菲尔德教授，你有没有检查被告人身体上的女巫标记？"

"我和我的助手在昨天检查了她的身体。"

"有没有在她身上找到什么不寻常的迹象？"

"在她上臂和背部下方有一些黑色的点，也就是痣。"

"还有吗？"

"我们还在她的腹部发现了一颗疣，"那男人宣称，"可能是一个耻辱标记。"说完，法庭又出现了一阵骚动。

"肃静！"塔肯不得不提高嗓门才让人群安静下来，然后他转向我，"路易顿·恩特根，我最后问你一次：你是否承认自己是个女巫，并且曾施行巫术？"

"我不是女巫，也没有伤害过任何人。"

我想表现出自尊和克制，声音中却透着绝望。

"法庭认为证据确凿，审判继续进行。"塔肯说道，态度依旧坚决。

"在这次听证会上，被告人路易顿·恩特根没能推翻任何指控，也没有坦白自己的罪行，更没有表现出任何懊悔。不仅如此，正如目击者所述，我们今天也证实了她的尖酸刻薄。基于上述原因，审讯将继续进行。鉴于'浸水测试'和'针头测试'的可靠性尚有争议，本法庭将参考《女巫之锤》中的‘territio’进行下一步的审讯。”

我不知道什么是“territio”，但既然它来自《女巫之锤》，那一定非常可怕。

“闭庭。”塔肯果断地落下了手中的木槌。

工作人员想过来扶我，我推开他们，自己站了起来。他们又给我戴上了手铐，这些人用铁链牵着我从坐席间穿行而出。村民们都注视着我，我无视他们的眼神，缓缓走着，就像是在水中行走一样，但诺尔·希斯肯斯的脸庞还是引起了我的注意。他用眼角的余光看着我，脸上带着痛苦的表情，然后垂下了头。

· 12 ·

它又回来了，我先是注意到稻草下摆动着一根尾巴，然后一个黑影冲向了角落。应该是同一只田鼠吧，还是说，只是我希望那是同一只田鼠？无所谓了。我又惊又喜，它的出现给我的牢狱生活增添了不少乐趣。

在 1638 年的科隆，有一种说法是小孩子会带来鼠灾。那时正闹鼠疫，庄稼很容易就会遭到破坏，使得这一说法传播甚广，甚至林布里赫特的人们也听说过。据流言所说，女巫的孩子受到了恶魔的蛊惑，制造了鼠疫。事实上，《女巫之锤》中的确有写女巫的后代能够召唤冰雹、雷暴、毛虫、老鼠，还有野兔。

对于把异常天气和动物行为归咎于巫术的做法，我向来不能理解。如果说有什么东西是不受人类影响，自始至终按照自己的规律去发展的话，那非大自然莫属。我们的作物之所以会在四月受到冰雹和风暴的袭击，是因为我们过早地种下了土豆和谷物；动物之所以会啃食庄稼，也只是因为它们饿了。

我的祖母总是会把这话挂在嘴边——大自然的存在不是为了取悦

人类。它不屑于惩罚我们，更不会讨好我们，它根本不在乎我们的存在。我们可以了解大自然的规律为己所用，也可以欣赏大自然的美丽景色，在某些时候，我们甚至可以改造它；但最终，人类还是无法凌驾于自然之上。它有自己的生命轨迹，世间万物在此生长，繁荣，衰败，死亡，复苏，周而复始。在打理土地这件事上，你唯一能做的就是了解大自然的法则和喜好，读懂生命的机制，学习如何看到自然规律的下一个阶段。这丝毫称不上是神奇的预言，只是认识到了自然界中无处不在的联系，然后从中得到结论罢了。

飞禽走兽，日月星辰，哪怕是看起来毫不相干的事物，都会和遥远的彼端产生联系。如果你看到燕子高飞于蓝天之上，那它们一定是不得不沿着暖气流上升才能捕到蚊蝇，这说明天气还会继续干燥下去；如果太阳惨白，月光黯淡，说明雨天就要到来；如果鼹鼠的地洞不见踪影，那它们一定是把洞挖得很深才能找到蠕虫，我们便能知道接下来的日子会更加严寒。月亏时，植物会把汁液聚集到根部，我们便可以趁机种下块茎植物和树木，好让他们扎下更坚实的根；月盈时，植物的汁液会往上涌，我们便可以种下会露出地面的蔬菜和作物。这一切的一切都与神秘的预见能力没有丝毫关系。

那个黑影又动了起来，它本可以在阳光的沐浴下自由自在地在田间觅食，但此刻它却与我一起待在这里。

我仍会不时想起坐在法庭长桌后的那些男人们，那些执法官、市政官、神职人员、专家学者们，他们都沐浴在彼此的兄弟情谊下。

男人们彼此关照，为彼此安排职位，给予彼此特权，掩盖彼此的罪行，他们十分清楚互惠互利的法则。

相反，我痛恨自己身上名为“女性”的枷锁。我们要温驯地顺从自己的丈夫，顺从牧师和领主的教诲，还要顺从地接受所有针对我们的诋毁——所有女性都想要冲破这性别的藩篱。另一方面，大多数女性又习惯于抱怨自己的生活，她们拉着脸对酒醉的丈夫喋喋不休，每日沉溺于无穷无尽的家务。她们期望自己的女儿同样缺乏反抗精神，却把儿子捧得高高在上。

在村里的时候，尼尔会替我辩驳，她以前曾这么做过。但在这法庭上，我从她的眼里看到了深深的恐惧，对此我十分理解。所有人都知道我们的关系很好，她和我一样独自生活，不依靠丈夫的保护。在她年近四十的时候，她的丈夫就去世了，那时她仍很年轻，却从未想过再嫁。在林布里赫特，至少有三个男人曾向她表达爱意，却都被回绝。女性不一定需要男人，我们可以独自掌控自己的生活，但人们不会理解，他们只会觉得这种女人一定和巫术有什么关联。

尼尔十分清楚她会是下一个被指控的人，她也知道我绝不会提到她的名字——我真的希望她能够这么认为，同时我也坚信格蕾琴有着同样的想法。但是我一旦被判为女巫，格蕾琴一定会陷入危险，因为人们都相信女巫血脉是会遗传的。

延续数代人的猎巫行动迫使女性向男性寻求保护和帮助，而不是向其他女性。我知道向男人寻求庇护是什么样的感受，即便我从未让自己完全屈服于对方。我未曾断言过向男人寻求保护是明智的，更不会认为男性要优于女性，他们只有更强壮的身体而已。如果需要把一堆柴火搬到壁炉里，男人确实能够完成得更轻松，但除此之外，女性绝不会在任何领域劣于男性。所有关于性别的误会都是基于肌肉力量。

在我看来，是教会阻力和世俗力量共同破坏了女性间的情谊，所以我们才会委身于压迫我们的那一方。鲁尔蒙德的女性遭到严刑拷打，被迫指认其他的女性为女巫，这样的惨剧发生了足足六十四起。我一定要不惜任何代价保持沉默，同样的惨剧不能发生在我的身上。

父亲下葬后，母亲就搬来和我们一起居住。自从彼特去了一个以务农为生的家庭专心经营农场后，母亲就是孤身一人。从搬进我们家的第一天起，母亲无论是在屋里还是去地里，都是一副冷漠淡然的模样。父亲的去世，彼特的离开，一系列的变化给了我们极大的震动，一定也深深触动了母亲。面对翻天覆地的变化，她的处理方式就是一切照旧，我们家的一切事务都要按着她的习惯来——大麦粥要熬得更稀，炖菜里的胡萝卜要煮更长时间，洗床单要用更热的水，奶酪的保存方式也得改。更令人绝望的是，她拒绝亲自动手。

“你必须学着自己去做这些事。”她会这样说。

母亲唯一坚持亲手做的事情就是削土豆皮，这样它们就不会被削成方形了。她会搬把椅子放在窗边，如果天气暖和的话，她也会直接坐在院子里，然后花上几个小时削完一整桶的土豆，期间一直用伶俐的眼神观察着周遭。就算没有土豆可削，母亲也会坐在那儿，从围裙的口袋里掏出她的念珠，用大拇指和食指不断地捻着珠子，嘴里喃喃地念叨着万福玛利亚和主祷文。手里数着念珠时，母亲嘴里的祷告一刻也不曾停歇，有时还会念诵起《圣经》。仿佛在祷告声停止的那一刻，恶魔就会趁虚而入，占据那双握着念珠的双手一样，这和恶魔对懒惰之人所做的事情如出一辙。

格蕾琴那时已经九岁了，她经常聚精会神地看着我们两人。她一定看到过我用愤怒的举动回应我母亲的一个眼神或一句话，即便如此，我也一直克制着自己保持沉默。当抬头看见我母亲大声地叹气时，她也一定感到惊讶，而且没有任何人知道我母亲唉声叹气的原因。

雅各布没有参与到这些鸡毛蒜皮的事情当中，他去地里的时间和待在谷仓的时间比以前更长了，甚至有的时候他回来只是为了吃个饭。我母亲试图劝说他，一开始还会说些好话，后来则慢慢变成了警告，跟他说当男人不在家的时候，恶魔有多么容易将我们拉向地狱。母亲还会让我们在饭前朗读《圣经》，雅各布读得磕磕绊绊，一次只能读一个词。这个可怜的男人，他已经二十年没有读过任何东西了。

最使我生气的是，在朗读完之后我们还必须做饭前祷告，饭菜几乎都要凉了。“上帝啊，耶稣基督啊，愿你怜悯我们，圣母玛利亚，愿你与我们同在。愿主荣耀长存，感谢您赐予我们享用食物的欢愉。阿门。”

“伟大的上帝是仁慈的。”在吃完第一口后，母亲总是会这么说道。但事实上，我才是那个在蔬菜园里种植萝卜并将其做成菜的人，家禽下的鸡蛋也是我收的，我剥的，我煮的，母亲却丝毫不提我的功劳。每到这种时候，雅各布会朝我眨眨眼睛，使个眼色，我也就把话吞回去了。

“女人不应该有太多的欲望。”

她的声音吓了我一跳，我刚拿着扫帚出来，看见她也在院子里，坐在一把椅子上。

“妈妈，你说这话是什么意思呢？”我一边问她，一边开始打扫院子。“你昨天一个人去了酒馆，是不是？”

“我去那里是为了把之前那批小麦卖掉，不是去喝酒的，而且我也的确把它们卖了个好价钱。”

“那是男人的事情，恩特根。村子里的人都不赞成这种事，我也没有这么教过你。”

我一把将扫帚摔在地上。

“无意冒犯，但是你的教育方式并不能决定我是个怎么样的人，我也会教育自己，并且这也让你每餐都有食物可吃，不是吗？”

她愤怒地看着我。

“圣女大格特鲁德啊，我这是造了什么孽？你怎么能这么跟你母亲说话？我生下了你，你应该赞颂圣女和其他所有的圣徒。”

母亲的大腿上放着一本皮制封面的《圣经》——如果没有其他人的帮忙，她自己连一个字都看不懂。她将手放在《圣经》上，掌心向下，双眼目视前方，又开始咕哝着一连串枯燥无味的祷词，中间还夹杂着叹息。

“为什么你还是到哪都带着那本《圣经》？那里面的话怎么能和丰富多彩的生活相提并论呢？欣赏一下你周围的世界吧，看看枝繁叶茂的树木，看看盛开的鲜花。”

母亲直视着我的眼睛。

“因为你故去的父亲会为我读它，为我读上好几个小时。”

不管怎样，我们总算是找到了相处的方式。母亲依然不赞成由我操持家里的事务，但也默认了，而我也学着不去理会她那些惹人生气的行为，就像鸭子拂去背上的水一样，我也会把她对我的指指点点抛到脑后。我们的日常生活中也越来越多地塞进了她的宗教仪式，她似乎对此很满意。我们现在每天都要全家人一起祷告好几次，雅各布在饭前读的《圣经》也越来越流利，我也突然发现格蕾琴会在洒了什么东西或没拿住什么东西时在胸前画十字。

在这期间，我和雅各布之间的感情却越来越淡。熟悉的身影背后，是难以掩饰的疏远。

如果我们当中有一个人退回到自己的小世界，过了很长时间才重归于好，那他在我的眼中会再一次变成当初那个在我身边沉默地驾着马的男人，而我只想甩开他。

我曾认为雅各布是水，而我是泥土。他安静地流过河底的石头，走着自己的路，不惹怒别人，也不制造麻烦。而我会牢牢地占据自己的位置，我的天性不允许我将自己的地盘让给其他任何人。

我内心的执拗很容易被激起，尤其是跟我母亲在一起的时候，她的尖酸刻薄和我旗鼓相当。当我爱上雅各布时，内心的高墙轻而易举地就倒塌了，但现在那堵墙却又一点一点地复原，那股熟悉的感觉又回来了。

大概在母亲搬来三年之后，格蕾琴的初潮到来了。我给她敷上一块布，然后用器具把生姜切成小块，再把斗篷草、荠菜、柳皮、蓍草放在一起制成药剂去减缓她的痉挛。格蕾琴的脸色如此苍白，我让她在床上躺了一天。

那天下午晚些时候，我去查看格蕾琴的状况，却看见母亲正坐在床沿温柔地抚摸着格蕾琴的脸颊，我此前从未想到过母亲会做出这样的动作。

“从现在起，你每过四周都会经历一次这样的出血，”她的声音里有一种洋洋得意，在我听来也是一种背叛，“因为伊娃犯下了罪，上帝才要这样惩罚我们女人，他千百倍地加剧了我们的痛苦，导致我们生孩子时也会疼痛难忍。不管你怎么想，亲爱的孩子，我们女人始终被囚禁在这副罪恶的躯体里。”

我火冒三丈，在走近她们之前，我本应该让自己先冷静下来。

“但是我不用现在就生孩子，是不是？”格蕾琴看起来非常紧张。

“以圣伊西多尔的名义，当然不用！”母亲斩钉截铁地说道，“但既然现在你已经成为了女人，最重要的一点就是你的举止不能再像以前一样轻浮了。你不能笑得太大声，不能让你的软帽下露出碎发，玩耍的时候也不能再蹦蹦跳跳的，不然你很有可能会被恶魔盯上。要是不守礼数，我们心里的无底黑洞就会敞开大门，恶魔会偷偷爬进去，直捣我们的灵魂。”

“我受够了！”我冲向床边，格蕾琴正躺在床上害怕地看着我，母亲则耸了耸肩。“在我的地盘不允许有那些地狱和诅咒的鬼话！”我大吼，“不许对我的孩子说这些！”

“圣母玛利亚在上，”母亲站在一边，嘴里嘀嘀咕咕，“上帝的箴言显然在此不受欢迎。”

不到一周时间，母亲就提出要搬去和卡特琳娜一起住。卡特琳娜去年嫁给了一个林布里赫特人，现在正是第一次怀孕期间。我感到有些内疚，却也没多说什么，只是答应每周都给他们送食物和柴火。卡特琳娜闷闷不乐了好几周，但看到我送了这么多东西，最终也就释然了。菜园里的羽衣甘蓝、卷心菜、球芽甘蓝、胡萝卜，地里的土豆、谷物，林子里收集来的一捆捆柴火，都在此列。对我来说，这只是为重获自由而付出的一点小代价。

母亲坚持要先赞美上帝，毕竟这些东西都是天国之上的上帝送给她的，赞美结束之后她才允许卡特琳娜收下这些东西。这件事情同样令我有些生气，不过忍忍也就过去了。

雅各布仍然会在饭前读《圣经》。很明显，我们不知不觉间习惯了这一时刻带给我们的宁静，不仅如此，《圣经》的朗读声还会使我想起我的父亲。母亲搬走之后，家里只剩下雅各布、我、格蕾琴，我们又变成了稳固的三口之家。我可以听见雅各布耐心地向格蕾琴解释着什么，时而点缀些小笑话；我可以看见雅各布温柔地用手摸着格蕾琴的头，脸上是自豪的神情。我能感觉到和他们两人心意相通。

之前的几次收成让我们新买下了一匹健壮的骏马，因为我们的另一匹马已经年纪很大了。这匹新买的马全身呈深棕色，鬃毛的颜色却是浅棕，有着健壮的身形和坚毅的姿态，格蕾琴给它取了个名字：八月。八月不仅能够拉车，还能拉犁，它少说能做些不太重的活，比如犁地。但每次犁地的时候，我们还是会从大农场借几头牛来干这活，我们可不想把八月累坏了。它的眼神中透着生命的激情，让我感觉前方的日子会从此一帆风顺。

母亲搬走后还发生了一些其他的事情。我想赢回雅各布，想要推开他内心那扇已对我关闭多年的大门，他内心的温柔早已被我的刻薄吓退，而现在我想要再次将他柔软的内心唤醒。

我把心思都放在那件总能使我们重归于好的事情上：肌肤之亲。当我注意到他在看我时，我会搔首弄姿；当我坐下时，会故意不把裙边往下拽；当我走过他身边时，会特意摇晃我的臀部。我举手投足都特意放慢以显得优雅，说话时也轻声细语好唤起他的柔情。我一直觉得，真纯洁和假正经是截然不同的，退一万步讲，哪怕举止端庄是女性的神圣职责，婚姻中也没有它的一席之地。

我们彼此相拥，距离越来越近，气氛也逐渐升温，在一次短暂的接触后，肌肤间传来了美妙的感觉，之后便一发而不可收拾。每当我们独处时，哪怕只有片刻，他都会搂着我的腰或抚摸我的胳膊，眼神里闪烁的光芒与他年轻时一致。

所有暴躁的情绪都在温柔的引诱下消失殆尽，我们之间本已蒙上灰尘的感情又开始闪耀。

清晨的第一束阳光刚刚照进我们的屋子，我就听到格蕾琴在厨房摆弄东西的声音，她喜欢在我们起床前就将餐具摆好。我转过身看着雅各布，他依然熟睡着，手搭在我的屁股上。我仔细观察他紧闭的眼睑，看眼睑上方黑色的眉毛，看他已经长得很长的头发，听他平静地呼吸。我爱他，也害怕会失去他。

厨房里响起了“咔哒咔哒”的声音，雅各布醒了。他睁开双眼，笑着问我：“你就躺在这儿盯着我看吗？”

“我必须要给你把头发剪了。”我找不出其他的话可说。

“胡说，你喜欢我浓密的头发。”

他在我屁股上用力捏了一把，然后把手滑向下方，将我拉向他。

“格蕾琴醒着呢。”我憋着笑反抗他，把一条腿架在他的身上。

“妈妈！”格蕾琴喊着从厨房跑来，我们赶紧松开彼此，喘了口气，脸上还带着笑容。“等今天晚上吧。”雅各布说。

“今天晚上。”我重复了一遍，下床朝我女儿走去。

那天下午晚些时候，我拎着满满一桶脏了的衣服和床单，乘着马车前往广场附近去清洗衣物。那里只有为数不多的几个女人，就在离我不远的地方。我站进清澈的水里，起伏的水面没过了我的脚踝。我把衣物浸湿，拧干，再浸湿，用肥皂和光滑的石头擦洗上面的污渍。那块肥皂是我用猪油和植物烧成的灰一块熬制出来的，它经常在我手指间打滑。每隔一段时间，我会站起来伸展一下背部，休息一会儿，注视着玻璃般平静的水面在太阳的照耀下熠熠生辉。

在我和八月一同返家的路上，宜人的微风拂面而来，干燥的气流划过我的裙摆，从我的肌肤上溜过，使我感到神清气爽，身轻如燕。

我的外表心如止水，内心却期待着今晚，这份期待十分微弱，几乎不可察觉，但也无法抑制。

几个小时后，我和雅各布在黑夜中各自躺在自己那一侧，离得很近。我们都没说话，我也看不清他的脸，这使我更清晰地感觉到他身体的温度。我向他靠近，伸出舌头去够他仍然紧闭的双唇，但他却没有像早晨那样把我拉近，也没有回应我的亲吻，而是和我保持着距离。他不紧不慢地解开我睡衣上的系带，让它从我的肩膀滑落，然后他开始亲吻我的脖子和胸部，把我的乳头咬在他的两排牙齿之间，轻轻地摩擦、挤压。他双手伸入我的睡衣，慢慢向下游移，在我臀部轻轻地揉捏。然后就像今早一样，我把一条腿架在他的身上，当他插入我的身体时，我的肉体仿佛得到了解脱，灵魂也得以释放。

夜幕降临，我把格蕾琴哄上床后，雅各布告知我有位访客。出乎我的意料，库斯特神父的管家正站在屋里，她双手交叉放在身前，就像祈祷时的姿势。她的眼神中既有恳求的意味，同时也带着戒备。

“晚上好，”我先开口，“有什么我们能为你做的吗？”

“其实，我是想和路易顿夫人单独说些话。”她看向雅各布。

“我去检查一下牲畜的情况。”雅各布说着朝门外走去，直到他关上身后的门，来访的女性才转向我。

“牧师身体有些不舒服，医生去看了，但是也治不好，”她说着，语气里带着些许傲慢，“我听说你可能会有办法。”

“那个……”我字斟句酌，以免事后遭到使用巫术的指控，“我只对草药有一点了解，但也无法创造奇迹，奇迹只有耶稣才能创造。”

我一边说着，一边朝大门上方抬抬下巴，那里挂着一副耶稣受难画像。她顺着我的目光看去，似乎松了口气。

“是这样的，”她压低了声音，“牧师的病跟男人那活儿有关。”她向我挤挤眼睛，没再说下去。

“是小便困难吗？”我之前没往那方面想，因为牧师还挺年轻的。管家摇摇头，然后低头看着地面。

“跟床事有关吗？”我继续发问。她点点头，但仍然没有看向我。

“我有些东西能派上用场。”我说着，内心窃喜，终于有机会能转身离开了。到这时，我的脸颊也开始发烫。

我给了她一小包苦艾——也有人把这东西称作“小伙子的爱情”，又给了她一把欧芹的种子，这些东西有助于男性的性功能，然后我向她嘱咐道：“用这个沏茶，让他每天都喝。”

管家把东西接过去，看向我的眼睛，然后把一枚硬币放到我的手上：“这次对话只是我们两人之间的秘密，对吧？”

“当然。”

再见到库斯特神父是在一次礼拜仪式后，我走出教堂，他特意来与我握手，并意味深长地看着我。这对我来说就足够了，每个人都有权保守自己的秘密。

这小小的黑影距我越来越近了，真是愚蠢，我只需要脱下鞋，再结结实实地一拍，就能送它去另一个世界。我待在原地静静地观察，只见它抬起自己的小脑袋，鼻子冲上，嗅着空气。它的耳朵竖着，胡须歪歪斜斜。我的盘子里还剩些面包皮，是留着等晚些时候吃的，我撕下一小块，把它扔到尽可能远的地上，然后屏气凝神。那小生物快速跑过去，中间停了一会儿，又继续跑，最终到达食物面前。它闻闻味道，开始品尝起来。

·13·

“这次听证会的举行是为了查明真相，除了真相别无其他。”塔肯大声宣告。

这次，宏伟的大厅里没有任何观众，只稀稀落落地放着几把椅子，哪怕一丁点声音都能发出回响。在长桌子后面，除了塔肯外还坐着两个男人，分别是宾斯菲尔德教授和记录员威廉·库伊珀。我坐在他们面前，旁边是哈尔巴赫神父。

“今天是公元 1674 年 8 月 10 日，在我们面前的是恩特根·路易顿，该被告因施行巫术而受到指控。到目前为止，记录在案的三十一项罪行均未得到推翻。因此，法庭下令用刑，以得到最终判决。”

记录员用羽毛笔在羊皮纸上刷刷地写着，声音回荡在整个大厅。

“恩特根·路易顿，在‘territio’执行之前，你还有机会为你犯下的罪行忏悔。”我没有立马接话，塔肯抬了抬眉毛，就这样让房间沉默着。

“我问心无愧，阁下。”

“再这样执迷不悟下去，你会受刑，知道吗？”

“我已经受了四周的折磨了。”

“territio verbalis，”塔肯的语气非常不快，“宾斯菲尔德教授，请向我们的被告介绍这项刑罚。”

教授看着我，我回想起了他是如何检查我的身体，使我受辱，我努力使自己的目光不要退缩。感到羞耻的人不应该是我，他们在颠倒黑白，我要让他们知道我既不以此为耻，也不会任人欺负。

“开始时，我们会压紧你的大拇指，直到血从指甲中渗出，”教授平静地描述，“根据先前的经验，我们知道这会带来钻心的疼痛。”

我全神贯注地盯着那张长桌旁的壁炉，努力使自己不受他的话影响。那个壁炉上装饰着四个家徽，徽章主体是天蓝色，还点缀着部分的红褐色、金色、黑色，我认出其中一个徽章象征的是范·布雷尔家族，还有一个徽章象征的是范·埃纳腾家族。在壁炉两边的柱子上装饰着狮子的形象，在那上面是林立的雕像，雕刻着一群戴着狮子头颅的人。

“如果你拒绝坦白自己犯下的罪行，”教授继续说道，“那刑罚会进入到第二阶段，我们会给你穿上‘西班牙靴子’，用它夹碎你的脚踝。如果到了这个时候你依然坚决否认自己有罪，那我们将进行第三阶段，也就是‘吊坠刑’，你的胳膊会被反绑在背部，然后再绑住手腕将你整个吊在空中。之后，我们会在你的脚底挂上越来越多的重物增加重量，大多数犯人会在自己的关节脱臼或骨头碎裂前供认罪行。”

我的目光在大厅里游移以转移注意力，当我抬头看向上方，我第一次发现天花板的白色房梁上雕刻着满满的图案。从左往右，我能认出手拿号角的猎场看守人，认出一群奔跑的猎犬，它们追逐着野兔、野鸡、麇鹿、野羊、野猪，所有动物都呈四散奔逃的模样。还有一个端着枪的猎人，那些在他的枪口下丧生的动物本应该画在右边，却都被省去了。

“被告人，你听清楚接下来等着你的是什么了吗？”塔肯一字一顿地说道。

“是的，我很清楚。”说完，我继续目视前方。

“你有什么想坦白的吗？比如对记录在案的任何一起案件？”

我的余光注意到哈尔巴赫神父正看着我，眼神中有所期盼，他希望我能够坦白些什么，任何东西都行，这样我就能避免受刑。

他站了起来。

“如果法庭同意的话，我想跟我的辩护人商量一下。”

“尽量快一些。”塔肯说道。

哈尔巴赫快速向我走近，低声说：“在那些案件当中，有没有任何事情，哪怕是很小的细节，是你能供认的？”

“没有，就算有，坦白对我又有什么好处？”

“法庭或许会对你宽大处理，用刑会轻一些。”

“对，还会把我绑在火刑柱上烧死。”

我坐在椅子上看着他，他两只手正搓着自己的脸，从嘴巴、鼻子一直往上到眉毛，把眉毛搓得乱糟糟的，然后他点点头，走回了自己的位置。

“很好，现在继续我们的审讯，”塔肯再次开口，“你有没有什么要坦白的？”

“没有。”我说着，心脏跳个不停。

“territio realis！”塔肯恼怒地大喊，“上刑具！”

所有人的目光都朝同一方向看去，这时我才发现在大厅后方的角落里有一个人。

“靠近点，”塔肯说道，“这位是行刑人扬·辛德，职业是剥皮匠。”

我认识这个男人，他曾上过我家几次来收动物尸体，然后相应地给我几分钱。这项交易是互利互惠的——我们可以把无法做成食物的尸体处理掉，他也可以把剥下来的兽皮卖给制革工人。在我们接触的所有时间中，交谈的话不超过十个字。

现在，这位剥皮匠正站在法庭的中央，身体两侧各有一人举着火把，阳光穿过富丽堂皇的窗子照在他的身上，使他身上褴褛的衣衫清晰可辨。他的头发油光锃亮，自头顶垂下，散乱在那张瘦削的脸周围。他的脸也脏兮兮的，到处都堆着黑黢黢的污垢，就像因褶皱而形成的黑缝。他身上也臭气熏天，直冲着我的鼻腔而来。

身为剥皮匠，他的职业是最污秽、最低贱不过的。那些剥下的兽皮都保存在尿粪堆里，隔着老远你就能闻到，因此他们全家都不得不住在村庄外头。他家里人也沾染了同样的气味，所有人都与他们保持着距离。他经常在脖子上挂七个哨子，这样可以隔着很远就通知大家他将路过，但是今天他没戴这些哨子。我曾见过酒馆老板给他一种酒杯，杯底没有柄脚，他接过后无法将杯子放下，就只好一口干掉然后离开。甚至进入酒馆对他来说都是禁止的，他只能站在门口或窗边，只有当他自备餐具时，人们才会给他提供食物。而现在，他就站在这儿，站在之前从不允许他靠近半分的宏伟城堡的大厅里。

“向被告人展示刑具。”塔肯对他发出命令。

剥皮匠毕恭毕敬鞠了一躬，对其新身份的自豪溢于言表。大城市都有专门的人从事行刑工作，但是在林布里赫特，我估计除了他之外没有人愿意弄脏自己的手。事成之后，法庭会付给他一笔可观的酬劳。

这男人缓缓走到我的身边，我几乎被他身上的气味熏得无法呼吸。他把一口皮制的大袋子摔在地上，发出了沉闷的响声，袋子里装着的工具我都不认识。

“剥皮的，给被告人详细说明一下用法。”塔肯命令道。

面前的男人拿出一个铁制的器械，器械顶部有一个托盘，托盘中间是一颗双环的大螺丝。“这是个拇指夹，我会用它榨尽你指头里的最后一滴血。”他的声音有些颤抖，我能听出这句话他练习了很多次。“你把指头放到托盘上，我会把夹具放到上面，然后拧紧螺栓，直到血从你的指甲下面流出来。”

我打了个冷颤。现在我不得不直面眼前的刑具，第一次真切地感觉到这真的要发生在我身上。

剥皮匠看了塔肯一眼，塔肯点点头，然后他又拿出一块皮革，上面粘着四个木板条。“这是‘西班牙靴子’，我会把它绑在你的小腿上，然后用木头楔子撬进你的腿和板条之间的缝隙，再用锤子往下锤，直到你的皮肤脱落，胫骨断裂。”

他的话流利多了，眼睛里也渐渐放出了光芒。他弯下身放下“靴子”，又拿出了一对带链子的大圆环，清脆的“当啷”声震耳欲聋，我不自觉往后缩了一下。我多想站起来走出这个大厅，然后回到我温暖的家，那里有我蓄养的动物陪伴在我周围。我想让剥皮匠闭嘴，但他仍说个不停。

“这是吊刑用的刑具，我会用这些带子缠住你的手腕，反绑在你背后，然后把绳子的一端系在带子上，另一端系在天花板上，之后你就会被吊起来，双脚离地。如果你还不开口，那我就会拿起铁钳，用火把它们烧得通红，再往你身上贴，这样你就会留下永久的女巫印记。你在上面吊着的时候，我就在你脚下加重物，你吊的时间越长，你的身体也越沉，你就会巴不得被绑在火刑柱上。”他洋洋得意地看着我。我直视他的眼睛，表情淡漠，但我心里却很慌乱。我害怕的不仅仅是即将到来的肉体折磨，还有扬·辛德对行刑的生疏。行刑时是不能置人于死地的，但是这个男人真的能做到这点吗？剥皮匠精通的是杀死生病或感染的牲畜，然后处理它们的尸体，剥下它们的皮。他真的能够给人施刑吗？他怎么知道什么时候该继续，什么时候该停下，不至于将我弄死呢？

“行了，”塔肯对剥皮匠说道，“你可以回到自己的座位了。”

扬·辛德把刑具都扔回到那口皮袋子里，拖着它往回走，整个大厅都回荡着阴森的“哐当”声。

大厅又恢复了安静，塔肯正正衣领，清了清嗓子，视线转向我：“你现在清楚等待你的是什么了吗？”

“再清楚不过了。”我的声音是如此坚决而平静，我自己都为之感到惊讶。在我内心风暴肆虐的当下，我能够依附的，只有这份坚持了。

“如果你对自己的罪行忏悔，就可以避免这些可怕的痛苦。现在我给你一次机会，你承认自己施行巫术的罪行吗？”

“我没有罪。”

哈尔巴赫神父站起了身子，但法庭不允许他发言。

“临刑的时候，刚刚给你展示的那些环节一个都不会落下，你千万别侥幸地想着能躲过一劫，”塔肯激动地说着，声音都变了，“上帝站在我们这边，我们会毫不犹豫地施刑，一定会让你吐露真相。”

“我所说的一切都是真相，到那时，我也会说一样的话。”

“你有没有受到过其他女巫的帮助？在我们的村子里或是更远一些的地方，有没有女人也参加过女巫的午夜集会？如果你协助我们找到藏在人群中的异端崇拜者，法庭会对你网开一面。”

“对此我无能为力。”

塔肯提高了音量，高声宣告：“被告人显然受益于恶魔的庇护，即使听闻了刑罚的可怖，她的脸上依旧没有任何害怕或悔恨的迹象，对此只有一种解释——被告人使用了渎神的邪恶把戏。一切线索都指向一个事实，即被告人受撒旦蛊惑，曾在睡梦中和魔鬼交媾，由此变成了女巫。”

“阁下，能否再次允许我与辩护人交谈？”哈尔巴赫神父问道。塔肯点点头。

这一次，哈尔巴赫神父蹲在我的身边，他一只手放在我的膝盖上保持平衡，那只手上爬着青色的血管，指甲修剪得很短。“坦白吧，这样能救你，”他低声对我说，“这样你就不用受这些罪了，每个人在经历这些后意志都会崩溃，你明明可以避免，为什么要受这些生不如死的折磨呢？”

“因为我尊重事实。”我的声音哽咽。当我再次抬头时，我看到神父的神情有了些变化，他的脸上闪过一丝动摇，然后他撑着我的腿站了起来。

“有请辩方发言，哈尔巴赫神父。”塔肯开口。

“尊敬的各位大人，尊敬的阁下，经过对证人和被告人数个小时的审讯，没有任何铁证能够坐实恩特根·路易顿确实受到了恶魔蛊惑。我并不否认法庭记录的那些事实，但并没有证据表明被告人和那些事实确有关联。因此，我认为法庭在急着采用严刑之前，应该审慎明辨。尊敬的各位大人，你们也知道，关于巫术的法律向来就有许多批评的声音……”

宾斯菲尔德教授打断了他：“你的发言离题了。”

“正义会得到伸张的，你不需要担心，尊敬的哈尔巴赫神父，”塔肯开口调停，“上帝会使邪恶之人的藏身之所得到显露，使恶魔在人间无处遁形。不需要我提醒，神父，你也应该记得《出埃及记》中的经文：‘行巫术的，不可容她存活。’请坐吧。”

哈尔巴赫坐下了，台上的先生们把头凑在一块交换意见。我盯着放在自己腿上的这双手，突然感到筋疲力尽。

“考虑到被告人犯罪情节之严重，”几分钟后，塔肯开口宣布，“整个诉讼过程必须确保万无一失，因此，我别无选择，在此下令：‘territio’刑罚的第三阶段将于下次审讯中采用。以上，闭庭。”

习惯了大厅里刺眼的阳光，回到地牢后，我有些难以适应牢里的昏暗。我的大脑一片空白，只偶尔有些杂乱的思绪。躺下，入睡，这是我现在唯一想做的事。在我的意识彻底消散之前，剥皮匠的脸在我眼前停留了片刻，而后我便昏睡过去。

我在审讯期间用尽全力压抑的所有情感都在此刻全方位地、死死地包裹住了我，压得我喘不过气，令我窒息，使我的每一口呼吸都伴随尖细的摩擦声。恐怖的景象充斥着我的脑海，绞得我心脏生疼。

而且，我的行刑人缺乏经验，不知道这对我来说是好事还是坏事。

· 14 ·

在母亲搬去和卡特琳娜同住之后，我再次感到自己挣脱了命运。我不用再受她的冷眼，行动也更加自由，雅各布对我不加任何束缚。当我们的土地需要一个日工时，我会就价格问题争上一整天；当我们用一箱胡萝卜换面粉时，我也会和磨坊主讨价还价；当巡视土地的公职人员认为我们收集的柴火过多，或是我们的篱笆需要加固时，也是由我出面据理力争。

那时，村里的人都认为我抢走了雅各布一家之主的地位，这种看法深深地印在他们心里，他们认为雅各布之所以会变得沉默寡言、逆来顺受，我是最主要的原因。但他们忽视了雅各布一直以来都是个内敛，并且优柔寡断的人，没有一个人见过传说中被我夺走的强势果敢的气质曾出现在他的身上。哪怕在我进入他的生命之前，他对自家的农场也从未有过什么打算，更没有好好打理过它们。雅各布从来就不是个侃侃而谈的人，也没有什么雄心壮志，他性子不温不火，疏于交际。然而，“我才是那个夺走雅各布生命之火的人”的说法却成了村民口中不争的事实。

人们通常不会认为妻子会对丈夫有好的影响，如果一个男人取得了成功，跟他的妻子也没有任何关系，女人只是等着分享胜利的果实而已。如果一个女人取得了哪怕一丁点成就，那她一定是窃取了自己丈夫的功劳，女人只配待在丈夫的阴影之下温驯、谄媚地献上微笑。在那些心胸狭隘的人眼里，妻子和自己的丈夫平起平坐，乃至有话语权，都无异于将其丈夫阉割。

显然，这一系列说法都来自《女巫之锤》，书上还宣称女巫可以把男性的性器官变消失，然后把它们放在箱子里或鸟窝里，让它们聚在一起痛苦地蠕动。如果你把女巫视作拥有强大力量且难以接近的女性，那“女巫拥有足够力量偷走男性生殖器”的说法也就不足为奇了。同样显而易见的是，女巫会把扫帚当作坐骑，将扫帚的柄夹在双腿之间的动作是她们性道德堕落的象征。而现在，我作为一个完全不了解骑扫帚上天和使阴茎消失的戏法的人，竟然被村民们认为和书中所说的女巫是同一类人，真是愈发荒诞可笑。我怎么可能相信那种故事？哪怕一分一毫呢！

我从未偷过我丈夫的任何东西，我只不过是和他在很多方面截然相反罢了。

或许在感情当中，我们双方都被彼此身上自己所缺少的特质所吸引，也希望能够靠自己发掘出这种特质。雅各布是个随遇而安的人，我也想成为他这种人，一直以来我也在努力成为这种人；与之相反，他从我身上寻找的或许是一丝火花，这迸发的火花能够点燃他心中不顾一切的鲁莽。

也许这就是我们想要的，但事情并没有朝我们所想的方向发展下去。从对方身上看到的那些美好的品质，我们没能成功地将其转移到自己身上，并且随着这段感情的成熟，我们开始排斥吸收对方的特质。

雅各布乐于让我享受充分的自由，但他也不喜欢我在谈到领主时的口无遮拦。看在他的份上，我尽量谨言慎行，但总会有某个人在某个时间听到我说的话，已经有越来越多的人表示受够了尼古拉斯·范·布雷尔。

距收获的日子已过去了几个星期，一个温暖的下午，我们站在酒馆门外聊天，在场的有尼尔，还有诺尔·希斯肯斯。诺尔是整个林布里赫特最富有的农民，他有着最广阔的土地和最多的牲畜。

“敬丰收。”诺尔对雅各布说道。

雅各布举起酒杯：“敬满满当当的仓库。”

“男爵的仓库肯定是满满当当的。”我用嘲弄的语气接下了他的话。

“恩特根……”雅各布扭曲的脸上写满了尴尬。

“怎么了，事实就是如此，不是吗？每个人都要上缴两成的粮食，想象一下，今年上缴的一共得有多少呀，那我们得到的回报又是什么呢？是他总挂在嘴边的安全吗？抵御于利希的军队和荷兰人的理由只有一个，就是他想不顾一切地守住自己的小王国。”

三三两两的人聚了过来。

“更别提他那天杀的磨面和酿酒的特权，我们把自己的谷物碾成粉还需要缴上一大笔钱，这里有谁觉得这是合理的？”

“我不觉得！”人群中传出一位农民的喊声。

“但我们需要男爵，事情就是这样。”崔妮克·布鲁根说道。“究竟是为什么需要呢，妮妮？”我反问她。

“为了我们的自由。”

“我们要上缴这么多东西，又有这么多义务，有何自由可言？在于利希的公爵统治下，我们会比现在更不自由吗？他会让你在任何地方磨面或酿酒，也不会像范·布雷尔那样收取高得离谱的费用。”

人群中有些许赞同的附和声，我从中受到鼓舞，继续说了下去。

“事实上，是男爵需要我们。是谁犁的地，谁播的种？是谁收割的谷物，又是谁把谷物碾碎？”

“恩特根说得对，”诺尔发话了，“我也受够了男爵的统治。”所有人都惊讶地看向他。

几年前，作为村里举足轻重的农户，诺尔曾在宫廷的允许下觐见过男爵。

“我们应该就此事大闹一场，”我继续说着，“如果我们联合起来，闹出足够大的动静，男爵就一定能听到，那时他将不得不从自己的象牙塔里走出来，离开他那脱离现实的小天地。”

人群中传来阵阵笑声。

走在回家的路上，雅各布连连摇头，说道：“得小心一点。”

“大家的想法都一样，我只不过是说出来了而已。”

“你说的可是比你强大得多的人，他比我们所有人加在一起都要更有权有势。”我还记得在他说完后，我给了他一个不屑的眼神。

“如果让你做主，你宁可把我们所有的谷物都交给他，也不愿惹他生气。有的时候，你应该大胆说出自己的想法。”

无论是法国人、荷兰人，还是于利希公国，都令尼古拉斯·范·布雷尔倍感威胁，他们中的任何一方都想要把自己的旗帜插在林布里赫特城堡的塔顶上。1648年初，多方共同签署了《威斯特伐利亚和约》，神圣的罗马帝国的内战终于得以落幕，而作为帝国的版图，林布里赫特只落得个满目疮痍、百废待兴的结局。在一条关于明斯特的和约中，西班牙人承认了尼德兰联省共和国的独立，而范·布雷尔一定对此感到非常不安，他害怕共和国在取得这项胜利后，还想继续扩大版图。

我们信奉天主教，而荷兰人信奉新教，因此，教会对于范·布雷尔争取主权的斗争给予了毫无保留的支持。只要林布里赫特依旧持独立状态，一切都将照常——人民须向圣萨尔维乌斯教堂上缴一成的收成，教会也将继续由天主教牧师把持。

距那时已经过去了二十五年，一切照旧，哪怕现今掌权的是范·布雷尔的继承人，也没有任何变化。

领主和教会都把代表着自己势力的图案绘制在了林布里赫特城

堡的高塔上。塔的顶端是两个鳞茎状球形装饰，装饰上方覆盖着两个拱起的球体，在球体上方的风车叶片上，印着范·布雷尔家族的徽章。那两个球体分别代表世俗权力和教会权力，而凌驾于两股势力之上的，是统御这片地区的林布里赫特男爵。男爵家族的徽章就在塔顶的最上方，强调着一个不争的事实：领主高于市政官，高于牧师，高于一切。

他们不满足于占据我们的身体和我们的劳动，就连我们的灵魂也要占为己有——我的父亲曾说过这话，就一次，声音很低，连母亲都没有听到。

作为公地管家，我父亲的一项职务是为贵族们组织游猎活动。尼古拉斯·范·布雷尔很喜欢邀请他的贵族朋友，尤其是布拉班特公爵，前往野外参与这场游戏。而我父亲只有在确保一定不会被人听到的情况下，才会发泄他的情绪。他会用不屑的口吻说着他是如何雇佣村里的小伙子们让他们把鹿和野猪都从林子里赶到开阔地上，那些小伙子们又是如何并成一排把野兽都赶到篱笆旁退无可退的位置，好让那些贵族们可以不费吹灰之力地用枪口瞄准这些猎物。

“这根本不是打猎，”他轻蔑地说道，“这只能叫打靶。”

数个星期之后，我们依旧能在树干的高处发现弹夹。当时，面对四散奔逃的野猪，那些所谓的猎人都在惊慌中胡乱地开枪。有人偷偷托我父亲把枪塞给两个村里技艺熟练的小伙子，让他们在枪声大作的混乱中射杀野猪。那些贵族一定都很安全，因为垂死挣扎的野猪没有对他们发起临死前的冲撞，要么就是根本没有猎物受到致死的伤害。

狩猎过后，这些高贵优雅的猎人们就开始享用自己猎来的鲜肉。餐桌上大部分的“成果”都是提前买好的，也有部分是用盐腌制过的，或是和冰块一起包装好送给范·布雷尔家族的，大块的冰从地窖中取出，防止肉质腐烂。在歉收的年份，村民们都忍饥挨饿，却从来都分不到贵族的一杯羹。

对猎兔子的村民视而不见，不逮捕，是我见过的父亲唯一的抵抗行为。当有人提着自己的猎物走出荒野时，父亲会故意把头扭向别处。“人们一直以来都在猎杀动物，而且是出于更加任性的理由。”他会这么说。

守夜人来到地牢门口和门卫换班，他们正聊着天气，谈起今年八月比往常的要暖和。我听着他们的谈话，仿佛也能感受到那股温热。我的肌肤渴望再次被从头到脚的温暖所包裹，而不是在这无边的寒夜当中忍受刺骨的冰冷。晨间的晚些时候，太阳升到很高的地方了，地牢里才能迎来一丝阳光，我便倚在墙上，依偎着这一缕阳光，闭上眼，享受片刻的温暖。

我还没有被带走，但这一刻随时可能会到来。一开始，我的脑海中还会浮现出一些可怕的景象，但后来，随着我的精力衰竭，我的神经已经衰弱到无法感知恐惧，也无法感受到紧张或害怕。我身心俱疲，只有停止胡思乱想才能稍微轻松一些。摸着我的良心，我绝不会承认自己没做过的事，也绝不会为了减轻自己的处罚而向猎巫人透露任何名字。

在这个堕落的体制里，一名女性只要受到指认，就会被当作女巫而遭到逮捕、监禁、严刑拷打，直到她坦承自己的“罪行”，而这一切都不需要任何证据。如果我认罪，那便等同于让这个系统继续运作下去，我的认输会证明领主和教会是正确的。那样的话，赫尔曼·温南德·范·布雷尔的地位会因为我变得更加稳固，而正是他的父亲从我和我的家庭中掠夺无数，也正是他的父亲给这个村庄的人民套上了枷锁。我绝不能因自己的屈服而使他获益，哪怕付出任何代价。这股信念支撑着我不断前行。

守夜人脚边的火盆正燃烧着，一束柔和的光从门上的缝隙间漏了进来。我躺在地上，看到黄色的光斑在地板上跃动、闪耀，竟奇怪地有了一丝安全感。没过一会，沉稳的鼾声从门后传来，一如既往。而我将会在这个夜晚徘徊在梦与夜的边缘，半梦半醒，似睡非睡，就像我会在白天时分徘徊在现实与回忆的边缘，如梦似幻，亦真亦假。

格蕾琴已经长到十五岁了，和我越来越像。她过了在牧师家中学习写作和算数的年纪，开始在一户有钱的农民家当女佣，一周去几天，就在通往艾尼格豪森那条路上不远的地方。我们在她出生前栽下的那棵苹果树也已经长到比人还高，并且开始结果实了。

即使年龄有所增长，格蕾琴的灵魂仍是那么天真烂漫。她相信善，对自己所遇到的一切都充满好奇，浑身上下没有一处是卑劣的。她的身体开始展现出迷人的气质，不带任何矫揉造作的媚态。上一秒，她仿佛还是那个骑在篱笆上看奶牛的小女孩；下一秒，那个小女孩就长成了眼前的少女，整理着自己头上的软帽。格蕾琴的心思从来不会放在别人对自己的看法上，而是放在周遭环境的每一处细节上。

和她父亲一样，格蕾琴也待人宽厚，也时常因此受苦。和她吵架是不可能的，在你反应过来之前，她就会以任何可能伤害到你的原因向你道歉，而她这么做似乎并不是想取悦对方，只是想尽快免去麻烦而已。除此之外，她并不会设法讨得别人的认可，只是走好自己的路。看到她这样，我倒是感到安心。

我和雅各布之间有一种不言自明的默契，我们可以在或小或大的空间里和谐共处，但格蕾琴总是会和我亲近一些，一个不小心，她和我的情绪就会杂糅在一起。当她心神不安时，我的内心也会没来由地绷紧。每次雅各布心情不好，我都可以很轻易地对他关上心门。雅各布仍是一个在我之外的人，我会把他放在心上，也会把他拥进怀中，但他仍是“别人”。格蕾琴不一样，她和我的内心紧密相连，就好像有一条无形的脐带连接着我们。

我喜欢和我的女儿坐在一起，然后把手插进泥土里面。她会假装自己是华贵的公爵夫人，装模作样地穿行在果园和菜园之间。她有出色的天赋，总是能够准确找到适合播种作物或种植什么东西的地点。我曾教过她哪些植物可以抵御害虫，又有哪些植物适合种在一起：

胡萝卜和洋葱，莴苣和萝卜，豌豆和芹菜，根茎会长得很宽大的植物和根茎会扎得很深的植物。但她只凭借自己的直觉。

更重要的是，格蕾琴能够摆正自己在世上的位置。作为人类，你可以开始从事一件事情，但接下来的问题在于如何等待，以及如何适应。你可以在干旱时洒水，可以抵御虫害，修剪杂草。你可以为作物和植物的生长创造合适的环境，但接下来还是得靠它们自己的生命力。作物和植物会依着自己的速度和方式去生长，你断不可揠苗助长，但同时，你也须时刻留心，及时将落在地上的豆子放到阳光更加充足的地方。你要知道每种植物和药草的喜好，要知道它们对温度、空气、土壤、风、雨、阳光、虫害的敏感程度，然后预测它们的生长。

有时，即使你辛勤耕耘、悉心照料，最后也可能会迎来颗粒无收的局面。不是所有播下的种子都会发芽，也不是所有栽下的花都会盛放。这种时候，你得清理残余的莴苣幼苗，还有整排整排的花椰菜，它们肯定已经被蜗牛、野兔、老鼠啃食殆尽，挖出的部分就拿去喂猪吧。你不能和时节抗争，也无法违逆自然。

每当你做出行动，大自然都会给出回应，接着你又会回应大自然，这就像一场对话一样持续不断地进行。有时，在短暂的走神之后，你会突然发现卷心菜已经在过度生长，或是土豆已经变得干瘪，眼前的场景就好像在告诉你，当你不在的时候都发生了什么。

格蕾琴经常和大自然进行这样的对话，在她还是个孩子时，我常常看到她在院子里玩耍，而现在她选择在菜园里消磨时间。她知道我就在旁边，但不太搭理我。这片天地既不是我寻求慰藉的荒野，也不是我父亲曾工作的田间地头，只是一块由篱笆隔出来的小花园，却让她能够在其间自由行走，令她安心。

许多人都将地里的劳作视作小户农家不得不做的脏活累活，但事实上，那些富有的地主才应该感到遗憾，因为打理自己的土地和花园是一件幸事，他们却没有机会亲手去做。

我的女儿认为大地有自己的灵气，它和人类的灵魂间有一种无形的联系。她会把脸紧贴在梨树的树皮上，或是抚摸一株植物，就像要给它加油打气，还会气急败坏地挖出一排拒绝生长的花椰菜。她在翻土时，修剪植物时，或是拔草时，都是那么富有活力。我看着她的行为，意识到我可以很轻松地把我祖母传授给我的一切都教给她，教会她为每一颗埋进地里的种子倾注爱与关怀。

当我向她解释如何把种子放在掌心，然后把另一只手盖在上面，将你的期盼与意志都传递给它们时，我意识到她很早以前就知道要这么做了。当你播种时，你也在播撒未来的希望。

当蔬菜、水果、药草被种下时，有两股力量在起作用，一股是人的创造力，还有一股是自然规律。无论是播下的种子还是未收获的果实，都是我俩的创造、我俩的心血，既是我的辛勤劳作，也是大自然的鬼斧神工。我们播下了种子，也种下了心中的梦想，在这梦想播撒的土地上就蕴藏着名为“创造力”的奇迹。

我从未听祖母过多地谈论此事，不过我相信她会认同我的观点——人类和神明共同创造了这世界。仅凭这个异端的想法，他们就有足够的理由把我关进这地牢里了，所以我之前一直保持理性，从来没有把这一点说出来过。但此时此刻，我敢说我们人类就是把自身看得太渺小了。我们一直让自己坚信我们对自身的命运和周遭环境无法有任何作为，但其实我们也是自身命运的主人，同时也是创造、改变这个世界的参与者。

· 15 ·

空气中充斥着雨腥味，苦涩的风把树叶吹得“哗哗”作响，灰压压的云层遮天蔽日，往窗里投来一片阴郁。每当他们给我送来新鲜的稻草时，我都会把它们拢在一起，睡在上方，从这些日渐萎靡的稻草可以看出，夏天正悄然逝去。进入九月已有一两天，这是全年第二个收获的时节。往年这个时候，我会雇上几个日工，让他们收割晚熟的谷物，然后帮我重新犁地并种上秋播作物。通常在九月底天气转冷之前，我会在地里种上黑麦，等到来年春天时收获。现在看来，我地里的那些东西都会因疏于照顾而自生自灭。

这几个星期，我本来会在果园中摘梨和苹果，然后小心翼翼地把它们从篮子里拿出来，在凉爽、干燥的石制小仓库里一一摆放好。我还会在其中一些水果上面盖一层稻草，稻草上再撒上一层沙子，这样它们就能保存到来年二月乃至三月还可以食用。如果我的邻居雷尼尔·赫尔曼斯把这些水果都拿到自己家的贮藏室里去，我丝毫不会感到惊讶，毕竟他已经认定我命不久矣了。

门外响起了钥匙的声音，休伯特走了进来。“早上好。”他第一次向我打了招呼。

“早上好，休伯特。”

他带来的粥一定和平常一样冰冷，那上面根本看不到热气。他把简陋的食物放下，我问他：“现在有消息说他们想什么时候审问我吗？”

“我什么都没听说，夫人，肯定不是在今天。”

听到他友好的语气，我鼓起勇气继续发问：“你父亲怎么样了？他的背还是老毛病吗？”

眼前的男孩看起来很惊讶：“更糟了，但是我那些哥哥分担了铁匠铺里大部分的工作。”

“那还不算很糟糕，我父亲直到离世前，我们都无法帮上他的忙。”他听完我的话，羞涩地笑了笑，然后走回门口。

“休伯特，能拜托你件事吗？”

他转过身。

“能不能再给我带条毯子？这牢里开始变凉了。”

他往四周看了看，就好像要在这牢里寻找到季节变化的蛛丝马迹一样：“应该没什么问题，但我得先向上面获得许可才行。”

“非常感谢。”我真心实意地向他道谢。

那些年里，我们已经习惯了雇佣兵在村庄附近走动，这些军人是范·布雷尔花钱请来保护城堡免遭围攻的。那些军人经常聚集在城墙边、广场上或是护城河边，他们中的大多数人都来自布鲁塞尔。通常来说，他们不太和村里的其他人打交道，不参加周日的集会，只是躲在城墙后头喝酒。有时，也会有一两个军人来到酒馆，但他们也不交际。我和雅各布坐在吧台的那个傍晚就是这么个情况。

“如果是我的话，我不会再给他们提供哪怕一杯啤酒。”有人跟酒馆老板这么说着，同时带着不悦的神情看向离我们几桌外的四个年轻军人，他们开始变得有些吵闹。

我们望向那桌军人，他们在唱某首跟战斗有关的歌曲，那歌我们都没听过。

“把这些酒送给他们，”酒馆老板对服务员女孩说道，“然后告诉他们喝完这些就得走了。”

那些军人收到了啤酒和附带的消息后，就开始大呼小叫起来，叫喊声中还有股愤愤不平的气势。一个军人试图把传话的女孩拉到自己大腿上，但女孩急忙抽身后退，头高高地昂着。她走开后，身后那桌传来嘲弄的笑声。

“那伙人根本不配待在这里，”另一位常客跟酒馆老板抱怨，“他们整日游手好闲、酗酒，还骚扰我们的女孩。”

“一群废物，”酒馆老板附和道，“如果于利希真想过来攻打我们，他们一点帮也帮不上。雇佣兵又没有理由拼命，在战斗中肯定不会使出全力的，就算城堡被攻占了，又关他们什么事呢？”

“这还不是最糟的呢，其实军人的数量也远远不够，”诺尔·希斯肯斯加入了我们的谈话，“如果于利希的千人军团出现在此地，这些雇佣兵立马就没影了，但现在没有钱去雇更多的军人。范·布雷尔也没必要去找皇帝要资金，因为皇帝自己也没钱了。”

“你是怎么知道这些事的？”我问他。

“我从锡塔德的一份小报上看来的。神圣的罗马帝国的皇帝因为一场接一场的圣战已经花掉几乎所有的钱了，他现在一个子儿也拿不出来，更不会有余力来保卫我们这种穷乡僻壤。”

角落里，一个士兵又唱起了一首歌，但同桌的其他几人都无力跟唱，歌声也就归于平静。

“我们不仅要缴什一税，还要再他妈多缴一份给这伙人，”一位农民忿忿地说，“这些都是为了让范·布雷尔能够安稳地在他自己的城堡里过上奢靡的生活。”

我们一齐看向那桌军人，其中一个跌跌撞撞地闯到门外，看样子是要清空一下自己的胃部。

“在城堡落成的那一刻，于利希就一直在试图占领它，”我继续开口，“要我说，我们就应该帮他这个忙。”

话音落下，大家都沉默不语，雅各布震惊地看向我，我假装没看见。

“这事可不适合在这儿讨论。”诺尔悄声说道。

在一场短暂的暴雨过后，天空又明亮了起来，鸟儿的歌声也回归了自然。麻雀叽叽喳喳的啼鸣不绝于耳，谱出了一曲和谐的乐章，悦耳的音符间还点缀着蓝冠山雀清亮婉转的啼声。

体型巨大的蓝山雀一直以来都在我的院子里筑巢，我喜欢看着它们在空中飞舞、鸣叫，看它们展开双翼在空中翱翔，听它们展翅向下时在空中划出一串精彩绝伦的音符。大山雀在歌唱时通常是静止不动的，它们总是会待在一个隐蔽的地方，比如灌木丛下或树叶后面。在我将要十四岁那年，父亲曾在格雷泰德指过一个大山雀的窝给我看，当时我们站在山丘高处，可以直接看到它。在那个窝里，有一对大山雀每年都会孵两个幼崽，连续孵了三年，它们两个总是形影不离，哪怕冬天也是如此。雄山雀保护它们筑巢的树免受侵犯，而雌山雀则不断往返，衔来细嫩的树枝和羽毛。在那之后，我再也没有见过雄性山雀会帮助自己的伴侣筑巢，哪怕它真的这么做了，那雌性山雀也会把雄性山雀推走。有时，雄性山雀会陪着自己的伴侣来回走一段路，就像一位忠心耿耿的骑士护卫在它身边。

在孵蛋期间，雌性山雀会唱特殊的歌来呼唤自己的伴侣，我回忆不起那首曲子的旋律了，但只要它开口唱，我和父亲都会听出来的。雄性山雀的啼鸣也十分悦耳，声音百转千回，音调最高的三声啼叫高亢清澈，下行的音调温暖而又甜蜜。在一个肃杀的冬天，雄山雀去世了，雌山雀在自己的伴侣死后又绕着那棵树飞了几圈，也离去了。也许它是去寻找另一个可以托付的伴侣，但我终究没有看到它再回来。

从这地牢的小窗往外看，几乎看不见任何鸟儿飞在天上，哪怕在它们即将开始大规模迁徙的当下也是如此。等到下周，如果能够看到燕子飞走，那意味着今年将会是个严冬，可我看不到，也无从作判断。

“诺尔·希斯肯斯的大儿子今天去了地里。”格蕾琴上床后，我和雅各布坐在火炉旁，他对我说道。

“他去那里做什么？”

“他请我明天去他们家里，和其他几个男人一起喝点酒，还让我不要和村子里的其他人说。”

我立刻明白这不是那种聊闲天的聚会，问道：“然后呢？你会去吗？”

雅各布叹了口气：“我不太适合做那种事。”

“但事情不能再这样下去了，不是吗？越来越多的人都是这么想的，现在是时候了，我们不应该再对男爵这么卑躬屈膝。”

“可我不觉得事情真有这么严重，即使要上缴这么多东西，我们现在还是过得很不错。”

“但不是每个人都像我们一样，”我声色俱厉地说道，“那些农民在租来的土地上辛苦工作了一年，到头来只能在严寒中挨家挨户乞讨食物，这种事真的应该发生吗？”“行吧，那我们就尽量多给他们些东西，这样问题就解决了。”

我站起身，带着怒气用钳子将火炉中的木柴拨开，好让火焰接触到更多的空气。“你不去的话，我去。”说话时，我依然背对着他。

“这是男人的事情，”雅各布大声抱怨，“看到你出席，他们会怎么想？”

“这件事关乎我们所有人，”我转过身面向他，“不仅仅是男人，每一个林布里赫特和艾尼格豪森的居民都处在水深火热中，都是因为那个范·布雷尔给我们套上的层层枷锁。”

“但他们不会喜欢让一个女人待在那里的，他们永远也接受不了。”

“你已经知道了这次会面的存在，他们对此十分清楚，所以他们也明白更安全的做法是让我参与进去，而不是让我走人。不仅如此，他们也都听过我对此事的看法，这才是你受到邀请的真正原因。”

最后一句话让雅各布哑口无言。

“好吧，我不拦你，但你要答应我，不要那么口无遮拦。”

“行啦，你还不了解我吗？”我忍着笑说道。

“我当然了解，所以我才这么说。”雅各布也咧开嘴笑了。

当我走进希斯肯斯家的院子时，他们真的花了好一会才缓过神来。诺尔的妻子带着些许不安的神情领着我们来到了厨房，然后就离开了。厨房里坐着六个男人，除了诺尔之外，我还认出了他的大儿子和其他几个农民。

“我来替雅各布的位置，对待这事，我比他要更上心。”

“到底是什么事？”一个人开口问道。

“结束男爵一直以来对林布里赫特人民和艾尼格豪森人民的压榨，”我斩钉截铁地回答，“如果有必要的话，使用武力。”

这个男人看向诺尔，揣测他脸上的表情。诺尔谨慎地笑了笑。

“很好，欢迎你的加入，路易顿夫人。”诺尔说道，然后他们继续聊着关于打猎的话题。

“如果你在自己的土地上抓了只兔子，那可真是件不光彩的事，贵族老爷们一定会把你认作是偷猎者，”一位农民正侃侃而谈，“即使那天是我的狗叼了只兔子回家，也算得上是犯罪了。”

“那你拿那只兔子怎么办呢？”诺尔的儿子问道。

“当然是把它烤了，然后把每一块肉都吃干抹净啦！”这话引来了一阵笑声。

“而一直以来，男爵和他的朋友们都在狩猎更大的野兽，却仅仅只是为了娱乐，”这位农民的表情恢复了严肃，“他们打猎的地方就在格雷泰德，这片土地本应属于我们全体人民。范·布雷尔一家子坐拥大量的肉，他们甚至都不知道该怎么处理——很显然，所有无法放在地窖里用冰块保存的东西，他们都会拿出来卖钱。”

“于利希的公爵也是一样，”另一个农民接过话，“他们贵族都好不到哪去。”

“但沃尔夫冈·威廉公爵不会在酿酒权和磨面权上向我们索取

那么多，”我赶忙发表自己的意见，“这会让我们省下一大笔钱。”

这个男人看向我，如果我没弄错，他的眼睛里写满了无可奈何。我继续说道：“在于利希的统治下，无论是酿酒还是磨面，我们只需要缴正常的税即可，也不会再有陌生的布鲁塞尔雇佣兵在这周边游荡。对我们来说，这个世界不会有任何变化，我们只要顺势而为就可以了。到时候，公爵也会皈依天主教，这样我们也不用放弃自己的信仰，”我停顿了一会，“如果一切真是这样的话。”

“如果真是这样的话。”诺尔笑着说道。

我不会自视甚高，但我的确是那些秘密集会中唯一的女性，这一事实使我自傲。我似乎感到自己挣脱了性别的束缚，甚至感到自己的地位要略微高于其他女性。我不是任人摆布的对象，我注重自身的利益和感受，我在乎那些我认为重要的事情，我还关注公平和正义。但是，我却没有考虑到可能为之付出的代价，这一切都将指向最终的后果——混乱与动荡。

每次集会后回到家，我都会兴奋地红着脸，迫不及待地想要跟雅各布分享各种故事。大多数时候，他都会带着忧心忡忡的表情倾听我的话，但有时他也会哑然失笑。渐渐地，我们的小团体壮大了起来。最终，我说服了雅各布在傍晚时陪我一起去诺尔家，他也慢慢开始和我一样，为即将到来的起义激动不已。

我们提前两天收到了消息。没有人确切地知道是谁和于利希公国的高层人物联系上的，但大家都猜测是诺尔。有人通知公爵，如果他决定攻占这里，林布里赫特和艾尼格豪森将有一大群人帮助他的军队。消息送到后，最终的日期也随之确定下来。

1650 年 4 月 19 日晚，沃尔夫冈·威廉公爵派了一百个士兵试图占领林布里赫特，占领这片被他的势力包围已久的地盘。士兵们将取道自艾尼格豪森，直捣城堡，任何想要加入的村民都可以随军前行。

于利希的军队最近一次试图攻占林布里赫特城堡是 1632 年，距今快二十年了。这一次，我们必须确保成功，不然他们的一下次进攻可能又得等上个二十年。

那天夜里，我们时刻保持清醒，男人们拿上了各自的锤头、斧子、镰刀加入于利希的军队以帮助他们。

· 16 ·

饭菜的香气飘进了这地牢里，我闻出了禽肉的味道，可能是珍珠鸡，我还闻到了百里香和玫瑰香水的清香。我的胃感到一阵绞痛，盘里的早餐已经吃完，要等到晚餐送来还要过上好几个小时，现在只有杯子里还剩下一点水。这天结束以前，我克制着自己不要把水喝完，渴的时候只能抿上一小口。我把几乎凉透的水含在嘴里，让它尽可能地滋润口腔，然后再一口吞下。

一开始，你会因饥饿而步子不稳，随后会感到头晕目眩，但这些体验并没有很糟糕——饥饿会疏远你与现实的距离，你的情绪和思想都被剥离，身心也会变得空灵、缥缈。如果不进食的时间足够长，你几乎可以彻底脱离现实世界，到那时，饥饿感会消失，你的胃会像雨前的松果鳞片般麻木、冰冷。还有种更糟糕的情况，就是你吃了点东西，却又吃得不够多，那会使你更加痛苦。

我自然会向休伯特要更多的食物，他也会去请示，但下一次，他送来的食物依旧是那点可怜的分量。

“他们只给了我这么点，再多就没有了。”说这话时，他试图显出严厉的样子，但语气中还是有些过意不去。

“那毯子呢？”

“抱歉，他们不让我带过来。”听了这话，我露出一丝苦笑。

他们的意图很明显，我只有少量的食物和一条毯子，这样既饿不死也冻不僵，只是身体会一天天虚弱下去，意志也会变得脆弱，但仍然能够出庭受审。距离上次审讯已经过去四天，角落里的稻草只剩下了三十六秆。

你可能会认为在饥饿时幻想食物是一种折磨，但事实上，它会给你出乎寻常的慰藉。也许今天和昨天你都没有吃多少东西，但将来你肯定能够有机会再次大快朵颐。你在向美好的未来大步迈进，就像等待着母亲熬鸡汤的孩童，期待那缕混合着药草清香的鲜美肉味。只要你的想象足够细致，就能带来极大的满足，在它消失时，你也就不会那么失落。

就这样，我幻想我那有着高高颈部的陶罐，里面盛放着浓郁的牛奶，就快要溢出来；我幻想大块的山羊乳酪上挂着一截截风干的香肠；我幻想自己一口咬在刚烤好的面包上，面包的外皮焦硬酥脆，中间是柔软的面团，面团上的酵母和液体还没有完全混合，它们滴在我的盘子上，软乎乎黏答答。我在脑海中看到自己正在剥大豆，我的手指把豆荚划开，露出里面光滑透亮的淡绿色豆子，颗颗饱满，滑入碗中。然后我便做足准备，用心地将一锅大豆汤熬成灰绿色，味道浓郁，口感绵软。在想象中，我一个原材料都没有忘记——饱满的大豆、土豆、胡萝卜，还有芹菜。

脑海中，我走在艾尼格豪森至林布里赫特的大道上，沿路采摘菩提树的花朵，这条路曾是自默兹河而来的商道，路面十分宽阔，也很破旧。回家路上，我会把捡来的小树枝放进胳膊下的篮子里，也会伸手将盛开的花瓣捻在指间，然后慢慢地把它们从树枝上摘下。之后，我用少许水将花瓣濡湿，然后在木桶里放上三天，直到花香袭人。等到花瓣几近发酵，我用滤网将它们悉数剔除，只留下甜甜的汁液，再倒进瓶里，加上水混匀，抿一口清香，便是尝到了盛夏。

不觉间已满口生津，我只好咽了咽口水。

半夜两点半左右，雅各布喊我去前院，我们听到了军队的声音，马蹄声踏在地上“哒哒”作响，尖厉的啸声和低沉的嘶吼声逐渐逼近。我们站在路旁，看到了行军队伍中的第一束火光。

队伍的规模远不止一千人，还要多上好几百，除了军人外，其余的都是于利希公国的平民百姓，他们坐在马车里，携带的武器包括长矛、斧子、手雷、火药、步枪、手枪。他们策马向前，如闪电般疾驰而过，嘴里高喊着战斗的口号。火把照亮了他们扭曲的脸，我看到那些脸上圆睁的双眼，从双眼里看到了他们对死亡的恐惧，那恐惧就像他们对战争的渴望一样强烈。

我紧紧抓着雅各布，想要让他看向我，但发出的声音都被行军的骚动掩盖了。从他的眼里，我既没有看到对死亡的恐惧，也没有看到对战争的热情，他的眼神高度警觉，表情严肃认真，我之前从未见过他这样。

“你确定要这样做吗？”我在他的耳边大喊，他点了点头。

从艾尼格豪森来的路上，第一批农民加入了军队，大多数人是徒步跟随，也有个别人骑着马或驴子。他们随身携带着小刀、草叉、榔头、锯子、犁铧等一切可以伤人的工具，然后像步枪一样高高举过头顶，表现出自己的英勇好战。格蕾琴只穿着睡衣和披肩就跑到了门外，我把她紧紧地拉在自己身边。

“他们要去攻打城堡，”我大声喊着，想让自己的声音盖过这股喧嚣，“你的爸爸也要去帮忙。”

格蕾琴立马放开我，跑去紧紧抓着她的爸爸。雅各布轻轻地抚摸她的脸颊，跟她说了些什么，她先前震惊的面孔稍微舒缓了些。

雅各布去谷仓拿来那柄之前用来砍柴的斧子。他身上的衣服是干农活时穿的，鞋子也破破烂烂的。他拿着斧子的样子一点英雄气概都没有，反而像是要去砍树。他朝我们走来，把我们紧紧地抱在一起，片刻后，他就起身加入了农民的队伍。

“注意安全！”我朝他大喊，接着便意识到这话听起来有多可笑——在城堡里浴血奋战时要注意安全！

当前往林布里赫特的最后一个人影也消失不见时，我和格蕾琴进了屋，然后响起了一阵急促的敲门声，是尼尔。她浑身颤抖，努力使自己保持镇定，问我：“现在什么情况？”

格蕾琴挽着她的胳膊，把她带到了厨房的桌子边。

“那些男人要去做什么？”

“把男爵从床上弄起来，然后把他永远驱逐出城堡，这样我们就能过上和平的日子了。”

“你之前知道这事吗？”她厉声发问，格蕾琴也好奇地看向我。

我点点头。

“你就这么同意了雅各布拿自己的性命冒险？”

“有的时候，你必须为自己的权利而战，如果我是个男人，会在队伍的最前方领路。”

“我相信你会做出这种事。”尼尔叹了口气。

“我们现在唯一能做的就是等待，以及做好万全准备，以便在战后照顾伤员。”

“那我能做什么？”格蕾琴问道。

“你可以去我们种药草的园子里摘一些薄荷叶、罂粟花，还有龙蒿，”我给了她一盏灯烛，这样她就能照亮外面的黑暗，“对了，还有车叶草。”

我突然想到，如果贾尼斯也在，他肯定会对这一切嗤之以鼻。目前他已经通过了考试，终于能够以外科医生的名号工作。他将我的草药疗法称作“朴素善意的胡闹”，还详细地跟我解释，当身体发热的时候，说明血气过剩，只能使用水蛭或放血疗法让体内恢复平衡。如果体内流动的液体过多，那就要通过服药来催吐或促进排便，才能让身体得到自我净化。

我听进了贾尼斯的话，但心底里还是更相信应该先防止伤口感染，这样就不至于让身体发热了。

我把一口盛着水的锅架在火上，将水煮沸，然后把干净的布都备好，接着坐下。我把手摊在桌上，努力使自己不要去想雅各布。尼尔见状，握住了我的手。

太阳升起来了，六点左右，开始有人陆续返回，基本都是于利希公国的人。一开始，我还以为他们手上拿的都是武器，走近些才看清那些都是家里的用具，像是烛台、银餐具、锦缎桌布，还有一些衣服。有人骑着马往回走，胳膊下夹着画作，手上还拿着装饰有羽毛的帽子，还有人提着双鞋就回来了。甚至有人往自己的马车上装满了椅子、锅具，还有大烛台。所以，他们是想方设法通过了护城河，闯进了城堡，但眼里只有这些令人倒胃口的东西吗？难道这次所谓的围攻只是一次寻常的掠夺？

终于开始看到有负了轻伤的人往回走，其中一些人让我们帮忙处理伤势。在屋里，厨房的桌子早已收拾干净，我就在那里用煮沸过的水帮他们清洗伤口，然后用晒干的斗篷草和雏菊盖在上面，再用布条结结实实地绑好。然后尼尔会给他们提供用薄荷和龙蒿叶浸泡的热水，让他们当作止痛剂服下。与此同时，我也在向每一个人打听雅各布的下落，但没有人见到过他；我还想知道进攻是否顺利，但每个人的说法都不一样。

“布鲁塞尔的雇佣兵根本挡不住我们的进攻，城堡里的士兵都倒下了，于利希成功地占领了它。”有个人是这么说的。“经过几个小时的战斗，布鲁塞尔的雇佣兵把于利希的军队都赶走了。”另一个人却是这么说的。

没有一个人能告诉我，尼古拉斯·范·布雷尔有没有被抓住，或者有没有投降。

雅各布到家的时间是七点半，他的上衣和脸上都溅上了血迹。当我看到他时，激动地用双手捂住了嘴，格蕾琴飞奔向他。“大多数都是别人的血。”他这么安慰我们，脸色却依旧惨白。

格蕾琴张开胳膊拥抱他，雅各布下意识地摸了摸她的头，然后泄气地说：“我们没能取得胜利。”

他的左臂沾满了鲜血，我小心翼翼地拉起他的袖子，他还是疼到龇牙咧嘴。“我必须先处理你的伤口，”我一边说着一边朝那口盛水的锅走去，“你快坐下。”

在我清洗伤口时，雅各布不得不屏住呼吸才能忍过疼痛。从他的手肘到手腕，划了一道很深的伤口。他用一只手捂着脸：“我们失败了。”我轻轻地抚摸他的后背，安慰他：“你已经尽力了。”快到中午时，我给了他缬草根磨成的药剂让他服下，里面还加了点罂粟——只加了一点点，为了能让他睡个好觉。

林布里赫特城堡受到了彻头彻尾的洗劫，所有没被带走的东西也都遭到了破坏，门窗、箱子、橱柜等家具物件都被劈成了碎片，连一双鞋都没有剩下。据他们说，哪怕站在屋顶的鸽子都会受到枪击。

没有人看到男爵。他们喊着男爵的名字，搜遍了城堡里的每个角落，但还是没能发现他的踪影，也没能找到男爵夫人。他们也没有选择放火把男爵逼出来，因为于利希的公爵想要将城堡据为己有，不想让城堡遭到破坏。当有人点燃窗帘时，于利希的士兵立马上去将火扑灭。

于利希公国那边随军前来的普通百姓在抢完东西后就一个个离开了，城堡里只留下了极少的士兵，布鲁塞尔雇佣兵也是在那时看到了机会并开始进行反攻。他们不断地开火，于利希的军队只能在他们的追击下抱头鼠窜。

我母亲为这件事感到不齿，她听说了之后带着卡特琳娜来到我们家查看雅各布的状况，愤怒地指责我们："我真是不能理解，你们怎么会参加这种暴动？"

雅各布沉默不语。

"我听说那些暴徒甚至洗劫了城堡里的小教堂，还抢走了大量的圣器。雅各布，你肯定不会认可这种事吧？你会赞同他们玷污教堂里的装饰品吗？"

"我没想到会发生这种事。"雅各布无奈地承认。

"那你们到底想做什么？"母亲将视线转过来质问我，她非常清楚我对男爵尤其不满。

“结束男爵对我们的压迫。”

“别傻了，”母亲十分生气，“男爵和男爵夫人降生在贵族家庭完全是上帝的旨意，除了教皇这个上帝在人间的代理人外，尼古拉斯·范·布雷尔不需要对任何人负责。对他来说，他只需要确保林布里赫特不要落入清教徒手中即可。”

“这么说的话，于利希那边的公爵同样也是天主教徒，而且他对自己的人民要通情达理得多。”

“那个男人最近才皈依的天主教，现在还得不到我的认可。”母亲嘟囔着。

我朝卡特琳娜做了个鬼脸，把她逗笑了。

“无论如何，”母亲说着，给卡特琳娜甩了个责备的眼神，“在上帝的祝福和佑护下，男爵毫发无伤，他很快就会回到城堡，到时候我们就可以把这次的耻辱抛到脑后。”

围攻城堡失败之后的几天里，所有人都很低调，行事也很谨慎。尼尔去了趟集市，回来之后跟我们说，广场那边十分冷清。但今天是周日，我们所有人都需要在纳格尔神父前露面，他是尼古拉斯·范·布雷尔坚定的支持者。

人们经过墓园入口时没有像往常一样相互攀谈，而是拖着双腿、缄默不语地走了进来，找到自己的位子坐下。女人和孩子坐在左边，男人都坐在右边，有的人和雅各布一样吊着胳膊，还有的人露出了手上和脸上的伤痕，他们在人群中十分显眼。有几个男人没有出席，只让他们的妻子孤身前来，那些女人要么紧张地将双手紧紧握在一起，要么在众人面前表现自己是如何忙着照看孩子。当纳格尔神父走上布道台，教堂里顿时安静了下来，只能听见他的双脚踏在木质地板上的声音。伴随着“砰”的一声巨响，他用力将《圣经》打开，然后双手撑在台子上，静静地凝视着自己的那双手。片刻之后，他又抬起头来看向我们。

“过去几天，我一直在为这个教区祈祷，祈求救赎，”他说话的声音很小，人们要非常费劲才能听清他的话，“所有东西都遭到了破坏和偷窃，苦难已经造就，暴行已然犯下，而上帝将一切都看在眼中——主看到了，主谴责他所看到的一切。”

他的话沉重地敲打着我，我只能木然地盯着墙上镶嵌的木板。我把视线移向拱顶上方的油画，试图唤起我心中的些许神性，画中的是天堂、地狱，以及最后的审判。画中的怪物大张着嘴，嘴里有八个人头，那些都是该下地狱的人，在怪物后面还站着一个长着山羊腿的恶魔。这幅画其实没什么必要，因为纳格尔神父能够绘声绘色地描述地狱的场景，就好像他曾经亲自去过一样。

“要当心，耶稣的审判之剑随时都会降临，”他的声音提高了些，说出的每个字都撞击着台下每个信徒灵魂中最脆弱的部分，“当心永恒之火的火焰烧及自身，谨记罪恶之人自地狱发出的哭号。”

纳格尔神父缓慢地扫视人群，想要确认他温驯的羊群有没有产生足够的悔意，然后接着说道：“反抗的意图必定源自魔鬼。”说完，他花了些时间和台下的一些男人对视，直到他们先把视线移开，其中也包括雅各布，但他似乎并没有给神父留下很深的印象，我对此感到欣喜。“要使这片村庄得到救赎，最重要的事情就是保持纯洁的信仰，”神父接着说道，“不论是宗教活动，还是平日的行为举止，都要做到虔诚，这是必要的，因为只有这样，我们才能揭下狡猾撒旦的面具。否则，他会让我们迷失，引我们误入歧途。撒旦因自身的堕落而受到无法消除的诅咒，也因此受到驱赶，但他始终在寻找机会，伺机用异端邪说污染我们的心智。”

他刻意停顿了一会。

“若想受到上帝的祝福并在圣彼得的引领下进入天堂，请记住：谨遵领主和宗教领袖的教诲，对地位在自己之上的人保持尊敬，尽好身为奴仆的职责，远离邪恶魔鬼的爪牙。”

· 17 ·

“尼尔·温南德来见我了。”哈尔巴赫神父坐在我旁边，后背倚在墙上，对我说道。听到老朋友的名字，我感到很开心。

“她托我转告你，她替你照看了动物，打理了菜园和果园。所有的食物都放在她家的谷仓里，等着你释放的时候去取。”

最后的几个字眼使我不禁露出了微笑。这就是尼尔的典型作风，她总是用这种无需证明的话来表达这样的希望。我的内心受到了触动，问他：“你有没有和我的女儿格蕾琴说上话？”

他摇了摇头：“你想让我联系她吗？”

“不，不，”我赶忙回答，“我不想给她惹麻烦。”哈尔巴赫点点头：“很不幸，我还有些不太好的消息。”听到这话，我脖子上的肌肉都绷紧了。

“那个刑罚，‘territio’的第三阶段，明天就要实施了。事实上，他们让我过来就是为了通知你这件事的。”

我的胃一阵绞痛，嗤笑着说：“我猜他们大概是想给我点时间，让我准备好在今晚向你忏悔。”

这位牧师带着痛苦的表情低下了头：“其实，我能想象到今晚对你来说肯定很不好过，但我还有能为你做的事情。法庭表示还可以给你一个机会，如果你同意的话，我可以在你身上进行驱邪仪式。”

“是为了驱赶魔鬼吗？”“是的。”

“但是那样的话就意味着恶魔真的占据了我的身体，否则就没有驱魔的必要了。这还是等同于让我认罪。”

牧师点点头。

“那这样做对我有什么好处呢？”我把手放在肚子上，试图减缓痉挛带来的疼痛。

“驱魔仪式结束后，如果你能重新皈依耶稣基督，那法庭对你的惩罚会温和许多。再不济，他们也会在把你绑上火刑柱前，先大发慈悲地将你迅速处决。糟糕的地方在于，哪怕你已经死了，他们为了净化你灵魂中残存的恶魔之力，也必然会焚毁你的尸体。但无论如何，你还是能够升入天堂。”

“我肯定会去天堂的，因为我没犯下任何错，而且我绝没有和恶魔扯上任何关系。”

哈尔巴赫目视前方，脸上是疑惑不解的表情：“你不害怕酷刑吗？”

仅仅只是提到这几个字眼，我几乎都要喘不上气来，我已经在脑海里想象过无数次的可怕场景再次死死地将我扼住。“我努力让自己不要去想太多，”我的语气依旧平静，“但不是每次都能奏效。”

他的腿弯曲着，挨着自己的身体，脚上踩着双凉鞋，针织的袜子上端是些许裸露的皮肤。我看着眼前的这个男人，他年事已高，但坐在地上的模样却像个农场工人。

“坦白跟你说，这桩案子让我非常揪心，而且用刑的速度这么快，我无论如何都不认可。”说完，他转过脸来看着我，眼神中带着坚毅。他抬了抬浓密的眉毛，让前额的皱纹更深了。

“路易顿夫人，你应该知道，根据宗教裁判所的律法，他们只能对你用一次刑，如果你不认罪，他们是不能再把你放回到刑具上的。只有在你已经认罪，并且第二天拒绝在认罪文件上签字的情况下，他们才能再次对你用刑。明白了吗？”

我点点头。

“另外，在明天的审讯中，如果你坚持下去，拒不认罪，他们也是不能对你用刑的。只有你认罪，他们才能出最终的判决结果。最坏的情况下，你可能会被驱逐出林布里赫特。”

“那我必须这么做了。”我仿佛感觉到严酷的折磨已然过去，目及之处，是更好的未来。他紧紧握住我的双手，然后撑着地面站起身，对我说：“愿上帝与你同在。”

“谢谢你，神父，上帝也与你同在。”

他离开后，我在原地呆坐了很长时间。我想象着尼尔那张亲切的脸，仿佛能够看到她在我的后院里手忙脚乱地摸索，看到她给我的猪喂食，给我的奶牛挤奶，收集窝里的鸡蛋，抚摸我养的猫咪。我能想象她帮我收获花椰菜和卷心菜的样子，也能想象到她从我家的农场里走出来，对艾尼格豪森其他居民的异样眼神有多么地不屑一顾。我的脑海中还浮现出了格蕾琴的模样，我能看到她是如何思念我，是如何为我祈祷，又是如何在每个周日忍受身边的那些窃窃私语的。

在我们尝试攻占城堡的几个月前，尼尔的丈夫就因为肺炎去世了。去世前的最后几天，他的肺里积满了痰，连呼吸都变得十分困难，持续不退的高烧也使他产生了幻觉，他时不时就会朝自己身边奋力地拳打脚踢。

尼尔头一次派人去锡塔德请了名医生过来，那个医生切开了尼尔丈夫手肘上的皮肤，好让病灶随着汩汩的鲜血一同流出体外；然后再用烧红的铁块在其皮肤上烫起水泡，好移除病人体内有害的液体。当那名医生开了罂粟提取物以“驯服占据病人身体的邪恶魂灵”时，尼尔立马让他滚蛋，然后来向我寻求帮助。我用窄叶车前草、百里香、毛蕊花等药草的叶子和花朵制成了药剂，以达到清肺的效果，并且也可以抑制痰的产生。每隔两个小时，尼尔就让她的丈夫服下药剂，但他的呼吸还是不太顺畅。每次我上门拜访，尼尔不是在忙着准备热饮，就是在准备浸了冷水的湿布以抑制她丈夫身上的高温。我从没见过她有休息的时候。

尼尔丈夫去世的那天，她站在我家门口潸然泪下。她一个字也没说，只是无力地靠在我的身上，我便明白发生了什么。我们往她的家走去，每一步都需要我扶着她，因为她不看路的同时被脚底的石头和草块绊得跌跌撞撞。回到家中，我们一起清洗了她丈夫的身体，然后给他换上了周日穿的那套干净的衣裳。

完事之后，尼尔走到床边坐下，双手放在大腿上，肩膀不住地抽动。该做的都已经做了，我们再怎么努力也挽回不了更多，尼尔也不得不变得比以往更加坚强，才能接受现实。

葬礼后的几个星期里，尼尔每个傍晚都和我们一起吃晚饭。在我做饭的时候，格蕾琴会和她聊天，而每一次，我都会惊异于我的女儿在谈起那些痛苦的感受时，语气听起来竟是那么轻松。

一天傍晚，距尼尔丈夫去世刚过去一两个星期，我听到格蕾琴开口问她："失去亲人真的会很难过吗？"

我转过身瞪了格蕾琴一眼，但尼尔并没有因为这个直白的问题感到不快，她回答道："这感觉有点像是你的一条腿突然间就比另一条腿短了许多，然后你就不知道该怎么靠自己的双脚站稳了。"

"那你只能重新开始学习走路了，"格蕾琴接着说，"但是得用其他的腿。"

"正是如此。"尼尔笑着应和。

"那会很难吗？"

尼尔摆了摆手："每个人都会有困难的时候，生活就是这样，但我们还是有努力活下去的意义。"

说最后那句话时，她看向我，笑得很灿烂。我没有直视她，而是返回厨房继续工作，我当时一定是害羞了，不知该如何面对她。

“他们都很怕你，恩特根。”不久前，尼尔对我这么说道。

“怕我？我对他们做什么了？”

她笑着说：“你从不需要其他人的帮助。”

现在回想起这些对话，我才明白她所说的“其他人”中也包括她自己。我会像她需要我这样需要她吗？她会不会觉得我不需要她，就像其他人一样害怕我呢？

我坐在这，知道尼尔在外面等我回家，也许她还会当众为我辩护，然后我意识到我比自己所认为的更需要她的支持。多年来，我一直告诉自己，我不需要其他人，但这并不完全是对的。自我孤立只在一种情况下能够给人带去快乐，就是当你清楚地知道，这个世界上还有人和你心意相通时。对我来说，这个人就是尼尔。

同时，我也失去了很多人，比如卡特琳娜，我从未在他们面前表露过爱意。我从没对他们说过那些发自肺腑的、充满感情的话。

我刻意让自己不去在意其他人对我的看法，但或许做得太苛刻了，以至于我也体会不到其他人对我的关心。我同样不会去设法赢得别人的同情，哪怕在林布里赫特生活了超过四十年，对其他人来说，我仍然是个陌生人，而这只能怪我自己。毕竟，我的一言一行都像个陌生的来客。

在审讯现场，除了嗜血的欲望之外，我还从人群中感觉到了些许震惊的情绪。他们可能是震惊于我可怜的模样，但更有可能是清晰地感受到了现实的可怕。他们撤回了编造的指控，撤回了由流言蜚语组成的证词，也把曾对上帝说过的誓言收了回来，避免了可能由此导致的恶果。

在自己即将亲手造成可怕的后果之前，他们及时地收了手。

女巫也被称作“baegtessa”，意思是“骑着篱笆的女人”。围着村庄的篱笆和栅栏划出了村子内部和外部的界线，大多数人都会在界线内感到安全，但我总觉得一只脚在村庄内，一只脚在村庄外的感觉更让人放松。我喜欢游离于边界之外，就像那些站在村外旷野上向人们宣讲新教教义和宗教改革思想的布道者；天主教会恐惧那些不受教堂管辖和束缚的牧师，他们对我也心生恐惧。

不过我曾在村外听过一次他们的宣讲，但发现他们所说的就和我们的牧师所说的一样无聊。

如果更喜欢站在旷野的人就是女巫，那我绝对是了。我敬拜神灵的地方不在教堂，而在田野里，在荒原上，在树林间。当我抬头向上，我希望映入眼帘的不是胖乎乎的小天使，而是漫天的星星和月亮，是随风掠过的云彩，是藏于其后的太阳给云层镶上的金边。我们人类自以为是农场和田地的主宰，但在那些人迹罕至的地方，你会发现大自然中的一切生物都有着同样神圣的光辉，万事万物都和谐共处、相互依存，构成了一幅宏伟壮丽的和睦画卷。我不凌驾于任何生命之上，我也没有资格去践踏其他的生灵，歪曲他人的意志。

我母亲并不在意，但我父亲、我祖母都曾在这条边界上行走。

教堂里有个忏悔室，还会有牧师在小铁栏后面无私地给予你原谅，但我忏悔的地点并不在那里。我更喜欢躺在斜坡上或软软的帚石楠花丛上，在那里沐浴着太阳的温暖。所有动物都会依偎在阳光之下，它们会舒展自己的身体，好让自己在经历了灰暗的日子后再次获得温暖、补充力量。植物也会向阳而生，树木甚至会扭曲自己的枝干以到达阳光所在的地方，花朵也会在阳光中绽放，就像是被爱人亲吻而睁开了双眸。当你坐在阳光下，你会觉得一切都会好起来，毕竟眼前的世界看起来是那么美好。

太阳、月亮、星星……有那么多天体在上，我们人类只处于很低的位置。如果有人将自己视作太阳，那将会成为错误的开端；如果降临世间的神只是为了人类，而不是为了动物、植物，也不是为了哪怕最微不足道的一片草丛，那也会成为通往歧途的入口。

在人们攻击了城堡后，尼古拉斯·范·布雷尔并没有在教堂或村里露面，据说他远行去了布鲁塞尔，并且向神圣的罗马帝国皇帝斐迪南二世的儿子——奥地利的利奥波德·威廉大公——他同时也是主教——抱怨此事。范·布雷尔想让斐迪南补偿损失，好让林布里赫特依然能够作为神圣罗马帝国的一分子维持自由城邦的地位。毫无疑问，他肯定也向大公要了更多军人去守卫城堡。

果不其然，当男爵于数月后返回时，他带回了一批部队驻扎在城堡里。每到周日，男爵和他的家人还是会前往教堂，但他们再也没有在村里露过面。他们也没再组织游猎活动，因为所有的猎枪都被偷走了，他们也同样没办法邀人上门做客，因为城堡的里里外外都被薅了个精光。除了上述变化之外，一切照旧。仅仅在几个星期之后，对磨坊的禁令就又恢复了，所有人必须得去指定地点磨面；同样，对私自酿酒的禁令也再次被强行推广开来。

在收获季的头两个月里，我和雅各布同往常一样驾着马车前往广场上称量我们收获的作物，村里的其他人也是这么做的。称完后，我们就前往城堡上缴什一税。虽然其他的领主和君主都只收一成，但我们的税额仍是收获的两成——那些从布鲁塞尔雇来的军人一定有很好的伙食和高昂的薪水。

不满的情绪在村民间迅速升温，秘密集会也重新召集起来，但这次我们将集会的地点从诺尔家的农场转移到了“山毛榉”酒馆中，这个酒馆位于村外通往博恩的路上。这次我们做得也很好，每次都有越来越多的人加入进来，上次对城堡的围攻让他们看到了把尼古拉斯·范·布雷尔赶走的可能性。对于从男爵手中租用土地的佃户来说，他们尤其希望公爵接管此处后能够把什一税的税额降低到更加合理的程度。今年的收成非常一般，这也助长了人们的不满。

八月的一个傍晚，酒馆里聚集了将近一百个男人，还有大约十个女人——这着实令我感到开心。酒馆老板表示，只要他喝下了足够多的酒，任何谈话都传不到他的耳朵里。从他喝下的量来看，这不是个问题。一个农民把酒杯往桌子上砸了几下，呼吁大家安静下来，当谈话声都停下后，诺尔开始了他的演讲。

“各位！”他以一种坚定的语气开场，我之前很少听到他的言语中有这份坚定，“今天我们在这里说出的任何话都不能让其他人知道，”他环视四周，停顿了几秒，“不想这么做的人，现在可以离开了。”话音落下，没有人离开。

“很好，现在我们都是一条船上的人了，而且我们都不喜欢现在的处境，男爵已经剥削我们太多年了。”

人群中传来了低声的认同。

“我们身处自己的土地，却要为每一次收成、每一次碾谷物、每一次酿啤酒而上缴昂贵的费用，需要缴纳的什一税也越来越多，人民已经疲惫不堪。”

我看着诺尔身上迸发出的激情，感受他昂扬的斗志。他体内住着一个沉思的灵魂，展现出的力量远超我所嫁的那个男人。

“我们农民辛苦一整年，到头来却颗粒无收，只有男爵赚得盆满钵满。他掠夺我们的劳动成果，然后请人为自己画像，让丰盛的肉摆满餐桌，甚至买更多光彩照人的衣服。”

人群中传来了笑声。

“四月份的时候，我们差点就要拿下他了，知道吗？只有毫厘之差。当时有很多勇敢的人和于利希的军队并肩战斗，我们都知道这些勇士的大名，他们用男爵的餐具进食，晚上睡在他的床上，男爵的画也都被挂在了于利希的土地上。但男爵依旧洋洋自得地坐在他的城堡里，他还可以用我们上缴的什一税买新的银器和瓷器，我们还要让这种情况持续多久？”

“不会太久！”有人喊道。

“我问你们！”诺尔用最大的声音呐喊，“我们还要再忍受多久？”

“一刻都不行！”众人异口同声，我也贡献了自己最大的声量。雅各布只是站在那里，没有开口，我有些生气地白了他一眼。

另一个农民走上前，站到了诺尔身边。

“就在我们发起进攻不久前，男爵带着他的家人跑了，”他说道，“他一定是听到了风声，并且就在我们发起进攻前一刻，因为他没有带走自己的财产，也没有时间雇佣新的军队。但是这一次，只要确定了他在城堡里，我们就不会再让他溜走了。”

“于利希那边会再次派人过来，”诺尔接着说，“现在城堡里已经没有什么东西可偷了，他们可以真正地投入战斗。”

人群中再次响起了笑声。

“下一次，我们这边会有更多的人加入于利希的军队和百姓，我们一定可以终结男爵的统治。”

“范·布雷尔会跪着爬出他的城堡！”有人大声喊道，“就算烧毁城堡，我们也要做到！”另一人大声附和：“我们会用烟把他逼出来！”

无尽的阴影在大地上越拉越长，夜幕降临了。入睡时，我想要在脑海中描绘尼尔的脸，但那张脸总是会变成我的行刑人——那个名叫扬的剥皮匠的模样。

在人们的口中，剥皮匠是不洁的、不光彩的，并且随身携带着疾病。我的看法与其他人没有什么不同，除了做交易外，我也总是避免和扬有所接触，但我从没有说过他道德败坏。即便如此，如果在大街上遇见他，我也从来没有停下和他打过招呼。他和我一样被大家排斥，而我也从来没有理睬过他，现在，他有了报复的机会。我猜想，他不仅是报复我，而是想借由折磨我报复所有的村民。

扬·辛德不是我的敌人，他只是个工具而已。

· 18 ·

他们把我带到了几米外的另一间牢里，这间牢房更大，地上铺的稻草也更新鲜，空气中弥漫着蜡烛燃烧的气味，其光亮也让房里的黑暗无处遁形。房子的正中间摆着一张桌子，塔肯和另外几个先生们就坐在桌前，哈尔巴赫神父也在其中。扬·辛德站在房间后面，手叉着腰，轻蔑地抬着下巴。

“今日，即 1674 年 9 月 15 日，被告人恩特根·路易顿现于庭前，罪名为行异端及巫术之事，”塔肯开口宣告，“她将受‘territio’第三阶段之刑以供出真相，避免刑罚的方法只有一个，就是对记录在案的一切犯罪事实供认不讳。被告人，你有什么要坦白的吗？”

“没有。”说着，我瞥了一眼哈尔巴赫，他对我点了点头，给我打气。

“法庭已经收到了新的证据。就在上周，一个优秀的林布里赫特人意外站了出来。五年前，你是不是让一个叫阿诺德·希斯肯斯的人帮你犁过地？”

“有可能，”听到诺尔的名字，我有些惊讶。

“你有没有给他一桶小麦作为报酬？”

“记不清了，通常来说我会付给他钱。”“那之后过了一周，他的马神秘去世了。”

“对此我一无所知。”

“这匹马死去后，大堆的寄生虫从它的口中爬出，说明曾有人对这只动物施了黑魔法。”

听到这话，我简直不敢相信。诺尔怎么会说出这样的话？为什么他要在法庭上说出这样的证词？

接着便是一连串的质询，一开始我还会好好回答，但诺尔如阴影般在我脑海里挥之不去；到最后，我只剩下了沉默。

我看着那个由螺丝和夹具组成的刑具，感到十分诧异——它由人类设计并组装出来，目的是将另一个人类折磨得半死不活。

刑罚开始，我的手指被套进拇指夹中，夹具慢慢收紧，直至将我的拇指压扁，那痛苦简直刻骨铭心。我的手指就好像对接下来要发生的事毫不知情，只是带着委屈的情绪本能地想要逃脱。

扬·辛德狞笑着弯下了腰，想要把刑具夹得更紧。他身上沾满了尿渍和陈旧的血污，浑身散发着泥土的腥气和腐肉的恶臭，使我感到万分恶心。我想要用尽全部力气把套在我拇指上的这个铁块砸向他的脑袋，我也确实可以做到，但是考虑到这个屋里还有其他人，我即使这么做了也是徒劳。

我一直安慰自己再坚持一个小时就结束了，但其实我并不确定这次折磨会持续多久，这仿佛是个无休无止的过程——吸气时，我想着“马上就要结束了”；呼气时，我又想着“再一个小时就好了”。要么，我就只能说出他们一直以来都想听的话，折磨才能真正结束，然后他们会第一时间为我准备好火刑柱并将其点燃。点燃火刑柱时最关键的一环，是不让火势蔓延开来。

就在我即将要昏过去的时候，鲜血从我的指甲盖下渗了出来。这是停止施刑的信号。他们再次问我问题，而我的回答只有摇头。现在轮到另一只拇指了，这一次，我放弃了挣扎，任他们随意处置我的手，并且我对疼痛也感到麻木了。我不再想要逃开，也不想反击，只是将自己紧紧地封闭起来，就像面对危险的蜗牛一样躲进自己的壳。无论是悲伤还是痛苦，我从不说与别人，这习惯曾妨碍了我的一生，现在却恰到好处地派上了用场。

这一次的折磨使我好几次失去了意识，疼痛击穿了我，我感觉自己堕入到了奇妙的虚空当中，但下一秒，剥皮匠扬就会朝我靠近，往我身上泼一盆凉水让我清醒。冷水流过我的脸颊，流进我的脖子，浸湿了我的衣服。我尝到嘴里有血的味道，我一定是不小心咬到了自己的舌头。

我只能听到自己的心跳，只能注意到我的腹部正随着呼吸一上一下地活动，我已经感知不到外界的气味和景象，甚至连疼痛都仿佛来自于身体之外。我再次缩回到自己的壳里，放弃了任何抵抗，只是默默地经历着这一切。

“你没几天好活了，路易顿夫人。”最后为我解绑时，剥皮匠恶狠狠地朝我说道。他们不得不抬着我，才把我送回了原来的牢房。

每个人的生命都有期限，我们一直都在通往另一个世界的船上，只是不常看见另一端的地平线而已，因为你会觉得离那一刻还十分遥远。但是，当你像我一样垂垂老矣，彼端的河岸会越靠越近，而对于踏上河岸这件事，我并不介意。

但我不想以这种方式去往彼岸，我不想被他们亲手送去，不想伴随着那些谎言过去，也不想作为这法律体制的受害者过去。

我在一阵鞋底敲打着鹅卵石的脚步声中醒来，这是守卫出去小解了。意识清醒的那一刻，一种难以言喻的疼痛向我袭来，接着我的身体便失去了知觉。我多希望能够再次入睡，或干脆失去意识。

我小心翼翼地睁开双眼，一缕阳光透过窗户照了进来，这光是那么洁白，那么纯净，哪怕我身陷囹圄，它也将我的思绪引向了牢外广阔的世界，引向那片紫色的荒野。我的灵魂抽离了身体，轻盈地飘浮在空中，越飞越高，它没有任何要被禁锢在此的理由。呼吸逐渐搭上了心跳，我的身体对这一节奏再熟悉不过了。

脚步声再次响起，我的灵魂也重重地摔在了地上，再次与身体合而为一，剧烈的绞痛和刺骨的寒冷迅速将我包围。我的四肢麻木，仿佛不属于这具身体。我想要再次将灵魂剥离，却并不容易，强烈的痉挛将它死死地困在这牢里。

我心脏每跳动一次，疼痛就加剧一分。我只能专注于自己的呼吸，至少空气还能在我的身体内外自由流动。终于，我有了些喘息的空间。永远都不要绷紧自己的身体，这样才能使呼吸顺畅，每个经历过产前宫缩的女性都对此心知肚明。

我甚至没有意识到休伯特是什么时候进的门，他蹲下身在我旁边放下了餐盘，盘子里有两片面包，面包上涂了厚厚的黄油，挨着面包还摆着一块奶酪和几块黑香肠。

“别放弃，恩特根。”他低声鼓励我。

我想要开口，黑香肠的气味却使我感到恶心。

他的善意给了我力量，也给了我直面现状的勇气。我的头发表面溅上了许多已经干结的泥土和凝固的血块；我还闻到了尿骚味，说明我当时失禁了；我的拇指鲜红、肿胀，指甲剥落成碎片；我的手腕上和小腿上满是伤口，两条胫骨都有碎裂；但我的两个肩膀还没有完全脱臼，这得益于行刑人的缺乏经验。不管怎么说，我好歹是活下来了，所有的伤口都会痊愈，骨折也会恢复如初，即便在我这个年纪也是如此。

恶魔是什么？

我指的是人类之中的恶魔，而不是我们乐于指责的撒旦。隐藏在人群之中的恶魔会毁灭他人、压迫他人，对其他人施以惩罚、谋杀、欺骗、强奸，最后却能免于罪责——真是难以置信，人类怎能堕落至此？你会称其为“非人”，并将这些恶魔远远地推开，然后只关注那些美好的事物，只留意那些善良的人，但隐匿于人类当中的恶魔并不会因此消失。

我将作恶多端者分为两种：一种由愤怒驱使，他们被自身的情绪左右，从而变得暴力乃至嗜血；另一种会细心制定自己邪恶的计划，但他们认为自己所做的才是正确的，并对此深信不疑——没错，他们不仅相信这会对自己有好处，也坚信自己的所作所为对全世界都有好处。后一种才是最危险的。在他们看来，自己的恶劣行径总是有着高尚的目的，通过毁灭肉体的方式治愈世界，就如同清除人体里的病菌一样。

我以前一直不理解，为什么仅仅因为吃了知识之树的果子，得到了分辨善恶的能力，上帝就要将亚当和夏娃驱逐出伊甸园。难道分辨善恶的能力不重要吗？难道我们不应该知道何为好坏，何为圣人，何为恶魔，人类和怪物又有什么区别吗？但我思考越深，便越意识到这有多么危险，因为我们实在太容易在思考中误入歧途。也许，关于善恶的知识，或者说对于善恶的判断，并不会阻碍恶的生长，反而会成为恶的根源。

也许，人们对于“何为善”的错误答案才是恶的源头，也正是这个错误的答案才使他们成为了恶人。

法庭里的成员、宗教裁判所的神职人员、剥皮匠、指控我的村民，甚至诺尔·希斯肯斯，他们所有人可能都认为自己的所作所为是正确的。或许他们也亲眼见到了自己犯下的恶行，但那也是打着善意的名号。毫无疑问，他们这么做是出于一个绝对正当的理由：崇高的目的能够为卑劣的手段进行辩解。

真的是这样吗？只要目的正当，无论使用什么手段都无所谓吗？之前是否有过这样的先例？

正是因为知晓了善恶的概念，我们才会被驱逐出伊甸园。这既是审判，也是惩罚。

每个人都会往大地上洒下阴影，这些阴影不在我们之外，而是我们的一部分。正如每个人的心中都蕴含着神性的光辉，每个人的阴影中也都藏匿着人性之恶。每个人都会指责他人的卑劣，却没有人能够彻底摆脱自己口口声声谴责的“恶”。对此，我们不需要对自己过于苛责，但也不能粉饰自己犯下的过错。你可能会觉得要了解另一个人十分不容易，但真正困难的，是了解你自己。你要找到能照亮自己生命的那束光，从那束光中认清这个世界，而不要让虚假的光扭曲了你对世界的认知。

看吧，我们每一个人都会如此轻易地犯错。

每隔几天，一位名叫马蒂亚斯·雅可比的医生会从锡塔德前来观察我的状况。他往我的舌头上滴几滴液体，那味道尝起来像是西班牙的葡萄酒，酒里还放了肉桂、丁香、藏红花，使我飘飘欲仙。没等几分钟，我就迅速滑向了麻木的深渊，思绪停止了，疼痛也消失了。

他治疗着我手上的伤势，伤口处同时混杂着冰冷和灼热的感觉。之后，他给我小腿上的骨折处固定好夹板，再替我换上新的绷带。

我现在活像个用脏土、污血和其他各种不明液体胡乱捏出的生物。医生在照顾我时，我的汗不断从毛孔中涌出，我还时不时呕吐，但吐出的大多只是胆汁。这间牢房就像一个隐匿于地下的黑暗世界，你只能偶尔瞥见地上的光明，用耳朵捕捉到穿行于阳光下的欢快声音；望向窗外，也只能看到不停摆动的树梢，但我仍想要去够到它。在白天，我留心光线的变化；在晚上，我的视线紧跟着天空中闪烁的星星。我蜷缩起身子，就像虫子死去时逐渐僵硬的尸体。

我的尊严不再，但我高尚的灵魂分毫未损。我的口供不掺一丝虚假，我也没有供认自己未曾犯下的罪行。如果你生命中的事实都已无足轻重，那就算活下来又有什么意义呢？

所有人中，只有诺尔在我的脑海中挥之不去。身为反抗军的领导者，他竟然带着新的证据现身法庭，这给了他们足够的理由把我绑上火刑柱。我绞尽脑汁也想不明白诺尔为什么要这么做，他一直以来都很支持我，哪怕在雅各布去世之后也是如此。他曾是男爵最大的敌人，为什么现在会帮助男爵的儿子将我这个眼中钉除掉？

如果我告诉法庭，他们的一个首席证人曾在二十四年前煽动村民打倒范·布雷尔一家，情况会如何？我立马放弃了这个想法。虽然诺尔正在做着类似的事情，但是向林布里赫特的那些大人们出卖自己的战友对我来说就是颠倒黑白。

因为疼痛的缘故，我睡得很浅。一个个梦境接踵而至，时间开始变得混乱而无序，一切仿佛又跌回到了从前。

时间回到了 1650 年 10 月 18 日的凌晨，当第一缕曙光出现在天边时，有人敲响了我们家的门。门外站着一个佃农，他和我们住在同一条路上。

“就在今天晚上，”他对雅各布说，“半夜一点，抄上所有你能当作武器的家伙去广场上集合。”

“我会去的。”雅各布说完，关上了门，然后他拖着沉重的脚步走到了厨房的桌子旁，一屁股坐在椅子上。他的脸上挂着微笑，但脚步里的迟缓暴露了内心的真实感受。雅各布丝毫没有战斗意志，我既感到恼怒，又有些同情他，最终是同情占了上风。

“你不一定要去，你之前已经为相同的理由战斗过一次，该出的力你都出了。”听完我说的话，他的脸上浮现出了和刚刚不一样的笑容：“我是为林布里赫特而战，也是为你而战。”

“不要为我而战。”我气愤地说道。我厌恶他的献身精神，我希望他的战斗意志是出于自身。

“那就是为了我们，我战斗是为了我们的未来，也是为了我们女儿的未来。”

雅各布骑上了八月——我们家的那匹马，格蕾琴为他点上了油灯。

从格蕾琴看向她父亲的眼神里，我看出她从来没想过自己的父亲会受伤或是有更糟的下场。在她的眼里，雅各布是无敌的，但我并不确定。

“你不会受到伤害，因为你站在正义的一方。”我对雅各布说道。

我的话听起来像是祷告，像是对神明的祈求，我的语气并不坚定。就像第一次出征时那样，他用双手捧起我的脸，深深注视着我的双眼。

“我会在早上回来。”这是他的祈求。

他捏了捏格蕾琴的脸，然后爬上了马背，缓缓出发了。

我们目送雅各布离开，格蕾琴用一只胳膊搂着我，她不是在为自己寻求支撑，而是在支持我。那个时候，她的个子已经长得比我都高了。我们就这样站着，目视远方，直到雅各布的身影消失在黑暗之中。

格蕾琴提着油灯回了屋。

我在外面多待了一会，今晚的天空非常清澈，一轮圆月高悬在上，风从四面八方吹来，带来清新而又凛冽的空气。我忍不住打了个哆嗦。

十分钟后，第一支军队骑马路过，他们的脸庞和上次一样写满了对战斗的激情，但是这一次他们非常谨慎，并且声势不如上次浩大。他们这样做以节省体力，并且要确保在到达城堡时不会打草惊蛇。军队持续不断地涌过，那里面一定也有来自锡塔德的军人，在军队过后跟着于利希的百姓，队伍的人数成千上万。

我清理了火炉里的灰，把火烧得更旺了些，把新鲜的干草药和干净的布条都备好，然后就坐在厨房的桌边静静等待。没几分钟，我受内心的驱使站了起来，迫不及待地想要前往城堡。我走到格蕾琴的床边，将她轻轻摇醒。

“我出去一下，很快就回来。”

她咕哝着答应了一声，然后翻了个身接着睡下。因为我们只有八月这一匹马，我只能步行前往林布里赫特。我的心里惴惴不安，驱使我朝前走去的，除了内心的恐慌之外，还有自责——是我将雅各布拖入了战争的泥潭，如果真的发生了什么不幸，我就是那个置他于危险中而不顾的人。人们无法想象让女人参与战争，但我必须不断向他靠得更近。

我路过一栋栋农舍，从百叶窗的缝隙中，能够看到那些屋里若隐若现的烛光，一些女人正站在自家门口。当我到达广场，激烈的战斗声传入了我的耳中，不远处，正有上百名士兵在那里奋战。

无论怎样，我还得靠得更近些。我一边观察着战场，一边从茂密的树林间穿过，来到了城堡的第一扇大门处。

“女人，离开这里！”有人冲我喊道。我忽视了他的警告，继续朝前走去，然后就被什么东西绊倒了，我猜那可能是个树桩。我脸朝下摔在了地上，眼睛、鼻子、嘴巴都沾满了黏答答的泥土。我跌跌撞撞地站了起来，费力地吐干净嘴里的东西，然后抹了把脸，但这一抹使情况更糟糕了，因为我的手上也满是泥土。我用披肩擦了擦眼睛，这样已经足够让我看清东西了，而且浑身是泥也让我可以更好地藏在树木的后面。

枪声、命令声、尖叫声夹杂在一起，惨白的月光照亮了护城河黑压压的水面，有几个我认识的村民正游在水面上。雅各布不会游泳，恐慌再次占据了我的内心，我赶忙在水面上找寻雅各布的踪影，但他并不在那里。

我继续在焦急中寻找，脑海中抑制不住地浮现出一个又一个可怕的场景。哭喊声此起彼伏，一阵高过一阵。在第一座桥上，一个士兵被布鲁塞尔的雇佣兵用匕首一击刺中，踉跄着向后倒下了；还有一个士兵想要逃离混乱的厮杀，托着残破的胳膊跑了出来。他的胳膊仍连接着躯干，但已摇摇欲坠，白色的骨头在月光下闪耀着冰冷的光芒。从我藏身的地方还看不到城堡前的大片空地，那片空地被城堡外墙给挡住了，但我可以看见于利希的军队正设法向前推进到第二座桥，在推进到高地时，双方发生了小规模的冲突。高塔上枪声不断，不时有人从高地上跌下，滚落进冰冷的河水。

手雷的爆炸声淹没了所有的声音，石头从台阶上滚滚而下，木门所在的地方被炸开了一个烟雾弥漫的口子。一匹马受到惊吓跃起，甩下了马背上的人。坠下的石头砸中了几个男人，他们再也没能起来。他们的尸体被其他军人粗暴地推到一边，以清理出通向城堡的入口，随后于利希的军队便冲了进去。接着又发生了几起爆炸，痛苦的哭号和厮杀的叫喊同时响起，两种声音相互纠缠，有时几乎都无法把它们区分开来。

紧接着，空中出现了一缕隐约可见的黑色烟雾，林布里赫特人一定兑现了他们的意图——用烟将男爵熏出来，如有必要，烧毁城堡。显然，他们违背了公爵的期望，公爵本想不惜任何代价保护好城堡，他一定对手下的军队下达了这一命令。当风向改变时，我发现我之前看错了，烟并不是从城堡的窗户中传来的，而是从城堡前的空地上传来的。

缕缕黑烟开始在空中盘旋，映照着血红的火光。突然间，黑灰的烟尘被强风吹开，奔向四面八方，我的双眼被熏出了泪水，同时开始剧烈地咳嗽。狂风卷起了地上无数的纸屑，它们就像飞舞在空中的一阵雪花，闪耀着洁白的光芒划破了夜空的黑暗。

烟雾渐渐稀薄，城堡里的火光都已扑灭，先前燃烧的肯定只是一些纸而已。之后，我在冰冷的泥土上坐了数个小时，四肢都已麻木，终于等到第一缕晨光照亮了远处的地平线。有人蹒跚着走出城堡，也有人跑着冲出城堡，但他们都是往村子的方向。也有人两两成行，他们或是搀扶着一个失去意识的同伴，或是拖着一具冰冷的尸体，或是将同伴扛在肩上。爆炸声和哭喊声都已停止，偶尔有几声哀叹，听起来像是祈祷。除此之外，再无其他。

此刻的沉寂听起来是如此不真实。

我的脚重新有了知觉，我立马走到广场，那里已经聚集了一些人。

我在每个认识的人面前停下，向他们询问雅各布的踪迹，但没有人看见他。

“他几分钟前还在里面。”最终，一个满脸是血的人告诉我。“他受伤了吗？”我害怕地问道。

“我看见他的时候还没有。”

我继续站在广场上等待，突然间，我想起了格蕾琴，她醒来时一定会十分担心。我最后扫视了一眼广场，随后急忙赶回家去。

田野和树木自入秋起就染上了黄色，看上去一片宁静祥和。捕猎麻鹬和牡蛎的人在朝阳中吹着小曲。在白杨树的树洞里，一对小猫头鹰飞进了鸟巢。我从口袋里掏出一些橡子喂猪，突然间想到一种可能——甚至是非常大的可能——雅各布已经回到了家，因为我在当时的藏身地并没有看见他的身影。

但雅各布还没回到家，第二天也没有。

· 19 ·

“我会提交一份正式请求，给你多要张毯子，”哈尔巴赫神父忧心忡忡地看着我，“这样下去可不行。”

我的身体不住地哆嗦，但并不是因为发烧，只是因为我现在已是皮包骨头，相当虚弱。尤其是到了晚上，寒气似乎能够直接将我穿透，即使我已经往鞋里塞了些稻草，但我的双脚仍然冰冷。

“我本以为能够早早就获得自由，”说话间，我的牙齿不停地打颤，费了好大劲才能继续开口，“即使我没有认罪，他们能不能把我关在这里，让我慢慢饿死？”

神父摇了摇头。

“法庭的目的并不是让你因伤势过重或筋疲力尽而死去，那样会违背《女巫之锤》里记载的步骤。”

“如果我真的死了，那会怎么样？”

“如果被告人在未认罪的情况下在监禁中死去，那这桩案子就不再归宗教法庭审理，本地法庭必须向上一级作出解释。在我们这里，上一级就是于利希公国。之后，男爵会将案件移交给菲利普·威廉，他从 1653 年起就是于利希公国的公爵，他会发起对审讯过程的调查。”

我点点头。在起义的五年之后，尼古拉斯·范·布雷尔去世，他的儿子赫尔曼·温南德继承了父亲毕生的事业，他就和自己的父亲一样谨小慎微。在第二次围攻城堡后，于利希对林布里赫特的影响力越来越大。1656 年，赫尔曼·温南德被迫让出了林布里赫特领主的名号，在那之后，他几乎就成了一个普普通通的贵族。不过，范·布雷尔家族依旧保留了大量的特权，比如居住在城堡内部，享有磨面权和酿酒权；他们甚至有自己的法庭和绞刑架，只不过那些都位于艾尼格豪森的郊外。对于男爵来说，他最不想要的就是来自于利希越来越多的干涉。

“那如果他们只是把我关在这里，让我苟延残喘呢？于利希的法庭会介入吗？”

“有可能，那样的话你就能够确定于利希那边的人都会知道此事。”

哈尔巴赫神父离开后，我在想，如果只有一件事情能够为这出荒唐可笑的闹剧赋予意义，那便是燃尽我生命的最后时光去削弱范·布雷尔的地位。

第二次起义时，城堡里已经不剩下什么有价值的东西了，但反抗军还是将纸张、册子、文件统统丢出城堡外，摞在空地上，将它们付之一炬。水车和酿啤酒的场地都遭到了毁坏。双方的伤员成百上千，死亡数十人，主要都是军人。

这一次，尼古拉斯·范·布雷尔依旧没有受到驱逐和谋杀，也没有被赶下台，城堡还在他的手中。在攻占城堡时，他躲到了高塔里，但他的妻子玛丽亚·范·埃纳滕男爵夫人就没这么幸运了，据说她受到了拳打脚踢直至昏迷。那之后的几周里，男爵夫人很有可能死于当时的伤势，不过她最终是幸存了下来。城堡内部台阶上方的门也修好了，上面重新挂上了家徽，还用拉丁语写着“pax huic domui”，意思是“愿这家平安”。

一个村民把八月领了回来，它身上没见一处伤痕，人们发现它时，它正在艾尼格豪森的路边吃草。

雅各布仍然不知所踪。

人们说他和其他四个男人一起被关进了城堡的地牢里等待审判，他们都没能及时逃走。雅各布是那伙人中唯一一个参加了第一次围攻的，这也暗示了他是起义的领导者之一。法庭对他的指控为“叛国”。

我写信给执法官和市政官，请求他们重新开会讨论雅各布的案情，但没有得到任何回复。每天早晨，我都会站在城堡的大门外大吵大闹一番，守卫会将我赶走，而我会等到第二天再去。我一遍又一遍地陈述我的理由，和他们争辩，还试图用硬币贿赂他们，但是布鲁塞尔的士兵并没有让步，于是我变得暴跳如雷，开始愤怒地咒骂他们。这当然很不明智，因为他们有了很好的理由把我赶走。有几次，我站在门外，铆足全力喊着雅各布的名字，如果他被关在靠近村庄这边的地牢里，那他会听见我的呼唤。

一次，法庭人员终于愿意和我直接对话了，他们允许我前往城墙内的空地，让我站在那里等着，有四个士兵在旁边看着我。不一会儿，一个男人从牛奶场里走了出来，他戴着一顶高高的黑色礼帽，脖子前系着白色的圆领，径直朝我走来。我开始述说自己的故事，但是他打断了我。

“我知道你说的案子，但是很不幸，考虑到你丈夫犯下了如此严重的罪，法庭不让任何人探视他。所有人都要等到公开审判的那天才能见到他，你也是。”

听到这话，我的怒火又开始涌上心头，没好气地问：“那要等到什么时候？”“现在还不知道，你先回家去吧，路易顿夫人，等着就好，看看情况会怎么发展。”

人的恐惧会以不同形式呈现出来，在那几个星期里，我的恐惧就是一连串可怕的想象，那些想象无法抑制地浮现在我的脑海里，日日夜夜地折磨着我。我看见雅各布蜷缩在地牢里，没有阳光，没有像样的饭菜，只有无尽的冰冷；更糟糕的是，我看到他放弃了挣扎，每过一天，他眼里的希望就减少一分。我看到他被带往艾尼格豪森郊外的刑场，被带往那里的绞刑架，如果我不及时打断自己的思绪，我还能看到他被吊在空中，脖子“咔嚓”一声断裂，双眼渐渐变得无神，却依旧在盯着远方的虚无。

这次监禁是上帝对他的惩罚吗？还是因为我背负了太多罪恶，从而遭到了报应呢？难道是因为我的傲慢？因为我对基督教马马虎虎的信仰？还是因为我在婚姻中略显刻薄的强势？

每当我想方设法终于睡去，过不了多久，我又会惊醒。醒来后的我口干舌燥，呼吸困难，心脏剧烈跳动。我哭不出来，我从来都不擅长通过哭来发泄情绪，并且我无论如何都不能哭——如果我哭了，那就像是我已经接受了失去雅各布的这个事实。

格蕾琴会在我面前痛哭，泪水抑制不住地从她眼角里流出来，她会抽泣很长时间，而我会安慰她，同时这也安慰了我。她把头靠在我的脸上，我会轻轻摇晃她的身子，自己也跟着轻轻摇晃。

这段时间里，只要我没有在播种作物或是在赶牛进棚，我都会站在门口向外张望。在父亲受到监禁后，格蕾琴又变成了那个需要呵护的孩子，我无微不至地照顾她，采来蘑菇当作我们的午饭。我们参加了几场村里人的葬礼，他们都因这场战争而死去，一些面孔我还在那天晚上看到过；那晚，我看到他们之中的一些人游在护城河的水面上。

母亲的拜访又变得频繁了起来，她告诉我她是如何“每日向耶稣祈祷，祈求主能够原谅雅各布的罪行”。她鹦鹉学舌般地学起了牧师讲话——每个周日，牧师都会在布道台上大发脾气以显上帝之威，他声称反对男爵就是反对教皇，反对教皇就是反对上帝在人间的代理人。我听着母亲喋喋不休地说下去，虽然披着一层虔诚的外衣，但那些武断的言论背后却藏着一个懦弱的灵魂。我已经筋疲力尽，也失去了与她争辩的冲动。

几个星期过去了，依旧没有雅各布的消息。法庭没有给我和他见面的机会，尼古拉斯·范·布雷尔也没有露面。显然，男爵又前往布鲁塞尔找利奥波德大主教抱怨起义的事了。

终于，执法官的助理来到了我家门前送信，但他送来了一个最坏的消息——雅各布在战场上身负重伤，没能挺到审判开始就因伤势过重而死亡。他们把消息带给我的同时，还送来了慰问。

葬礼的前一天，执法官的助理上门提醒我，参加葬礼的人不能太多，否则会被视为非法聚集。起义过后，像我们之前那样的集会就被禁止了，如果早这样做的话，他们本可以避免第二次起义的。葬礼上，只有很少的人出席，但这些人也都被吓坏了，因为他们前来送别的人突然就成了"起义军领袖"。参加葬礼的人有尼尔、我母亲、贾尼斯、卡特琳娜、彼特和他的家里人，诺尔和他的妻子也出席了。诺尔走到我面前，双手搭在我的胳膊上，用力拍了拍我的肩膀，心中的悲痛溢于言表。

城堡那边派来了四个西班牙士兵，他们抬着棺材走进了墓园，我心里突然涌起一股冲动，想要扑过去打开棺材，看看雅各布是不是真的躺在里面，但最终我还是控制住了自己。

举行下葬仪式时，我几乎要失了魂，但我还是强迫自己投入全部身心以记住眼前的场景，因为我知道，总有一天，我会想要把这一幕翻出来细细品味。格蕾琴把她的小手搭在我的胳膊上，而我的视线正落在一棵花楸树上，它倔强地长在这墓园里，给墓园的景致增添了一分凄美；弯弯曲曲的树叶从榉树上飘然落下，枝杈上的坚果也急不可耐地砸向大地；狂风卷起了树叶和坚果，将它们一同赶往墓园的角落。耳畔，“咔哒咔哒”的声音不断传来，然后慢慢消散在远方，那是念珠在母亲的指间穿行而过，其响声撞击在每个人的心上——它为你我而响，为每个人而响。

· 20 ·

昨天，休伯特终于带来了一件马的鬃毛制成的毯子，他把毯子递给我时，露出了大大的笑容。

“我挑了件最大的给你。”他的话令我眼眶湿润。

“谢谢你，孩子。”

我收下这条毯子，就跟收下了一张床一样开心。我现在可以把一条毯子铺在稻草上，睡在身下，再用另一条毯子盖在身上了。

我在想，雅各布被关在这里时会不会跟我一样觉得寒冷？肯定会的，现在只是九月而已，但他被关进来时已经是十月底了。想到这里，难过的情绪再次自心底涌起，将我淹没。

马蒂亚斯·雅可比医生仍然是每隔几天来看我一次。也许是来自于利希公国的锡塔德的缘故，他和村里的那些赤脚医生都不一样，锡塔德的医生对待迷信总是更加理智。不仅如此，这位医生和教堂也没有什么牵扯，不像那位宾斯菲尔德教授，只会那套可笑的“耻辱标记”检查法。

雅可比让我想起了贾尼斯，他们在面对病人的身体和伤口时，都抱有相当的尊重。我的身体伤痕遍布，有刀伤，有疤痕，有淤青，有的地方还起了脓，有的伤口上还沾满了唾液，脏兮兮的，我有时都会嫌弃自己的身体，但他却并不因此感到恶心——在我的印象中，他一次也没有。每当我的骨折有所好转，或是伤口开始愈合，他都会露出灿烂的微笑。

他摘下了我小腿上的夹板和肩膀上缠着的绷带。自上次受刑以来已经过了将近一个月，我身上的淤青已经由深变浅，慢慢地变回了原本的颜色。看，身体就像秋天的树叶一样，能够染上不同的颜色。

当他拿出一小瓶止疼药时，我摇了摇头："我觉得现在可以不用吃这个药了，它只会让我头晕恶心。"

雅可比惊讶地看着我："好多病人都喜欢吃这个药呢，里面的鸦片酊有强大的麻醉效果，不过有的时候的确会使人头晕。"他把药放了回去，对我说："佩服你的毅力。"

"要不是靠着这股劲，我活不到今天。"

他看向我的眼神中多了层悲伤："嗯，我想也是。"他似乎还想再说些什么，不过马上就又转换成了专业的姿态，还向我建议现阶段不宜过多活动关节，走路时一定要小心一些。

走路对我来说仍然很困难，躺下身子也不能让疼痛减少。我背上的伤让我只能侧着躺在地上，但是我的胯骨和肩膀又会发出新的抗议。

如果你受到的疼痛实在太多，那你反而不太会去注意到它，你会学着与它共存。无处不在的疼痛没有阻止我的思绪飞往其他地方，它无法将我的灵魂禁锢在这个不见天日的地牢里。不仅如此，疼痛还使得这一切变得更加简单，因为不会有灵魂想要待在这具饱受蹂躏的躯体里，它只想逃离这一刻的痛苦，自由自在地飞往其他地方。在家时，我会摘几株迷迭香放在我的太阳穴轻轻揉搓，来帮助自己回忆以前的事情；但是在这里，我的记忆力似乎已经变得足够强大。

我双手手掌贴着眼皮，脑海中飞速地闪过一个个图景，还没等我的思绪跟上，它们就在我的头脑里一个个铺展开来。

雅各布下葬时已是十一月，大地各处都弥漫着雾气。他辞世后的几个星期，世界上似乎还存在着他的气息，我感觉他只是去了很远的地方。用死亡一词来形容雅各布的状况，听起来太武断了，我能感觉到他依旧在注视着一切，当我顺手在桌子旁摆了三个人的椅子时，他应该会很想坐下。格蕾琴开始在每一顿饭前朗读《圣经》，从她的读书声中，我们听到了雅各布的声音。

我思绪万千。当你回溯往昔，你自然会认为，如果对所有的事情都采取了正确的做法，那你就能够弥补过错，改变结果。但你要知道，你现在也可以做正确的事，你不能改变过去，但你可以影响未来。

如果在第二次起义时，我没有唆使雅各布去诺尔的集会，也没有强行拖着他和我一起去……如果我劝他，甚至是求他不要卷入其中，因为他已经在第一次起义时尽过自己的力了……如果在那个宿命般的夜晚，他卧病在床，根本无法参加战斗……如果我当时从藏身处看到了雅各布，并且朝他呼喊，唤他回家……

这些“如果”展现出虚幻的美好，使我深陷其中，它麻痹我了清醒的头脑，让我可以暂时脱离残酷的现实。这是不理智的行为，但是强行接受现实反而会使我疯掉。所以，我只能让这些不切实际的幻想来保护我的理智免受现实带给我的打击。我通过逃避现实来争取时间，再让时间慢慢淡化我的伤痛——这是让受难心灵得以解脱的灵药。

现实的冰冷最终还是侵蚀了我的生活，雅各布的消失使我的内心掀起了很大的波澜。我再也听不到他说的笑话，再也看不到他安静地陪着我，再也看不到他辛勤工作的身影。我的生活再也回不到从前，我的未来会更加艰难，更加严峻。诺尔派了个他家的农场工人来帮我种植最后一点黑麦，在他们宰了自己养的猪之后，还让这个男孩给我捎了几块熏腌肉。我本想礼貌地拒绝，但格蕾琴已经感激地收下了。

在哀悼雅各布的死亡之前，我要先捋清楚我们的婚姻：伴随着隐隐若显的爱意，两个生命走到了一起，时而相敬如宾，时而争执拌嘴，但善意的玩笑和取悦对方的姿态永远也不会缺席，再之后便是饥渴的相拥。我们也曾有数月的耳鬓厮磨，但更多的时间里，我们都在克制自己的爱——这简直是一种挥霍，我对此懊悔不已。在婚姻中，人们很轻易地就会认为伴侣的温柔永远不会消失，就算有衰退的迹象，那也不过是短暂的错觉。毕竟，爱情的根已经扎下，只要感情再度升温，就会迎来柳暗花明，没有任何恐慌或着急的必要。

我本以为，还有很多时间留给我们，但我也必须承认，哪怕真的如此，我们冷淡对待彼此的日子也不太可能变得更少。我们将自己的一生托付给对方，却总是无法做到心意相通，或许在各自灵魂的角落，我们都曾为此唉声叹气。但在我的心底，还存在着另一个声音：当我们都慢慢老去时，会变得更加智慧，那时，我们会将所有的争吵抛到脑后，然后毫无保留地牵起彼此的手。

问题在于，我大多数时间都想独处，只有在适当的时候才会想要和他在一起，这是我的天性。即使在我与雅各布如胶似漆的时候，我的心里都会竖起一道屏障以免他离我的灵魂太近，因为我觉得他永远都不能真正地理解我——用高高在上的说法，就是“他没有足够的能力发掘我的内心”。我内心的某处始终紧闭，我也想要敞开心扉与他分享，但从来没有成功过。

或许，我想要的并不是一个对我了解得十分透彻的人，而是一个能够包容我的有所保留，却依然爱我的人。我会任性地把他推开，只有在我觉得快要失去他的时候，才会再把他拉回到我的身边。

为了抵抗失去雅各布的恐惧，我会在做爱的时候用双腿紧紧地缠住他，用胳膊环绕他的臂膀。我紧贴着他，试图与他合而为一，这不是因为性欲或其他任何理由，只是为了离他更近。我会让雅各布看着我，他就像一个落入陷阱的小动物，而我就像一只母蜘蛛，性交之后就要把自己的伴侣吃掉。最终，我们的身体都放松了下来，他从我的掌控中成功逃脱，我也随之松了口气。

人不费吹灰之力就可以与自然融为一体，我不用对谁敞开心扉，也可以全身心投入到大自然的怀抱。在那里，你不用费尽心思去参透自然，也不用担心自己会被误解，人类和大自然对彼此都没有什么好隐瞒的。只要我走出家门，往外踏上一步，我就会发现自己已经置身于自然之中，每走一步，我都会陷得更深。这并不是因为自然会向我揭示自己的秘密，也不是因为它对我毫无保留，而是因为我越是行走于天地之间，越是感觉到自己的渺小。我不再作为一个实体而存在，我隐入了自然。

现在，雅各布已经跌入了死亡的深渊，只留我一人活在世上。尼尔用她的经验告诉了我，哪怕失去了丈夫，也不意味着我们的人生就要被阴影笼罩。她在丈夫去世几个星期后，生活就重新步入了正轨，甚至还过得有声有色。不论生活如何艰难，独身女性都会根植于自己的内心，把生活过得出乎意料的好。她们会在餐桌上垫上新的桌布，在花瓶里插上路边摘来的花朵，制作酸酸甜甜的蓝莓汁。如果一个男人失去了妻子，那他会变得酗酒、孤独，他们不懂得如何照顾自己，也绝对不会做苹果泥，他们会逐渐荒废自己的人生。每当我回忆起雅各布单身时邋遢的形象，我就能想象到如果他成了鳏夫会是什么样子。

不会再有男人帮我劈柴或是种地，也不会有人在夜晚用温暖的身子贴着我的后背，不会有人再拉起我的手，也不会有人再握住我的胸部，我只能凭一己之力克服所有的困难。我寄托于未来的希望已经支离破碎，就像干枯的树枝断成了两截，但我的生活仍然如大树般坚毅，凭借着深植于地底的根基，任凭风吹雨打仍屹立不倒。

雅各布去世后的第一年，我卖了两头山羊，用卖得的钱雇了帮工种地，并且让他们把野地里的牛粪都铲到了后院角落的粪堆里存作肥料。我不用再依靠别人家里的帮工。诺尔曾经派人来帮我，这是出于礼貌，但更是出于愧疚，毕竟，他才是起义的真正领袖，却没有受到过哪怕一天的监禁。男爵开始用雅各布的经历来威慑村民。出于某种原因，雅各布在男爵的口中成了这次叛乱的罪魁祸首，或许这仅仅只是因为其他所有人，包括那些面临着牢狱之灾的反叛者们，都没有提到诺尔的名字。

但我并没有过多考虑诺尔的责任。我深感自责，雅各布离去的那个晚上，他脸上挂着的那个笑容一直在我脑海里挥之不去，那个笑容像个鬼魂般在深夜缠绕在我的心头。现在我明白了，他的笑容背后隐藏的并不是决绝，而是害怕。他觉得他是在为我们而战斗，根本上是在为我而战斗，为我那该死的反叛精神而战斗。但我的叛逆又给我们带来了什么好处呢？

尼古拉斯从布鲁塞尔回来时，带回了全副武装的西班牙军队驻扎在他的城堡。医生每天都会前去治疗男爵夫人，她恢复得很慢，但身体情况的确是在一天天好转。他的儿子赫尔曼·温南德没有在起义中受伤，等到男爵死后，他的儿子就会接过男爵的位置。村里，有人号召组织新的集会，但诺尔明确表示他不会再参与下一次的起义。有了驻扎部队作为后盾，男爵的力量十分强大。

有传言说，范·布雷尔正在和于利希的公爵拟定休战协议，这给了村民们盼头，他们希望不用再为酿酒和使用磨坊而上缴高昂的费用，不过这些都还没有准信。等到城堡拆除后，于利希公国和林布里赫特间的关系真的会有所改变吗？眼下，蓝红相间的旗帜依旧高高地飘扬在高塔的顶端，居高临下地俯视着所有的村民。

· 21 ·

人们说的并不正确，悲痛不会随时间减少，时间也不能治愈伤痛。对于失去雅各布的痛苦，我最多只是习惯了它的存在，但它并没有消失，这份痛楚将会伴随我的一生。

人们还说，把痛苦说出来会好受许多，问题说出来后就没什么大不了的。但实际上，把痛苦说与别人听只会让对方也跟着你一块难受。每次你大倒苦水时，他们都会选择离开，没人愿意听你诉苦，你只能独自忍受一切。但是你一旦将痛苦分享给了他们，他们也不得不独自扛下这一负担，你所受到的折磨并没有丝毫减少，反而还增加到了别人头上，这根本无法使我感到宽慰。

我在痛苦中学到了一件事，就是人们喜欢看到别人受难，他人的痛苦就像酒精般令人着迷。当其他人同情地看着你时，他们正觉得庆幸，因为他们不用受跟你相同的罪。他们一定把自己看得很高，他们认为是因为自己高尚的灵魂，才使得上帝没有让自己受到相同的惩罚——他们真应该可怜可怜自己。

我和格蕾琴不得不调整我们两个之间的关系，我们要学会如何只靠两个人去经营生活。大多数日子里，她都在厨房里忙活，但她偶尔也会陪我出门，我们就低着头并肩走着。她看向我的眼神比之前亲近了很多，但我最感激的，是她帮助我把这个家管理得井井有条。农场里的一切都打理得很好，庄稼也长得很喜人，我也没有在悲痛中沉沦。做了这么多，我只是想向她证明我们可以做到，我只是想告诉她，她不用感到害怕。

我很清楚，如果你想要给自己打气，那你首先得从其他人身上看到信心。渐渐地，我看到她脸上的绝望和沮丧变成了伤心，我知道，她现在能够承受这份悲痛了。只有到了这个时候，我才能让自己伤感于雅各布的逝去。

一天下午，我正在打扫马厩。我扫出马和猫头鹰的粪便，捡走发霉的稻草，然后在里面铺上新鲜的稻草，再往食槽里倒满饲料。我满脑子都是关于雅各布的回忆，没有注意到八月靠了过来，离得特别近。它用马蹄蹭着地面，发出了低声的嘶鸣，我摸摸它的脖子，把头靠了过去，任由鬃毛挠得我发痒。我们就这样相依了一会，不知不觉间，我已泪流满面。惊讶之余，我用袖子把脸上的泪水擦干净，八月轻哼了两声，似乎在安慰我。

一段时间过后，我和格蕾琴已经能够顺利地分工合作。每天起床后，她会打开鸡笼，在地上撒上一把米，然后捡起窝里的鸡蛋，而我会在屋里熬上一锅甜粥。我们一起在菜园和果园里劳作，我还负责给奶牛挤奶，照顾八月，以及收集林子里的柴火。煮饭主要还是由我负责，但是如果有多出的牛奶和黄油，我也会让她烤上一些带有葡萄干的面包和黑麦饼干，在特定季节还可以烤苹果馅饼。

冬天很快就到了，漫天的雪花飘飘洒洒地落在了庭院里，也落在了院子的篱笆上，在篱笆的桩子上堆成了积雪。那时，我和格蕾琴已经习惯了新的生活。每当大豆汤的香气弥漫在屋里，或是我们两个坐在灯下喝热牛奶时，生活几乎恢复了它本来的面貌，但始终差那么一点。在很长时间里，我和格蕾琴没有其他人可以依靠，只能相依为命，苦涩的回忆袭来时，我们也只能强忍悲痛。

现在雅各布已经不在人世，我母亲觉得她应该多关心关心我们。每隔几周，她就会让卡特琳娜的丈夫把她送到我们的农场来，然后在我们家住上几天。格蕾琴对外婆的到来总是很开心，我母亲也很开心，因为她终于不用同时照顾卡特琳娜的五个孩子了，那场面堪称灾难。

我们从来不会提起雅各布，我不需要听她说雅各布的死全是因为他自己犯下了“愚蠢的错误”。当牧师在布道台上训诫那些不服管教的村民，指责他们起兵反抗的是高贵的代理人，是上帝在人间指派的使者时，母亲坐在台下频频地点头。

开春后的一个温暖的日子，她站在院子里等着我们，面带愠色，直到格蕾琴跑去迎接她，她的脸色才稍微缓和了些。

“我和妈妈刚刚去散步了，感觉特别好。你见过树枝上和灌木上刚长出的绿色嫩芽吗？”

“散步？还是在工作日？”

格蕾琴没有搭她的话，她是从我身上学到的这一点，我对此很欣慰。

“跟我来，我带你看看果园，”格蕾琴拉着我母亲的手，“樱桃树还是光秃秃的，但是桃花已经开了，你可以闻到香味。”

我母亲就这样被格蕾琴牵着四处溜达，她看起来不太情愿，但也忍不住被逗笑了。

我拿出两把椅子放在院里，然后看着她们四处走动。格蕾琴几乎比她的外婆高出了一个头，她今年十九岁了，日子一天天过去，她也越来越有了成年人的模样。当她难过时，不会再表现得像个小女孩一样，她会一个人待上一会并且重新整理好心情。通过去别人的厨房里帮工，她还为我们家赚了不少的钱。

她身材姣好，目光柔和，这些特征无一不散发着温柔的气息。当我们在村庄里行走时，无论是年纪轻轻的少年还是上了年纪的男人都会不由自主地将目光聚集在她的身上。她身上有我的影子，但又与我不同，她就像一棵重新被种下的树苗，已经成长为一个独立的生命。

她们回来后，母亲直接坐到了我旁边的椅子上，格蕾琴从棚里拿出了工具去往菜园，一头金发在她后背飘扬。

“你对这个小孩得提防着点。”

“你什么意思？”我愤愤不平。

“成熟得早，腐烂得也早。”

“妈！”

“如果你不多盯着点，会让人把她拐跑的，记住我说的话。现在也没个父亲管着她，全凭你说了算，如果她有你一半放荡——我觉得她肯定有，那问题就大了。但愿她不会堕落到那个地步。”

“我还没发现过她对男孩子有任何兴趣。”我尽量使自己保持冷静。

“只是时间问题。我的圣母玛利亚啊，再蠢的人都能看出来那个女孩有多么容易受到鱼水之欢的诱惑。”

“那只是人的天性。”

“天性！”母亲惊呼，“天性是蒙昧的，它只会将人引导至罪恶的深渊！只有通过仁慈的神降下的奇迹才能消除这份罪恶。天性会拉扯我们的灵魂，使我们堕落，唯一的救赎之路就是向神祈祷，通过祈祷或苦修的方式去约束我们的肉体。”

我叹了口气，注意到她正为自己头部的抽搐而烦恼，不过她决定不管它。

“虔诚——”她继续说道，“是杀死堕落的武器，也是对抗歧途的盾牌。说起这个，我好久没看到你俩参加基督受难的沉思会了。”

每个月的第四个周日，牧师会举行布道和受难沉思会，以便为教区居民终将迎来的死亡献上祝福。整场沉思会都围绕着耶稣所受的苦难进行，从早上开始，持续上整整一天的时间。我的祖母曾感叹道，人们把所有的注意力都集中在耶稣死前所受的痛苦，却无人关注耶稣的生活。

“我们会参加的。”说完，我便起身去准备午饭，同时，我不得不在心里重复默念“孝敬父母，耶和华才会使你在其赐予你的土地上生存长久”以使我自己冷静。

几天后，我和格蕾琴跪在地上种下君达菜和抱子甘蓝。如果你真的非得和对方交谈不可，那最好是在走路或工作中不用抬头看对方的时候，因为这才是谈话最畅快的时候。

“你已经到了嫁人的年纪了。”说出口后，我才发现这话听起来并不如我想的那么随意。

格蕾琴惊讶地抬头看我。

“如果你已经有了心上人，可以去大胆追求自己的幸福。”她听完大笑：“我可不知道该追谁。”

“光林布里赫特就有很多小伙子，你可能还没有注意到某人，但是你迟早会的。”

“我哪也不去，就在这陪着你。”她真诚地说。

“我会照顾好自己的，”我的语气听起来不是那么友善，“我这么说不是想要摆脱你，这里有足够的房间给你、你的丈夫还有你的孩子。”

她咯咯地傻笑。

我们又劳作了整整一排土壤，她又发话了："我从来没有做过任何粗俗或是不得体的事，妈妈，你不用担心。"

当听到"粗俗"和"不得体"这几个字眼时，我恶狠狠地把手里的小铲子插在地上，很明显，一定又是我的母亲对她灌输了些什么。我的女儿怎么会这么容易受别人影响？只要跟她说话时间足够长，谁都可以左右她的思想。她总是屈就、顺从别人的想法，没有人会从她身上感觉到攻击性，也没有人会在她的面前受到一丝委屈。她做得是如此精确，如此完美，我甚至怀疑她是否有自己的欲望。

"哦，孩子，"我引用祖母的话，"如果我们要向彼此坦白自己的罪过并为之忏悔，我们会发现自己的说辞尽是拾人牙慧。"

我听见哈尔巴赫神父正拖着脚缓缓接近牢房门口。我的身体比前几个星期要好多了，只靠自己就能够从地上站起来，我用背抵着墙，坐直了身子。

当神父走进来时，我看到他浓密眉毛下的双眼带着欣喜的神情。他免去了那些寒暄的礼节，直接走到我身旁在稻草上坐下。

"这件事已经惊动了村里的很多人，尤其是女人，她们都站在你这一边。尼尔来找我，说她之前去了洗衣服的地方，那里的女人都对你的处境表示愤慨。"

我还记得那个地方，就在广场旁的小溪边，我已经好几年没有去过那里了。上一次我去那里洗衣服时，那里的女人都躲着我。

“我真没想到。”

“她们都了解到了行刑的细节，很钦佩你能够忍受那样的折磨，还没有屈打成招。”

“当然，也没有指控任何人。”我哼了一声。

“毫无疑问，她们肯定也为此松了口气，”他承认我说的话，“但是最重要的事情，亲爱的恩特根，就算法庭想要把你关上更长时间，也不会再有暴躁的群众支持他们了。”

我内心燃起了希望。

“这真是个好消息，你不这么认为吗？”我反问他。

“我当然这么认为。”

“那我可不可以认为，你已经不再相信我是被恶魔占据了身体？”

“我得承认，之前有段时间我并不完全肯定，”他目视前方，“但是那段时间已经过去了。”说完，他笑了笑，还朝我挤了挤眼。

“很高兴听到你这么说。”

“我多么希望执法官和市政官们也能跟我一样改变自己的想法，尤其是在群众已经不支持他们的当下。你已经受到了审讯和严刑拷打，是时候让一切都尘埃落定了。”

“我也希望事情能够如此。”

“愿上帝与你同在。”他起身与我告别。

“你也是。”

他的脚步声渐渐远去，我平躺在稻草上，透过窗能看到天空的一角。那扇窗勾勒了一个与牢里迥然不同的现实世界，高高的天空向无尽的远方延伸，云彩不时飘过，它们自蓝天中浮现，与天空合为一体，最后又消散于空中。生命周而复始，绵延无尽，它们的存在短暂而又绚烂，每个存在都会以自己的方式留下印迹，而后又归于虚空。生命纵有万般变化，到了最后，也不过化作一缕叹息。

天上斗转星移，人间转瞬即逝。

· 22 ·

6 月 26 日是纪念圣萨尔维乌斯的日子，萨尔维乌斯是瓦朗谢讷的主教，八世纪的这一天，他受酷刑折磨至死。哪怕上溯到每一个人的祖父母辈，在所有人的记忆中，萨尔维乌斯都是林布里赫特教堂的守护神。所有人都会在这一天停工停产，并且这也是全年唯一一个能让所有人齐聚在教堂的日子。起先，我们会做弥撒，然后列队穿过村子，队伍里会有人抬着一口送葬的棺材，棺材上摆放着一个铜匣子，匣子里装着一些碎骨，它们都属于那位来自法国的神圣主教。

通常情况下，范·布雷尔一家也会参加这天的仪式，但这次他们没有出席。牧师用责难的语气解释说，这都是因为男爵夫人还没有从伤势中痊愈，因此男爵一家决定留在家里，不参加此次仪式。但是几周前就有人看见了男爵夫人骑在马背上。有人开始窃窃私语，说起了另一个可能的原因——于利希的公爵不允许男爵继续保留自己的教堂。据说，作为休战条约的一个条款，男爵被迫放弃了委派和管理牧师的权力。他曾统辖世俗和教会两股力量，但不久后，他将失去对于教会的控制。

但男爵一家的缺席并不会毁掉这个节日，倒不如说，这一天反而因为他们的缺席变得更美好了。广场上一如既往地准备了许多供孩子们玩乐的小游戏，云游商人也支起了自己的摊子，他们卖坚果和小黄瓜，还会变戏法或是表演木偶戏。一个年轻的女孩正在钢丝上表演精彩的跳跃，还有的商贩正在烤肉，整个广场的空气中都充斥着肉香。除了远在锡塔德工作的贾尼斯外，我们家的其他人都来到了这里。彼特去玩了一项名叫“铁圈球”的运动，在这项运动中，他需要试着用木槌把一个重重的球打进铁环里。彼特的妻子则和卡特琳娜一起带着孩子观看魔术。

“那个男人最好小心点，”母亲发话了，“之前在西班牙就有一匹马被用来展示这样的魔术，结果它最后被送上了火刑柱。”

“她只是在开玩笑。”我朝格蕾琴眨眨眼。

伯特·范·诺伊斯的酒馆里有不少人正在喝酒或是玩纸牌。杜松子酒只要上了吧台，就会立刻被人一扫而光。在酒馆深处有一扇拉门，人们会在里面赌钱，每到太阳落山的时候，那里面都会爆发争执，人们也会扭打在一起。我们在酒馆里会点上一大杯起泡沫的啤酒，然后就着撒糖的面包畅饮。到了晚上，就会有人开始演奏风笛，其他的客人会随着风笛声起舞。格蕾琴在酒馆中特别受欢迎，她会一直受到别人共舞的邀请，包括农场工人、村里的年轻男孩，还有周边地区衣衫整洁的绅士。她几乎没有时间停下休息。

“够了，”母亲对我说，“该把你女儿领回家了。”

“我们正要离开。”

“太好了，我们现在也该走了，孩子们也要上床睡觉了。”卡特琳娜一边说着，一边挽起母亲的胳膊。

母亲狠狠地瞪了我一眼，仿佛在警告我，而我上前亲了亲她，和她道别。

我看着眼前兴高采烈的人群，彼特正在和他年轻的妻子跳舞，他妻子非常明显地痴迷于彼特。去年，我本来有机会和雅各布在这里舞上一曲，但我也不知道自己看向他的眼神是否会如彼特的妻子般深情。我开始怀念有他陪伴在我身边的日子，而现如今，我的生命中永远地留下了一块空白。

一位新的绅士邀请格蕾琴共舞，她拢了拢裙子，前前后后打量了自己一番。几缕金发从她的软帽底下露了出来，飘扬在她的后背，明亮的光芒在她的眼里闪烁。格蕾琴和她的父亲一样，哪怕只是短暂的快乐时光，他们都能沉醉其中，并完全委身于这片刻的幸福；而我只有在幸福过后才会意识到它的存在，我仍然想要不顾一切地停留在已经结束的那一刻，却永远也不会成功，它只会使我更加忧郁。

人们都把视线放在格蕾琴的身上，他们一定也注意到了她的轻浮。没关系的，就让她尽情地跳吧，好好玩，放开一些——我那时的想法竟如此愚蠢。

距纪念圣萨尔维乌斯的日子过去还不到一个星期，有天半夜，彼特敲响了我家的房门。

“母亲出事了。”

“等我一分钟，”我回到屋里，直接在睡衣上套上裙子，披上外套，然后轻声唤醒格蕾琴，“你外婆情况不太好，我现在要去卡特琳娜家，不确定什么时候回来。”

格蕾琴瞪大眼睛坐了起来：“我和你一起去。”她起身换上了衣服。

母亲躺在床上，看到来访的人是我和格蕾琴，她从枕头上抬起的头又失望地倒了下去。她希望来的人是贾尼斯，除了自己的儿子，她不让任何医生为她治病，但贾尼斯远在锡塔德，路途非常遥远。

“我们听到了一声巨响后，过来查看情况，然后就看到她倒在地板上，就倒在夜壶旁边，”卡特琳娜轻声说道，“我们一开始还以为她死了呢，结果把她搬到床上后，她又醒过来了。”

整个屋里都能听到母亲愤怒的呼吸声。“我能听到你说话，”母亲在喘息间费力地说道，“上帝会在合适的时候呼唤我去他的身边，在那之前，我们之间没什么好说的了。”她看着我，神情十分憔悴：“来，恩特根，坐在我身边。”

我走过去坐在床沿上，闻到了一股混合着尘土味的淡淡熏香，母亲的睡衣上和软帽上还散发着薰衣草的香气。她的脸色惨白，额头上冒着豆大的汗珠。她抬起头，看向门上边的耶稣受难像，在那里，受刑的耶稣正俯视着我们众生。“以耶稣之名，”她缓缓说道，语气十分虚弱，“今生只是为来世做准备，去向主寻求救赎吧，现在还不算太晚。”

“但是，妈妈，我不是很久以前就这么做过了吗？”我问她。

“你很清楚我在说什么，”她厉声呵斥，“别老惦记着你祖母那些乱七八糟的草药了，好好读读《圣经》，别想着能从野蛮的天性中找到救赎之路。”

“我必须承认，比起身在上帝的殿堂，我从人类的天性中得到了更多的慰藉。但是我答应你，我一定会去下一次的沉思会，真的。”

“愿上帝能够摧毁你的自负。”她的语气冷静到令人害怕的程度。然后她的目光越过我看向格蕾琴，抬高音量说道：“现在还不晚，我亲爱的外孙女，回到上帝的身边吧，就像走散的羊回到牧羊人身边那样。”

“是心脏方面的问题。”第二天早上，贾尼斯做出了诊断。我们家里所有兄弟姐妹都围坐在桌子旁，卡特琳娜大声哭着说：“要是母亲今天能挺过去就太好了。”彼特拍了拍她的胳膊。

“我觉得还是请个牧师过来为她做临终祈祷比较好。”贾尼斯建议道。

“我会让我丈夫过来。”卡特琳娜站起身来附和。贾尼斯和我交换了一个眼神，他的眼神包含着我所需要的所有情感。

“借由涂抹在汝身的神圣油膏，愿耶稣基督降下他的爱与仁慈，以其圣灵之恩典助你升上天堂，”纳格尔神父一边说着，一边往母亲的额头和双手抹上圣油，“愿主将你从罪恶中解脱，拯救你，鼓舞你。”

母亲垂下双眼，就像被人亲吻的新娘。

“以圣父、圣子、圣灵之名，阿门。”

母亲所有的牺牲，她对上帝毫无保留的虔敬之心，她唱过的所有的诗，那些神圣的静谧时刻和喋喋不休的祈祷，都在此刻画上了休止符。她这一生所有走过的路、跌过的坑，都会为她即将前往的来生打下基础。在过去的人生中，我一直尽最大努力将她的虔诚视作一种伟大的力量，临终前的那一刻，我从她的脸上看到了平静与安详，我便知道，她的虔诚的确是一种巨大的力量。我曾看到她往圣母玛利亚的雕像前放了无数的硬币、食物和白色茉莉花枝；我曾听过无数次念珠转动的声音夹杂着她无休无止地祷告，也曾看她前往教堂忏悔了上百次。但在万圣节上，我也看到她有几次吃下了绿苹果以求得好运——这可是异教徒的习俗。

纳格尔神父往母亲的身上洒下了圣水，母亲看向他的眼神里充满了崇敬，就好像神父的头上有一圈神圣的光环。

但我对这个男人太熟悉了，无法产生这样的想法。

当我们返回农场后，我让格蕾琴先回屋，然后自己去了马厩查看八月的情况。我把手放在它温暖的马背上，我的呼吸也随之平静下来。

我把头靠在它同样温暖的侧腹上，聆听它心跳的节奏。

临终前的最后时刻，母亲惶恐不安地环视房间，好像除了我们这些孩子之外，她也在找寻自己的兄弟姐妹。直到那一刻，我才彻底明白她的艰辛。母亲用了一生的时间进行忏悔，以弥补婚前性行为的罪过，正是因为那次罪恶的性交，我才得以诞生。她用自己的生命贯彻了毫无人性的虔诚，只是希望她的家庭能够不计前嫌，原谅自己，依旧把自己接纳为家人。

八月轻轻地哼了一声，我拍拍它的脖子，离开了马厩。

母亲的去世让我心烦意乱，我也陷入了固执己见的泥潭无法自拔，这些都导致我没有注意到身边有一件事正悄然发生。但至少，一切都还不算太晚，只是当女儿迷失了自我时，作为母亲，能做的事情并没有多少。

过去的记忆突然涌现，我回想起那些心神不定的沉思、呆滞的神情、滚烫的脸颊，突然意识到发生了什么。我想起那些过去的时光，想起格蕾琴会突然想要独自出去走走，或是会因为工作晚归。她焦躁不安的情绪使我想到了我和雅各布在一起的头一个月，那个月的我热烈而又兴奋，巨大的幸福感在我周身闪耀，但内心深处却又十分自卑。

就工作而言，我想起格蕾琴的次数并不多，因为那几个星期里只需要除草，其余并没什么事情可做——作物都已经种下，收获的季节又还没有来临。我们有几片农田，但在犁地施肥之前我们都不会去管它，任凭它自由生长。

但今天我需要她，因为药草园需要打理了。我们费力地拔掉地上的杂草，把它们扔在一边。

“别拔那个，”我看见她正在拔石莲花的苗，赶忙制止，“长生草属的植物能抑制雷击的疼痛。”她点点头，把那株植物留在了地里。

“还有这株被风吹来的，叫绣线菊，可以治疗发热。你煮这花的时候要加上一点牛奶，然后再等上半个小时。”

她扫了一眼我手中的植物，然后就继续低头拔草了。要是以往，她肯定会一探究竟，直到把关于这草药的细节全部弄懂。

“他对你好吗？”我突然冒出来这么一句。

“妈妈！”她惊呼，然后把腰弯得更低了，就像是要把那些深埋在地底的杂草连根拔出。过了一会，她直起腰来，露出了紧张的笑容，说道：“是的，他对我很好。”“真的吗？”

“我觉得是真的。”她的脸羞红了。

我们做完了工作，她留在那里捡出杂草堆中有用的药草和青草去喂山羊、奶牛和猪，而我回到了屋里开始准备晚上吃的面包。

· 23 ·

“太久了，”哈尔巴赫神父说着，“这时间拖得太久了，对于男爵来说会很尴尬。”

“那他也是活该。”

“于利希的法庭还在不停地催他，如果你这边迟迟判不下来，海因斯贝格那边的高等法院就要接手这桩案子了。就像你知道的，现在在这里是于利希的公爵说了算，男爵已经不剩下什么特权了。”

对这些事情我了如指掌。在第二次围攻城堡的十五年之后，林布里赫特正式落到了于利希手中，村民们曾短暂狂欢了一阵，直到他们了解到新领主也不会给他们任何好处。赫尔曼·温南德·范·布雷尔不再是林布里赫特的领主，但他依然保有自由和勋爵的头衔，这对我们来说不是个好消息。人们依旧要为酿酒和使用磨坊支付高昂的费用，什一税的税额也没有丝毫减少，这对那些本就困苦的小农来说简直是雪上加霜；在歉收的年份，人民依旧饥饿。

“如果你的案子被移交给于利希公国的法庭审理，那范·布雷尔一定会在全村人面前尽失颜面。不仅如此，在其他的贵族面前，在一直为他和他父亲提供帮助的神圣罗马教廷面前，他都会抬不起头来。而于利希公爵和他虽然同为罗马天主教徒，却和教皇几乎没什么联系。”

“那你呢？如果我的案子需要按于利希的法律去判，你觉得是好是坏？毕竟你之前参与过宗教法庭的事务，也应该知道教皇本人对法庭和案件的态度。”

“我觉得这对你的案情不会有任何负面影响，我会为你感到开心。”

我看到他小小的眼里有些湿润，我选择相信他。“市政官们分成了不同的阵营，”他以一种专业的口吻继续说道，“为此，他们会派来一个独立的法律专家来研判你的案情，他会用全新的视角进行审视，然后向法庭提供自己的建议。这个人选绝对是尼古拉斯·海尔格斯，他还相当年轻。”

“什么？”我大声喊道，“我都没有认罪，他们不是应该把我放了吗？他们凭什么更改规则？”

“你先冷静一下，我也不想让这个过程变得那么冗长。不管怎样，他们都绝不可能再次在你身上用刑，通过无休无止的举证来诱导你认罪也不太现实。”

“那他们这么不怕麻烦是为了什么呢？”

“我猜想，法庭会让海尔格斯作为中立方提出自己的结论，这样塔肯就不用自己去下判决了。到现在为止，塔肯一直表现出笃定你有罪的样子，这么一番操作下来，他就不用被迫宣称之前是自己想错了。”

“所以你觉得，现在的局面还不错？”

“是的，他们也没想到事情会发展成今天这样，在此之前，几乎所有受到酷刑的人都认下了法庭给自己罗织的罪名。他们现在只是在想办法挽回面子而已。”

他动了动身子想要从地上站起来，但不是很顺利，最后还是我推了他一把，他才摇摇晃晃地站住脚。

“愿上帝保佑你。”他的语气中透露出一丝不安。

雅各布去世那年，我五十一岁。从小到大，我都算不上漂亮，至少不是那种大众眼里的漂亮，因此，到了年老色衰的年纪，我也就没那么难过。我可以心平气和地接受自己的衰老，因为美貌从来就不是我最看重的部分。这种心态是我的一个优势。

然而在很长一段时间里，我一直维持着自己高傲的姿态，只要是站着，我都如一支箭般笔挺。以前我含胸驼背的时候，母亲会拍拍我的背，她很有可能是出于不同的目的，比如防止怠惰和冷漠的恶魔侵蚀我的灵魂。但不管怎么说，她的行为在无意间给了我教导，让我永远保持昂首挺胸，无论身体内心皆是如此。

五十一岁时，我的身体仍很健康。我有健壮的肌肉，四肢也十分修长；我的头发在稀释过的香草醋和迷迭香混合液的冲洗下仍十分茂密，富有光泽；因为我每天都用鼠尾草刷牙，我的牙齿仍然整齐、洁白；我的脸颊也还透着红润，不过月经倒是已经停了。起初，每两次例假的时间相隔得越来越近，然后又隔得越来越远，直到某一天，你会惊讶地发现自己竟然来月经了；到最后，它就那么停了。人们总说“等到经血流干净了，性欲也就没了”——千万不要相信这种说法。

自从雅各布去世后，我在很长时间里都没有体会到被抚摸的感觉了，欲火在我的体内重燃，就快要失去控制。不得不承认，即使我的脑海中想不出一个具体的模样，但我仍然会受到男人的吸引。我身边并不是没有喜欢我的人，比如诺尔，他总是会念起我的名字，紧盯着我离开时的背影，但他已经结婚了，我不想和他扯上不清不楚的关系。村里也有些鳏夫，但他们更喜欢盯着那些年轻的女性。

在别人看来，我可能就是头垂垂老矣的奶牛，但在我自己眼里，我还是那头精力旺盛的小母牛。

我身体里的那团火正欲喷薄而出，它足以点燃任何一个男人。我仍然有几年好时光可以消受。

每当欲望高涨，就快要把我吞噬时，我总是能够通过完成工作来摆脱危机。我所有的时间都要用于打理菜园、种植水果、栽种药草和照顾动物。我卖掉了一半的土地，因为之前雅各布一个人就能干完的活，我需要雇很多工人才能干完，剩下的土地产出的粮食也足够我和格蕾琴维持生计了。

我把那五公顷土地卖了个不错的价钱。他们觉得能从寡妇身上占到便宜，但任凭他们费尽口舌，我依然坚守阵地。几天过后，他们再次返回，告诉我他们接受了那笔价格。

我在地里的辛勤工作不光能平息我身体里的躁动，也能发泄我对男爵的愤怒——我认为他需要为雅各布的死负责。起义时有人在城堡里见到了雅各布，他们向我保证他当时受的伤并不严重，那点伤肯定不会在之后的几天里置他于死地。雅各布一定是成为了牺牲品，他们用雅各布的死来震慑那些仍存有反叛想法的村民。另外，我猜想他们这么做也有部分是出于报复，报复当时村民们对玛丽亚·范·埃纳滕男爵夫人丧心病狂的攻击。不过我敢以自己的生命起誓，雅各布绝对没有打过那个可怜的女人，哪怕一下也没有。

当内心充满攻击欲望的时候，你可以剪去植物的枝杈，可以把菜园的土地翻个底朝天，可以宰割蜗牛，可以拿出砍刀来给荨麻斩草除根。当你怒气冲天时，你可以通过破坏来进行创造。那段时间里，我就像受到了魔鬼驱使般，将土豆从地底一个个挖了出来。我抓住它们的苗，把草叉插进地里撬动，挖出来后，再把它们都扔进一个桶里。我可以一连做上好几个小时，直到因精疲力竭而坐倒在地上，内心仿佛也得到了净化。

其他时间里，我都会去林布里赫特的林子里收集柴火和蘑菇，这实际上也是为了让我自己冷静下来。林子里除了些针叶树之外，其他的橡树、桦树、奇形怪状的白蜡树和灰色的白杨树等植物都在秋冬季落了叶。通常你不会在林子里碰见第二个人，那里只有野兔、松鼠、各种各样的昆虫和鸟类，偶尔也能看到有小鹿正在不远的地方盯着你看。

一天早上，林子里充斥着潮湿的气味，空气也十分清新，雾气缭绕在林间，树木的枝桠上都挂着露珠。刚下过雨，我走过桦树时，能闻到浓浓的草木味。每棵树周围都起了一圈水雾，如果我站在树边足够久，湿气也会围绕在我的周围。附近各处生长着银莲花和报春花，还有很多人们种下的铃兰和欧洲蕨，苔藓闪烁着光芒，看上去湿湿滑滑的。没有一条路可走，我只能用随身携带的一根坚固的手杖在茂密的植被中开出一条路来。

我继续朝前走去，大脑放空，只保持着本能的警觉和清醒。晨曦在薄雾中幻化出淡淡的蓝光，照耀在前方的道路上，吸引着我朝前走去。靠近后，我看到面前是一片空地，空地中间矗立着一棵巨大的白蜡树，树枝上交叠着成片的复叶，每一片叶子都连着黑色的蕾。茂密的树叶在空中铺散开来，就像一个巨大的屋顶，阳光从枝叶的缝隙间漏了下来，就像穿过彩色玻璃般梦幻。我回想起了和母亲的最后一次对话，她最大的恐惧已经成为了现实——如果一定要选择一个地方做礼拜，我会选在此处。

我把手杖立在地上，站定。我现在必须要依靠手杖才能站稳，我对此感到很惊讶，但同时，也有一股巨大的、前所未有的感激之情自心底涌现。

人不可能做到在生气的同时还心怀感激，也不太可能在伤心或是麻木的时候还想着要感谢别人。当你的内心充满感恩时，所有的想要贬低他人的冲动，想要指摘他人的怒火，或是受到伤害时的低落，都会在“感激”这一情绪的强大力量下化为乌有。

这个世界仿佛转瞬间就换了天地。我想起家里的农场，想起农场里曾经的幸福时光，直到现在，那里都回响着我们一家的欢声笑语，而现在，只剩我和我的女儿相依为命。我感恩沐浴在我身上的阳光，感恩我居住并耕种的土地，感恩动物，感恩我爱的人们，也感恩这个简单的事实——我还活着，还能够自由地呼吸。我又重拾了对未来的信念。

城堡前方的空地上突然传来一阵噪音打断了我的回忆。已经是九月底了，到了缴什一税的时间，人们把豆子装到仓库里，场面和往常一样混乱。我能听见农民的说话声，听见他们的马车驶在石头路上的“哒哒”声。从他们所在的空地上，能看到一扇带着栏杆的小窗子，在那扇窗子后面就是我现在被监禁的地方。如果他们足够细心，是能够用眼睛扫到这个小窗子的。

我想要重新唤起心里的感激之情，在我人生中最黑暗的时候，它总是能把我拯救出来。我把视线集中在窗外的树梢上，粗壮的枝干慢悠悠地晃动、交错，然后又复归原位。感恩之心没有出现，意志力却从我的心底涌起，我现在必须保持定力，耐心等待，直到最后他们什么都做不了，只能放了我。

一个炎热的下午，诺尔走进了我的院子，那时我正从晾衣绳上取下晒好的衣服。我刚抓起一件带着琐碎绣花的衬裙扔进篮子里，他就走了过来。

他举起手里的某样东西，既是和我打招呼，也是展示他前来的理由。那是一把小斧子。

“我们有一把多的，”他率先开口，“上次见到你时，我注意到你没有这个。”我讶异地看着他，然后接过斧子，冲他说：“你真好。”

晒在晾衣绳上的衣物在风中飞扬，床单的一角正轻抚着我裸露的小臂，在令人尴尬的氛围中，我们面对面站着。我无法思考该说些什么，我的全部身心正专注于他。我吐了口气，把自己的手搭在他的手臂上，然后我们都望着彼此。不必说，我这样的行为相当轻浮无礼，但我并没有收手。他的瞳孔渐渐放大，双脚朝我走近了一步，近到我已经能感觉到他肌肤的温度。我几乎要不敢呼吸。

下一秒，他的嘴唇就紧紧地贴了上来，和雅各布不同，诺尔的双唇温暖而又干燥。我闻到了他身上散发出的香味，使我兴致盎然。那个吻持续了很长时间，我不舍得放开他的唇，因为我不敢给自己思考的空间，一旦我开始细想我们正在做什么，那我们就不得不停下来。我不想思考，也不想对话，我只想让体内的欲火熊熊燃烧、肆意窜腾，直到它将我吞噬。

他突然抽身后退：“这样不对。”我几乎不能直视他，但我还是得逼着自己这样做。

他看起来很愧疚。

“你说得对，我们不能伤害你的妻子。”听完我的话，他垂下了头，慢慢地点了几下。我目送他离开院子，走上回家的路。他做了正确的选择，却让我心里有些发堵，我早应该知道他是个品行端正的男人。

在格蕾琴下班到家之前，我浑浑噩噩地干完了家务。我可能磕伤了自己，脚步也轻飘飘的，就像我是被什么人托在地面上行走一样。我当时真不应该那样做，虽然那感觉的确很好，一直以来压得我喘不过气的紧绷神经突然得到了放松。

我看到格蕾琴坐在桌子边，伤心欲绝，我猜想一定是八月的生命走到了尽头。她双手摊在大腿上，肩膀松垮，空洞的眼神呆呆地望着前方，我之前从未见过她这样。

“出什么事了吗？”我把面包从篮子里拿出来摆在桌上，作为我们的晚餐。她没有回答，只是凝视着远方，就像眺望地平线时那样。

“你和那个男孩分手了？”

她失落地摇摇头。

“那是怎么了，孩子？我猜不出来。”说着，我开始摆弄晚餐。我把奶酪的包装打开，拿出一块熏火腿。她没有起身帮我，只是把两只手放在自己的肚子上，绝望地看着我。

“哦，不，不是吧。”我脱口而出。

她避开我的眼神，点点头，然后大哭了起来。我走到她身后抱住她颤抖的肩膀。

未婚先孕，就和我母亲一样。

“你告诉你的小情人了吗？”我小心翼翼地问她，可她还是哭得更大声了，然后哽咽着说道：“他根本不想和这事扯上关系。”

“那你是怎么说的？”我坐下来，盯着她的眼睛，“这个懦夫是谁？是村里的男孩吗？”

“你不认识他。”“但他总不是个已婚男人，是吧？”

“当然不是，妈妈，但他也不想娶我。”

“告诉我他是谁，我要去见见他和他的父母。”我没好气地说，这也使格蕾琴更不愿意向我透露了。

她只告诉我：“他不来自林布里赫特，但也不是艾尼格豪森人。”“那你是怎么认识他的？”

她没说话。

“是在圣萨尔维乌斯节上，肯定是这样。”

她没有否认。我回想那天的情景，一些男孩和她跳了舞，说了话，既有村里的人，也有来自上流社会的人。我对其中一个人印象很深，那个男人一直在向格蕾琴展示自己的魅力，但我想不起来他具体长什么样了。

“是那个个子高高的，穿得很富贵的人吗？”

“别追究了，妈妈，他已经不想和我在一起了。”我打量着她，她的肚子还没有鼓起，但是乳房已经变得更加圆润、松弹、柔软，就像新鲜出炉的松软面包一样。“他本来应该把自己的种子播撒在大地上，就像俄南曾经做的那样，”格蕾琴接着说道，“但是他的种子却游错了地方。”

我低低地咒骂了一声。

“已经多久了？”

“我的上一次月经本应该在四周之前来的。”

“圣伊莎多拉啊。”听到我这么说，她震惊地看着我，因为这样的话应该是从她外婆嘴里说出来的。“一切都会好起来的，”我沮丧地说道，因为在这种事情上，我最不想效仿的就是我的母亲，“不管他娶不娶你，我们都会活下去的。”

我想起了诺尔这个处处小心的已婚男人，想起了我们毫无防备的那一刻，想起了喷薄而出的欲望，那欲望冲垮了我们所有的堤防。

我耳边又响起了祖母的声音，说着“这是天性”——所有会呼吸的，会进食的，会消化的，会飞的，会爬的，会走的，都有交配的冲动。

这不过是早晚的问题，有什么区别呢？对我们人类和动物来说都是一样的。

之后的几天里，我一直在想方设法从格蕾琴嘴里获取新的信息。我知道了那个男人比格蕾琴大五岁，住在于利希公国，他有时会因为工作上的事前往城堡，有时是专门来为了见她。这个男人显然跟男爵有些联系，这一点使我非常生气。富家子弟拿农村女孩寻欢作乐，结婚时却选择了更登对的——也就是更有钱的——结婚对象，这是亘古不变的故事。这些公子哥都有着令人折服的魅力，一旦出现了什么意外，他们却溜得比谁都快。我的女儿只是个厨房女佣，她就陷入了这种困境，并且已经来向我寻求安慰了。但我也没有足够的经验去帮助她，只是竭力劝她不要试图在其他烂人身上寻求安慰。绝望的女孩终于回到家中，却已经被折磨得不育乃至生了重病——这样的故事同样不胜枚举，流传甚广。

格蕾琴一直没告诉我那个人是谁，因为她很清楚，如果让我知道了，我会找到那个男人，让他身首异处。

那之后又过了几个星期，格蕾琴一直垂头丧气，看起来十分羞愧。她还在消化这个令人难以接受的事实，幻灭的痛苦和羞耻的情绪在她体内不断拉扯，难分难解。我建议她去找那个男人谈谈，甚至可以就抚养孩子的事情大吵一架，但是她拒绝了。某种程度上，我为她的决定感到欣慰，因为我也不想收下那个懦夫的钱，或是接受他的虚情假意。格蕾琴依旧坚持要完成她的那份家务，还坚持要继续出去做女佣，顽固得就像是在故意惩罚自己。

她的话不多，沉默已足够显示出她的愤怒。

我尽量不让她乱吃草药，怀孕的头几个月再小心也不为过。但我还是让她服用了柠檬薄荷的萃取物以治愈她的心伤，还让她服下墨角兰的汁液以缓解悲痛。

格蕾琴正站在门外眺望大地，我把冒着热气的杯子端给她，问道：

“你想要这个孩子吗？”

“想。”

“那这个小生命将会沐浴着爱和我们一起成长。”

· 24 ·

“今天是公元1674年10月3日，现在出庭的是被告人恩特根·路易顿，”介绍过其他所有出席的人员后，塔肯如是说道，“根据法庭的指示，她将接受独立法律专家尼古拉斯·海尔格斯的审讯，以得到公平公正的判决。接下来交给你，法官。”

一个男人站起了身，我之前从未见过他。他有着清澈的褐色眼眸，看起来很机灵，脸上一丝皱纹都没有，年龄一定不超过三十岁。

“我仔细研读了至今为止所有的诉讼流程，有几个问题想要询问一下被告人。”他一字一顿地斟酌着字词，就像是在练习发言一样。他还会时不时地看向约翰·菲尔伦斯霍兹，这位执法官今天也出现在了现场。

“你和恶魔有什么特殊的关系吗，恩特根·路易顿？”“我只从画像里和教堂里了解过他。”

这个年轻的男人低头看向手里的文件，看起来有些紧张：“你有没有往自己身上涂过魔法香膏？大家都知道女巫会这么做，好让自己飞起来。”

这个问题使我有些吃惊，就好像这个男人已经认定了我就是个女巫，现在只是在询问细节而已。我侧头看向哈尔巴赫神父，但他只是点点头鼓励我继续说下去，他相信我会给出正确的答案。

我简洁地回答：“我不知道你在说什么。”

“女巫集会举办的时间和地点呢？都有谁参加了？”“我不知道女巫集会的事情。”

“这个地方的人都知道你是女巫，”海尔格斯的语气变得严厉了起来，“女巫从来不会独自敬拜长角的恶魔，她们都是一起行动。我再问你一遍：女巫集会的时间、地点，以及其他参加的人员。”

我再次看向哈尔巴赫。

“我请求发言，阁下。”他开口说道。很幸运地，塔肯同意了：“你可以发言。”

“在过去所有的审讯过程中，哪怕在用刑过程中，都没有任何迹象表明这位女性拥有关于黑魔法或恶魔崇拜的知识……”

“法庭给了海尔格斯大人独立调查的机会，”塔肯打断了他，“所以他才会在今天发表见解，这个过程不应该受到任何阻挠。”

“据我所知，被告人恩特根·路易顿在受刑时没有丝毫退缩，这是不争的事实，正是这一事实给了我怀疑的理由，”海尔格斯对哈尔巴赫神父说道，“根据能够读到的法庭记录来看，她一次也没有抱怨，也没有展现出任何羞耻和恐惧的情绪。对于她这种态度，只有一种解释——恶魔的加护。撒旦本人一定对她施以了援手！”

我火冒三丈。

“你要坦白自己曾施行过的邪术吗？”“这种事情我一次都没有做过。”我冲他说道。

“你熬制药草和魔法药剂的大坩埚在哪？”

我该怎么回答？所有人都知道我很擅长调配草药，就和其他精通草药的人没什么区别，我的药箱就放在家里厨房的置物架上。这问题一定是个陷阱，我决定保持沉默。

“快说，你把坩埚藏在哪了？”

“男爵去哪了？”我想要转移人们的注意力，“众所周知，我是在他的命令下遭到逮捕的，为什么他不亲自前来？”

“警告你蔑视法庭！”塔肯怒吼。

“我的辩护人并无此意，”哈尔巴赫站起身，用安慰的语气说道，“尊敬的阁下，你一定能够理解，被告人已经在地牢里被监禁了近三个月，这位女性的健康状况已经快要坚持不住这种漫长的审讯了。恩特根·路易顿作为失去了丈夫的独身女性，已经向我们展现了她自身非凡的勇气和力量。那段时间里，她没有指控任何人，这在以前的女巫审判中是从来没有出现过的。我不禁回想起六十一年前的鲁尔蒙德，在同样的场景下，出现了四十一名无辜的牺牲者。是她拯救了我们的村庄，没有让一系列的噩梦再次发生……”

“你扯得太远了，”宾斯菲尔德教授开口了，“你代表的是教会，哈尔巴赫神父。或许我应该提醒你，教会才是保护村庄免受恶魔侵袭的一方，没有人需要从教会的手中保护村庄。正如女巫专家阿格里科拉神父所言：‘政府必须对女巫施以惩戒，这是身为上帝仆人的职责；如果政府允许女巫免受惩罚，那这会成为对上帝的亵渎，也会成为对政府自己以及对人民的背叛。’”

哈尔巴赫神父沮丧地坐下了。

“请继续你的审问，海尔格斯法官。”塔肯示意。

海尔格斯翻阅了一下手上的文件，明显不太清楚要从什么地方继续。“卸下你心里的负担吧，只要认罪，就能从重压之下得到慰藉。”他的语气有些窘迫。

“我没什么罪可认。”我平静地回答。

塔肯清了清嗓子，拿起一份文件递给他。

“你只剩下最后一次避免死刑的机会，”海尔格斯扫了一眼文件，“那就是在这次审讯结束后，以书面形式宣布今后将不会再以任何方式提出对温南德·范·布雷尔男爵的指控。”

我大吃一惊。

“请允许我和我的辩护人商量一下，”我还没来得及回答，哈尔巴赫神父率先开口。“准许，”塔肯同意了，“休庭，十分钟后再次开庭。”

所有人都站了起来，那些大人们都聚到了长桌附近的角落里，哈尔巴赫把我带到大厅的后方。他必须扶着我，因为我现在走路还是有些困难。

“这是什么意思？”我问他。

“他们显然是害怕你会在判决过后起诉男爵，要求他赔偿所有损失，”哈尔巴赫兴高采烈地说道，“任何反对林布里赫特的男爵、执法官或是市政官的案件都会交由于利希那边的法庭处理，因为现在林布里赫特的自由地位是受到公爵的保护的。”

我仔细琢磨了一下。

“所有对你的指控都没有得到证明，你也没有认罪，”他继续说道，“你有可能被无罪释放，最多也就是流放。他们现在进退两难，如果你签了字，他们就可以确保你在获释之后不会再给他们添任何麻烦，男爵也不会丢更多的脸，不然他的威信会有所削弱。”

哈尔巴赫神父看着我，笑容满面。

“他们想要脱身了。”他解释说。

我的大脑开始缓慢地转动，我之前竟然没有想到可以提起诉讼。现在我知道了范·布雷尔对我感到害怕，而我对他的诉讼可以彻底地毁掉他——这听起来非常有吸引力。但是，如果我拒绝签字，并且把他们逼到了那个地步，我会遭遇什么风险呢？

“如果是你，你会怎么做？”我问哈尔巴赫。

“我会签字，”他斩钉截铁地回答，“这样他们就知道，就算放了你，也不会有什么后患。”“男爵也没有后顾之忧了。”我感到悲哀。

“这件事已经让他得到了足够的教训，因为你展现出的勇气和坚定，他的地位已经不如从前了。”

我看向大厅另一边的绅士们，他们正彼此嘀咕着什么。尼古拉斯·海尔格斯看起来有些低落，他就像个替人跑腿的小男孩，办完事之后还留在原地不知所措。

“那我就不得不签字了。”我做出了决定。

重新开庭。哈尔巴赫仔仔细细地研究了那份文件，然后把它放到了我的面前。“除了不让你对男爵发起指控外，这份文件上没有提及其他的事项，”他小声地说，“可以签。”说完，他用眼神询问我的意见。

我点点头表示同意。

“我的辩护人表示会签署这份文件，由此保证在这次审判过后不会对温南德·范·布雷尔男爵提起诉讼。”

塔肯脸上出现了释然的表情。法庭人员将羽毛笔塞进我的手里，告诉我该在哪里签名，他们很自然地以为我只会签一个“X”，但我签上了我的全名。“闭庭。”塔肯宣布。

法庭人员把我送回了地牢，休伯特陪我一起走了进来。

“整个村里都在议论这件事，”他说，“要求释放你的呼声越来越大，锡塔德的人也这么高呼。‘法律只保护有钱人’——他们都在这么说。”

我惊讶地看着他：“你也是这么认为的吗？”

“我还是得把门锁上，但我知道你不应该被关在这里，我在村里也是这么和人们说的。他们很清楚你现在的处境，也知道你一直以来都经受了什么。”

我抑制住感动的泪水，用颤抖的声音说道：“你是个好小伙子，休伯特。”

他脸红了，脸红的他看起来比之前更加稚嫩。他羞涩地转过身去，离开了地牢。

赫尔曼·温南德·范·布雷尔也知晓了弥漫在村里的情绪，他一定对躁动不安的人群感到不悦，因为他不得不将我释放才能平息众怒。本来将我逮捕乃至将我处决应该能够提高他失去的威信，而不是像现在这样反过来削弱了他的权威。

我没有坐在地上，而是站起来开始小心翼翼地绕着圈走路。我的脚踝仍很脆弱，但已经不肿了。阳光从窗户中透过，闪耀着金黄色的光芒。

不要久坐，这点很重要，因为我想在回家之前重拾健壮而又灵活的身材。

·25·

怀孕的第六个月，格蕾琴的肚子开始迅速地变大，她不得不将衬裙系在胸部往下，而不是系在腰间，裙子上厚厚的褶使她的腹部看起来更加浑圆。村子里的人也开始对她有了些议论。

“我的老板问我已经多久了。”一次下班回家，格蕾琴对我说道，她的语气里充满了惊讶，就好像她没有意识到人们的脸上长了两只眼睛似的。

“你怎么回答他的？”

“我不知道他是什么意思。”

“你没有在期待孩子他爸能够回来负起这个责任吧，是不是？”

她没有回答。

“如果他真的有这个意思，现在早该回来了，你不这么认为吗？”“我不明白，我们明明很相爱。”她的声音很低落。

我轻蔑地哼了一声。

“不光是我很爱他，他也很爱我，”泪水从她的眼角流下，“这不仅仅是……你知道吗……”

“但事实就是如此，不是每个人都有勇气为自己喜欢的人站出来，尤其是在这个选择不符合家里人的期望时。也许他只是太年轻或是太过弱小，以致无法遵循自己的内心，”我拉过格蕾琴的手，“这种时候，你必须成为那个坚强的人，而不是幻想着对方能够变得强大。”

她点了点头，但我能看出来她还没有放弃希望。

“他会后悔的，因为取悦父母的人生永远不可能圆满，我就从来没有为了取悦你外公外婆而屈就自己，这没有必要。”

格蕾琴终于破涕为笑。

宝宝的预产期是四月，而现在是十二月，尚处于冬季。老鹰掠过田野上方寻找猎物，秃鹰和往常一样站在树桩上搜寻着视线里的鼹鼠和田鼠。我打算宰一只兔子，天气转冷了，格蕾琴需要吃肉以补充精力。我过去几天都在用芹菜给兔子喂食，让它端上桌时能够更加美味。这是我第一次宰杀动物，既然雅各布和我父亲都能做到，那我也能够做到。

我一手拿着斧子，一手把兔子按在手底下，那一瞬间我就明白了，我做不到——这该死的多愁善感。我让格蕾琴去诺尔家里，把他儿子或他家的工人喊来替我做这事。

诺尔亲自来了。

他微笑着走进谷仓，从我手里接过这个小动物，然后抓住它的后腿把它举了起来。他用大拇指按着兔子的脖子，然后用另一只手的手指卡在它的脖子前面。他的拇指用力向下，同时猛地把兔子往上一拽，这可怜的动物在他的手中摇晃了两下，随后就失去了生命。诺尔还向下摩擦兔子的腹部以排空它的膀胱，然后在兔子后腿上划了道口子，好让我把它挂起来。

我给诺尔热了杯温牛奶以示感谢，他喝下后打了几个嗝儿。

“你把这个家操持得还不错，恩特根。”我的猫用头蹭着诺尔的腿，他低下身摸了摸这个小动物。我惊叹于一个男人竟能在行事冷血、残酷的同时，又有似水般的温柔。

那个周日，我和格蕾琴去了教堂，教堂里坐着许多人，他们都盯着格蕾琴看。卡特琳娜和她的孩子们也在其中，她还朝我眨了眨眼。这些天里，范·布雷尔一家花了相当长的时间在赶来的路上，只有等他们到了教堂，礼拜仪式才能开始。这个教堂仍属尼古拉斯·范·布雷尔所有，但很快就不会是了。那时，纳格尔神父年事已高，无法再主持仪式，而新的牧师很可能不再是由范·布雷尔指派，而是由主教任命。沃尔夫冈·威廉身为于利希的公爵并没有插手此事。

有些人在我们身后窃窃私语，从格蕾琴撅着的嘴唇来看，她也觉得这些议论是关于她的。终于，尼古拉斯和他的妻子玛丽亚，还有他们的孩子乔安娜、赫尔曼·温南德、玛丽亚和伊丽莎白都走进了教堂。他家的女士们都穿着五彩斑斓的裙子，在我们千篇一律的灰黑衣服的衬托下更显鲜艳，他们所戴的礼帽比我们的软帽也更加典雅。他们家人最终安坐在圣坛旁边早就预留好的座位上，那里是一片单独的区域，和我们普通人的座位间隔着一段距离。等他们一家坐定后，库斯特神父走上了讲台。

“当历史上的第一名女性受到撒旦的诱惑，吃下了苹果后，最初的人类就被驱逐出了伊甸园，并堕入罪恶的深渊，”牧师开口道，“如今，他依旧在人间游荡，引诱着那些善良、虔诚的人们。正是恶魔引起了人群中的不安，进而演变成愤怒；也正是恶魔激起了人类犯罪的欲望和堕落的性欲。那些自甘堕落的人们渐渐失去了对上帝的敬畏之心，他们就像狂风大作的海洋一般永远不能平息下来，每一次翻腾都只会往里卷进更多污秽的淤泥。‘恶人不得平安’——我们的上帝是这么说的。”

这个男人很清楚自己在说什么，所以想到上次他派管家来找我解决难言之隐时，我更觉得好笑。这个教堂里有一面墙是六边形的，在那面墙的高处有一个拱形的窗户，明晃晃的日光就从这窗子透进来；就和以往听布道时所做的一样，我把自己的目光聚焦在那束光上。那束日光照进来，洒在蜡烛上，也洒在圣坛上，照亮了圣坛上的耶稣受难像；那束日光还照亮了白色的墙，照亮了白墙前方的木头大门，门上有许多雕刻的图案；灰色的地砖也在阳光的照耀下斑驳闪烁。教堂里的所有东西都在阳光的沐浴之下，一切沉重的说教和严肃的语调都在阳光的润色下变得不那么令人难以接受。

“恶魔会用自己的力量把罪恶的欲望送到你的心里，但是，如果你任由这些欲望涌入，并且在欲望的驱使下犯了罪，那就是你自己的过失。凡属基督者，都必须把罪恶钉在自己肉体做成的十字架上，否则虔诚的生活就不能兴旺。”说这话时，牧师的眼神缓缓扫过教堂里的每一个听众。

“甚至就在此处，在我们全体教徒中，在这些长椅上，正坐着一个堕入罪恶的年轻女子。”

我惊讶得绷直了身体，拉起了格蕾琴的手。

库斯特神父看向我的女儿，继续说道：“她就像一条毒蛇，将自己的蛋产在了其他生物的窝里。那条私生的小毒蛇很有可能是她在梦中和恶魔交媾的产物，在这虔诚者的居所里，无疑会造成巨大的伤害。那些心向上帝的人们必须要保护好自己的后代，不要让他们被小而危险的毒蛇汲取了灵魂。”

我感觉到格蕾琴的手在发抖，但也有可能是我自己的手因为愤怒而不住地颤抖。

“主命令我们终止肉体的罪恶，男人们，当心恶魔用女人的身体施以奸计；除去堕落的人性，这个世上还存在着奇迹，那是上帝用爱和宽恕降下的奇迹，在基督的血中，存在着救赎之路。我们一同祈祷吧。”

所有人都低垂着头，在牧师的带领下诵读祷词。我还处在巨大的震惊当中，没有闭上自己的眼，而是直勾勾地盯着尼古拉斯·范·布雷尔那张得意洋洋的面孔。

“那些躲在圣坛后面的大人物们都觉得自己可以安然度过最后的审判，”回家的路上，我轻蔑地哼了一声，没好气地说道，“谁可以上天堂，谁又该下地狱，但最后的结果很可能会出人意料。就连我们圣洁的牧师都对那些他所不齿的肉欲颇有了解。”我侧头看向格蕾琴，她坐在箱子上，仿佛变成了石头。“你的欲望既不卑贱，也不肮脏，”我轻声劝导，“虽然他们一直在给你灌输这种思想，但你并不是没有自己的尊严，真正不配得到尊重的是孩子他父亲；但即使是这样，我也不会把他称作梦中的恶魔，那样太过分了。无论是教堂还是整个村里的人，他们都不值得你付出心思，但这个孩子值得。”她没有回应，只是直视着前方，直视着那个很远很远、我够不到的地方。

那天下午，库斯特神父的管家再次上门，说最好让格蕾琴暂时不要出现在教堂，但等到孩子出生后，神父还是会很欢迎她再次前往的。从管家的措辞来看，格蕾琴的“堕落行为”始终是一件无法洗刷的丑闻，但只要她表现出悔过，神父就会宽宏大量地接纳她。

我盯着管家的眼睛，直到她先看向别处，然后我没有作任何回答，关上了门。

就在那个星期，格蕾琴失去了厨房佣人的工作。除了尼尔之外，村里没有任何人前来给她打气，向她表示支持。

当田地被挖了个底朝天，那些黑色的土块就裸露出来了，所有地底的生命突然间暴露在明晃晃的阳光之下——蜗牛、蠕虫、甲虫和幼虫都在犁铧后头扭曲地翻滚，不时会有鸟儿俯冲向下，在虫群中捕食。这多像教堂里的那群乌合之众，那些神职人员和那伙主教，再伴以发号施令的贵族，他们在光天化日之下也将自己的丑陋展露无遗，哪怕光鲜亮丽的外表都遮掩不住他们生命的渺小和思想的可悲。

我们刚刚吃过晚饭，就有一个年轻男人登门拜访，我能认出他是村里的人。

“请问有什么事？”

“我……”男孩清了清嗓子，开口说道，“我有些事情想要问一问你和格蕾琴。”

我把他请进家，再把格蕾琴叫出来。格蕾琴和他聊天时很自在，看见他们两个一起，我才想起来这个男孩曾在圣萨尔维乌斯节上和格蕾琴跳过舞。这个小伙子看起来还不错，就是有点拘谨。

我倒了三杯牛奶摆在桌上。

男孩的神情变得严肃起来：“我来这里其实是为了……当然，我知道格蕾琴现在有些麻烦……”

“我们可没把这看成是麻烦。”我用友善的语气打断了他。

“对，当然不是，抱歉。不过我来这里是想问问格蕾琴，她愿不愿意成为我的妻子。”

格蕾琴抿了口牛奶。

“哎呀哎呀。”我感叹道。

“当然，我也做好了准备认下这个孩子。”听他说完，我仔细地观察着格蕾琴，她的脸已经羞得通红。

“你们彼此很熟悉吗？”

“算是吧。”说完，男孩又急忙补充道：“但不是那种熟悉。”

“我愿意。”格蕾琴发话了，她的声音非常清晰。我惊讶地看着她，男孩看向她的眼神里也是又惊又喜。“你确定吗？”我问她，“你不需要再多考虑几天？”

她果断地摇摇头，把手放在肚子上：“我愿意成为你的妻子。”男孩兴奋地一跃而起，然后牵起了格蕾琴的手。

“我真是太高兴了。”男孩说道。

“你怎么能这么快就做出决定？”男孩走后，我大声质问格蕾琴，“我从来没有听说过这个男孩，你爱他吗？”

格蕾琴摇摇头：“我几乎不认识他，但他人看起来还不错。”

“你不是为你自己做的这个决定吧，是不是？”

“嫁给他，我的孩子就不会是私生子，就可以在主的祝福中成长，受到上帝的保佑。我一直祈祷这个问题能够得到解决，现在他就出现在我们家门口，我能对这个机会说不吗？”

“你的孩子无论怎样都会受到上帝的祝福的，你不需要为此嫁人，我们所有人都是上帝的子民。”

“我不想让自己的孩子成为罪恶的象征，”她仍然坚持，“我不想让他成为小毒蛇。”

几天之后，那个男孩的父母登门拜访。我认识他们，他们从来没有去过酒馆，但是宗教礼拜却是一次也没有缺席过。他们住在城堡附近一个大小适中的房子里，一共养了九个孩子。

我给他们上了茶水和啤酒，但他们都礼貌地拒绝了。那个女人的脸很小，但是棱角分明，她不停地眨着眼，似乎有些局促。

“我们知道了自己的儿子已经向您女儿求了婚。”我们在餐桌边坐下，那个男人率先开口。格蕾琴的眼神有些茫然，那人继续说道：“他没有提前告诉我们，我们之前也不知道他们两个有来往。但是既然您的女儿已经答应了我们儿子的求婚，那我们就应该认真地讨论一下这件事。”

“这件事也让我很惊讶。”我附和道。

“我们尊重我们儿子的决定，”那个女人接过她丈夫的话，“但是考虑到他现在面临的情况，”说着，她瞄了一眼格蕾琴，格蕾琴正低着头看着地上，“我们觉得要些补偿也是合理的。”

“你们想要什么？”我的眼睛就没离开过那个女人，她的眼眨得更频繁了，同时看向了她的丈夫。

“我们要一头小猪仔和一头小奶牛，还有两只母鸡，这样应该就够了。”那个男人说道。在格蕾琴面前，我克制住了讨价还价的冲动。

“没问题。”

“然后还需要请一名医生来为她接生。”那个女人补充道。我侧过头去看格蕾琴，问她：“你觉得可以吗？”

她一脸疑惑。

“他们不想让我给你接生，”我向她解释，“而是从镇上请一名医生过来。”“那就这样吧。”她轻声应道。

“那这件事也解决了，”我严肃地说，“还有其他要求吗？”

“我们觉得婚礼上的人还是尽可能的少一些会比较好。”那个女人又说。

这对夫妻站起身准备离开，格蕾琴依旧呆坐在椅子上，眼神茫然。

“以你女儿现在这副样子，她应该感谢我们才是。”临走时，那个女人对我说道。

格蕾琴和那个男孩两周内就完婚了。婚礼上，格蕾琴一袭黑裙，头发上没有弄复杂的样式，也没有系漂亮的缎带；她的新郎穿着他父亲的一套深色礼服，在他身上显得松松垮垮的。仪式很短，也没有婚礼派对。婚后，格蕾琴搬到了她公婆的家中，直到她和自己的丈夫能够买得起自己的房子。

教堂很欢迎格蕾琴这样的已婚女子，她又开始前往教堂参加礼拜，但是我却再也不会去那个地方了。我怎么会忘记在所谓“上帝的殿堂”中，牧师将我的女儿比作毒蛇，范·布雷尔看起来又是如何的自鸣得意？

卡特琳娜一直在劝我："你这样与世隔绝，不和其他人来往，对格蕾琴不太好，等到她的孩子出生后也会不太好过。牧师的那次发言只是对她的惩罚，规矩就是这样的。"

"在任何一个教堂都不会发生这种事，"我争辩道，"在大一点的村子或是镇上的任何一个教堂都不会，只有在受统治者管辖的教堂会这样，因为牧师只能乖乖听统治者的话。"

卡特琳娜叹了口气："谢天谢地，母亲当时没有因为这样的丑闻受到排挤。"

她的话刺痛了我，就像是一根针扎进了我的肉里。"当时那件事，"我冷冰冰地说，"也给我们正直的母亲造成了非常大的打击，只是她足够幸运，因为我们的父亲愿意承担责任。"

我必须把话都说出来，把每一句憋在心里的不满和压抑在心底的委屈都一吐为快，就好像母亲也能听见我的抱怨："你知道我们的母亲是什么吗？她就是个鹰身女妖。你知道这是什么东西吗？一半女人，一半秃鹰。她们会吸干你的血，夺走你的生命力，然后把胆汁都塞进你的身体里。"

卡特琳娜一脸震惊地看着我。

我仍没有停下："母亲把她对生活的恐惧散播给身边的每一个人，每个人都必须要像她一样被吓个半死才行，这样她心里就会好受些了。但是我不害怕，你听到了吗？我从来都不害怕，我不怕教堂里那群歹毒的流氓，也不怕村里的恶棍。没有他们，我也一样能活。"

·26·

“我恐怕得告诉你一个坏消息。”哈尔巴赫神父沮丧地说。“他们又要审讯我了吗？”

神父深深地吸了口气，对我说：“尼古拉斯·海尔格斯给法庭的建议是‘有罪’。”

“有罪？”我疑惑不解地摇摇头。

“我们只能等待最终的判决结果，”他安慰我，“没有你的供认，他们什么也做不了。那些市政官现在还没有达成一致意见，海尔格斯显得有些过于狂热了，真是缺乏经验。”

“我更倾向于认为他只是在迎合执法官的意愿，毕竟他还年轻，野心勃勃想要做出一番事业，想到这一点并不难。”

神父的眉头皱得更深了，他用一根手指来回捻着嘴唇：“范·布雷尔一定十分小心，他不会允许自己在这个过程中出现任何差错，不然他仅剩的几项特权也会不保。”

我捂住双眼，做了个深呼吸，这才意识到自己被愚弄了。我已经无法对男爵提出控诉，如果被判有罪的话，一切就都完了。

“他们从外面请了个所谓的独立法官，只不过是想为自己的决定打掩护罢了，”我苦涩地说，“这样，他们就只是在采纳独立法官的意见而已。”

“即使这样，最终的判决还是得由林布里赫特的法庭来下达，责任也是由他们承担。这一切于利希那边都会知道，如果在没有供词的情况下判你有罪，上级法院是不会放过他们的。”

“也许他们只是在拖时间，等着我主动放弃。”

“如果再把你关上一阵子，不满的情绪会在村民间爆发，那于利希公国的法庭就会下命令要求尽快出判决结果。你只能再耐心等上一小会，恩特根，很快就能结束了，你绝不能放弃希望。”

“希望”——在这地牢里关了三个月后，“希望”一词对我来说已经丧失了它所有的意义，它就像我手里攥着的一块破布，褪了色，也碎成了片。

“如果最后我真的上了火刑柱，”我平静地说，“我想把农场留给女儿。”

哈尔巴赫神父羞愧地看着我：“每当女巫和异教徒被判为死刑，他们的家产都会划拨给教会，教会很有可能会把得来的土地分给一个佃农。犯人其他的财产则会交给法庭，作为他们审讯工作的补偿。”

我看着他，他的话让我感到不寒而栗。

“要我说，这真不应该是天主教徒会做的事。”他嘟哝道。

二月的气候寒冷而又干燥，我已经开始早起修剪苹果树和梨树的树枝了，包括格蕾琴出生时种下的那棵苹果树。我和格蕾琴约定好，等到她的孩子再过两个月出生时，也要种下一棵树，就栽在她的树旁边。

午饭过后，我出去散步，沿着路往群山的方向走去。我披了件羊毛披肩，免得我脖子和肩膀受凉，空气中充斥着冰冷的湿气，太阳也只是低低地悬在地平线上方，无精打采的，久久不能驱散飘浮在空中的雾气。一些地面上还覆盖着一层薄薄的积雪，那是几天前下雪时留下的，还没化干净。我在地上没找到鼹鼠挖洞时留下的小土堆，这说明冬天还远没有过去，寒冷的日子还在后头。青蛙都钻进了土里，地上也见不到老鼠和兔子，由于缺少猎物，苍鹭因饥饿而倒下，秃鹰正在啃食它们的尸体。

厚厚的灰色云层遮蔽了天空，我在大地上的每一次呼吸都能感受到潮湿的气味，莫名的悲伤自我心底钻出，无处安放。

我回到农场时已经快五点了，最后一缕斜阳就要逝去，从窗户能看到屋内油灯的灯影闪烁，我的心突然开始剧烈地跳动。

格蕾琴正坐在窗边的椅子上，屋里很冷，壁炉里的火几乎就快要熄灭。我戳了戳木柴让火烧得更旺些，然后注意到她已经哭红了鼻子和双眼。

“我不能邀请你去他们家，”她哭哭啼啼地说道，“他们不让我这么做。”

“是吗？”她的声音听起来很急躁，我插不上太多话。“他们也不让我经常来看你。”听完她的话，我没好气地哼了一声。

“但是如果你以后每周日都去教堂的话，情况就不一样了。”她的语气里带着询问。

“我没有任何理由再去那个地方。一开始他们在全村人面前羞辱了你，现在只是多了个男人在你身边，一切就理所应当地好起来了。”

“但我去那个地方是真心的，那可是上帝的殿堂，上帝可是拯救我们的人。”

我无视了她虔诚的说辞：“等男方家觉得合适的时候，你再来就行。你需要我的时候，我永远都会守候在你的身旁。”

格蕾琴过几天要来看我，这是尼尔告诉我的。

我早已料到。以我对格蕾琴的了解，我知道以她委曲求全的性格，她会努力做到既不惹怒她的公婆，也尽量不让我失望。我更在乎的是她竟突然之间对上帝如此虔诚，上次她明明在全村人面前被指责为毒蛇，她肚子里的孩子也被称作毒蛇的后代。那次礼拜仪式后我观察她的神情，我能看出她听信了牧师的话，那些关于人性罪恶的言论已经深入了她的内心。这也得益于我的母亲提前帮她做好了思想工作，才让牧师能够如此轻易地对她灌输那些概念。他们已经成功地驯化了格蕾琴。

她来看我的次数的确越来越少，有时甚至两个月都没回来过一次。尼尔有时会上门拜访，她会坐在我身边陪着我做些手工，或是帮我打理果园。诺尔有时也会来我家，他会帮我修好大门或是修补裂了缝的木头，但我们从来都没有过肢体接触。除了这些时间之外，只剩我一个人，做着自己的工作，养好自己的动物。格蕾琴的苹果树就长在菜园旁边，在那里，她的气息最为强烈。如果我愿意的话，我可以躺在那棵苹果树下，把手指按在泥土里，想象自己正在抚摸她的脸颊，或是亲吻她的头顶。后来，格蕾琴的孩子出生了，是个女孩，脸蛋胖乎乎的，金黄色的头发像蛛丝一样纤细。我在格蕾琴的树旁边种下了第二棵苹果树。

我的女儿终于还是来看我了，她陪着我在菜园里忙活，我们聊到她的女儿是怎么牙牙学语，然后开怀大笑。她经常给我带些胡萝卜、洋葱或甘蓝菜，这些都是从她自己的菜园里摘的。

有那么几个瞬间，她的视线停留在我的身上，正是从那双眼里，我看到了她对我的爱，经年累月，从未消退分毫。我不会失去她，后来的日子里，我也没有失去过她。她没有为信仰疏远我，也没有因为婚后的生活抛弃我，她就这么找到了一个方式能够同时信仰耶稣，孝顺母亲，又让公婆满意。

我能看出来她并没有让自己受委屈，或许她笑起来没有以前那么大大咧咧了，她的举止也更加端庄，说话也更加谨慎，就像有一张看不见的网正拘束着她，不过她总能在生命中找到乐趣所在。我敢肯定，当时机成熟，她会以自己的方式挣脱那张无形的网，获得自由。

我们向下一代传承的过程并不是畅通无阻的，而是曲折中带着坎坷，坎坷中又有跳跃；直到有一天，我们的后代突然展现出了和我们相似的特质。我祖母之于我，我母亲之于我女儿，都是如此。我们会不可避免地在后代身上留下自己的印记，我们只能接受它。

1655 年，尼古拉斯·范·布雷尔逝世，他的遗体在那个春天葬于圣萨尔维乌斯教堂的地下墓室，墓上还立了个碑。这个男人谋杀了我的丈夫，指使了——至少也是默认了牧师去当众排斥我的女儿，而往后的日子，他将长眠在那个地下墓室。我对自己发誓，我以后绝不会踏进那个教堂半步。

他的儿子赫尔曼·温南德在城堡后面建了自己的小教堂，那个小教堂于 1666 年建成，在那之后，人们就几乎没有在圣萨尔维乌斯教堂见过他了。他深居简出，既没有娶妻，膝下也无儿女，他不受人爱戴，成天担惊受怕。他的父亲曾在城堡里离群索居了一段时间以躲避愤怒的人群，他现在不过是照做而已。

秋风肃杀，日渐萧瑟的丛林哗哗作响，枯黄斑驳的落叶堆积在城堡的墙根，寒气自大地上蒸腾而出，渗进了我的骨头，让它变得冰冷而又僵硬，似乎随时都会像干枯的树枝般断裂。雨点自天空淅淅沥沥地落下，它们敲打着地牢的窗户，或是掉落进护城河里，或是渗进湿润的泥土里。

地牢里已经好几天没有出现田鼠了，它一定是去了厨房里。我守着他们送来的食物，一次只吃一点点。我的手腕和脚踝瘦得跟扫帚的柄似的，头发看起来就像老鼠的毛发般杂乱、稀疏。我脆弱到无法好好生存，却又不至轻易死亡。

我不再通过摆弄稻草来数日子，时间对我而言已经不复存在，空间于我而言也不再重要，我在脑海中画出一个圈，那里就是我的小世界。

牢房的门开了，休伯特走了进来，低声说道："你的女儿要见你。"听到这话，我坐直了身子。

"她让我转告你，她爱你，还会为你祈祷，还提到了一些跟树有关的事情。"

"关于树的事情，她说什么了？"

"她说她，还有她女儿的女儿，都在吃那些苹果树上结出来的苹果。"说完，休伯特站起身，蹑手蹑脚地走出了门外。

我试图站起身，虽然腿脚不太稳，但我还是做到了。站起来后，我有些头晕，过了好一会，我眼前的黑斑才消失，但头仍有些隐隐作痛，胃也饿得有些抽筋。

我光脚踩在稻草上，一步一步地走着。我的呼吸和心跳渐渐顺应了步伐，而我满脑子想着的，都是我的女儿。不知不觉间，我露出了微笑。

雅可比医生满面愁容地看着我，我看起来一定不太好。当他触碰我时，我闭上双眼，就在那个瞬间，我仿佛又触碰到了雅各布的双手，又体会到了他吻我之前嘴唇痒痒的感觉，又感受到了他在我皮肤上呼出的温暖气息，这一切仿佛都穿过遥远的时光到达了我的身边。

雅各布之后，我的心里再也没有装下过第二个男人，他一直都是我的唯一。

一个人若不再拥抱他人，也不会失去肌肤的触觉。我的面部有所衰老，听力和味觉也不如从前，我所有的器官都在退化，却唯独肌肤上的触觉会变得更加敏感——唯一留存的功能却并非必需，这对人类来说未免太过残忍。

· 27 ·

不同于这城堡里的恶魔对我进行的虚伪审判，雅各布的去世和格蕾琴的离家对我来说才是真正的磨难。失去亲人之后，留下的并不是空虚，而是渐浓的爱意，那股被压抑的爱意放着灼热的光芒，灼伤了所有试图靠近的人。你会害怕这样的爱，因为这样的爱会伤害到你。

我的晚年在离群索居中度过，却也没有觉得不开心。人们不应该把我视作可怜的局外人，这是我自己的选择。

孤独是一种异于寻常的美，它有一种奇妙的魔力，能够引领你深入自己的内在，让你平静而又和谐地探索自己的内心世界。当然，要做到这点，你必须学会面对自己的不完美，坦然接受自身的不足；若是能够做到这点，你就能够对自己敞开心扉，而不是像很多外人一样被自己心底的秘密花园拒之门外。尽管去探索吧，哪怕迷失在自己的内心也没有关系，去寻找那些五颜六色的明媚花朵，去寻找污泥遍布的沼泽地，去欣赏那些跃出水面的鱼儿，也要提防那些蜿蜒扭曲的毒蛇。

我不需要怜悯。

假以时日，我会主动去寻找光明，但是我内心的一角依然会保有黑暗的底色，我珍惜这份黑暗，因为我无法容忍我的灵魂中只有纯粹的善和光明。雅各布值得我对他如此沉痛的哀悼，毕竟他的存在在我的生命中来说是不可忽视的，他的生和他的死都对我的生活产生了翻天覆地的影响。格蕾琴的离家也在我内心留下了一处难以填补的空洞，但她值得。

我将光明置于黑暗之上，但这就像让油脂漂浮在水面上，两者永远都无法融合——光明并不会因此变得黯淡，黑暗也不会就此绽放出光芒，它们永远并肩而行，却又相互排斥。

半梦半醒间，我脑海中浮现出许多久远的回忆，它们就像是贴在我的眼前，虽略有褪色，却仍清晰可辨。我仔细观察着这一幅幅图景，倾听着记忆中的声音，有的画面一闪而过，有的画面驻足不前，无数走马灯般的景象交叠、相融在一起，使我感到既熟悉又陌生。

我梦到了我的弟弟妹妹们出生时的模样，我把他们包裹在襁褓里，但那襁褓先是变成了受洗仪式时的长袍，而后又变成了裹尸布；我梦到了格蕾琴正在我旁边帮忙打理菜园，从地里拔出了一个南瓜般大小的洋葱；我梦到雅各布生气了，我摸了摸他的后背，他就在我的面前碎成了一摊粉末；我梦到我和诺尔正在接吻，他宽厚的双手缠绕在我的腰间，而下一秒，他就回到了人群之中，脸上写满了羞愧和内疚，就和雅各布刚因谋杀而去世时的表情一模一样。

我从沉睡中醒来，睁开了双眼，意识慢慢恢复了清醒，突然间，我明白了一切。尼古拉斯·范·布雷尔放过了诺尔这个真正的起义领袖，作为交换，诺尔答应不会再领导新的叛乱，这也能说明为什么诺尔不再组织新的集会。雅各布就这样成为了他们口中的起义领袖，被偷偷处决后用于杀鸡儆猴。

而现在，很明显我不太容易被安上罪名，于是他们就又想起了诺尔。

赫尔曼·温南德·范·布雷尔一定知道诺尔曾在多年前和自己的父亲达成了一桩交易，于是他再次逼着诺尔——整个林布里赫特和艾尼格豪森最富有的农民——作了那个关于马匹离奇死亡的证词，以此来控诉我。如果诺尔不从，他就会把诺尔和男爵的那项交易公之于众。

赫尔曼·温南德想要替他的父亲完成复仇，人人都知道雅各布的妻子是男爵最坚定的批评者，因此，我在他们眼中也就成为了反叛的代表，是必须除掉的对象。我的女儿也因此遭受排挤，教会一旦找到机会就会将她驱逐出教徒群体，哪怕距离上次起义已经过去了二十四年，我仍落到了如今这步田地。一切都因为我心直口快，而这恰恰是一名女性被指控为女巫的最充分的理由。

我一直以来都看错诺尔了，他在关键时刻会出卖别人来保全自身，一开始是雅各布，现在轮到我了。他当时能够从欲火中脱身，没有和我做爱，并不是因为他重视自己的妻子，而是对雅各布的死心怀愧疚。

在那些关键时刻，诺尔并没有展示出他的力量，真正展示了力量的是雅各布。雅各布为他的家庭和他所生活的村庄而战，虽然害怕到双膝发软，但他仍怀着无私的精神，鼓起勇气冲到了前线。但那段时间里，我一直没能意识到蕴含在他体内的能量——那才是真正的勇气。

日光慢慢变得黯淡，每一分每一秒都被黑暗所吞噬。天空中一定挂着美丽的斜阳，才能将牢里染得一片鲜红，但片刻过后，这地牢便连同大地迅速隐入了黑夜之中。

我已垂垂老矣，不再会对死亡心生恐惧。死亡就潜藏在我的身边，和我形影不离，有时，我甚至觉得它比起鲜活的生命更令我感到亲切，对我更具有吸引力。我不害怕死亡，我害怕的是谎言、诽谤，还有那些空穴来风的中伤和人们的不公不义。如果我升上天堂时被谎言的迷雾所裹挟，那我的心灵该如何归于平静？如果我的身体因为诬告而受到玷污，我又该以什么样的姿态活在这世界上？

只要人还活着，就不可能得到解脱，而作为将死之人，我发现死亡也无法使人真正解脱。

最后映入我眼帘的是几双腿。

昏黄的灯光下，我假装正在熟睡，三个男人急急忙忙从牢房门口挤进来，一共有三双腿、六只脚立在我的面前。守卫手中的油灯正噼噼啪啪地溅着火星，他们蹲下身，我睁开眼，却看不清他们的脸。

这无关羞耻心，也无关虚荣心，甚至无关后世会如何评价我。谁会写下我的故事呢？林布里赫特的人只会做让他们开心的事，他们向来如此。

但这事关正义，作恶多端的人必须受到惩罚，清白无辜的人不该蒙冤受苦。我不会就量刑和赎罪方式发表意见，那不是我熟悉的领域。我不喜欢越俎代庖，如果我发现一件事情不适合我，我会果断放弃。

这还事关真相，谎言必须得到清除，真相必将得到昭告，任何罪恶都无法再隐匿于黑暗之中。只有真相足够清晰，足够令人尊重时，它才能为人们带来仁慈与自由。

一个人抓住我的双腿，另一个人把我的胳膊举过头顶，按在地面上。我尖叫着呼唤守卫，然后呼喊休伯特的名字，哪怕我知道他晚上从来不在这里值班。我扭动着身体，将双脚翻过来，用脚趾努力地抓着地面。

一双手扼住了我的咽喉，我的尖叫声归于沉寂，只能感受到大拇指死死地挤压着我的气管。

我无法思考，但无数个画面正从我脑海中快速地闪过，我无法辨认那些画面，只能任由它们浮现在我的眼前，越靠越近。

我感觉自己摔进了深渊，沉入了黑暗，消散在了无尽的虚空当中。

我走到雅各布的身边，他牵起我的手，我终于感受到了他掌心的温暖。我们依偎在一起，沿着路走着。我们踩在放牧人走过的小道上，走过路边的田野，终于到达了还未被人类染指的荒原。我看着雅各布的脸庞，心情愉悦，他也对我笑笑，指着远处的大地。我朝着他手指的方向看去，白色的茉莉花正在那里盛开。

· 28 ·

"今日，即公元 1674 年 10 月 10 日，我们终于要对此案下达最终的判决，"赫尔曼·塔肯在法庭上高声宣布，"囚犯恩特根·路易顿，同时也是雅各布·博文迪尔特的遗孀，已于 1674 年 10 月 8 日晚死于林布里赫特城堡的地牢中。她在狱中上吊，用于上吊的物件是一件蓝色的棉衣，人们发现她时，她已经失去了生命体征。根据尼古拉斯·海尔格斯的报告，法庭可以确认她是自杀。"

"阁下。"哈尔巴赫神父请求发言。"请说。"塔肯答复。

"1674 年 10 月 9 日，马蒂亚斯·雅可比医生和卡斯帕·林森斯医生从锡塔德前来为死者验了尸，并出具了验尸报告，他们总结出的死因和海尔格斯的完全不同。根据检查结果，他们发现恩特根·路易顿的喉咙受到了强烈挤压，这在自缢的情况中是不可能出现的。因此，他们在报告中记录的死因是'勒杀'。另外，我们也在死者的右脚脚趾下方发现了擦伤和血迹，这也证明了死者在生前的最后时刻有过奋力挣扎。"

"但是尼古拉斯·海尔格斯是一位独立的法律专家……"

“阁下，还有一件事，请允许我指出——”哈尔巴赫继续说道，“这份调查报告显示，执法官约翰·菲尔伦斯霍兹，市政官阿诺德·施米茨、威廉·威伦德和戈达特·哈登都在上面签了名，难道他们都亲临了验尸现场吗？”

“审阅这份报告的是尼古拉斯·海尔格斯，他认为恩特根·路易顿的上吊是自杀，而法庭只是根据他的意见作出了判断。死者很有可能是受了强烈罪恶感的驱使而做出的这一行为，她可能是出于懊悔，也可能是撒旦本人控制了她，把她吊在了空中。无论是哪种情况，法庭都决定将这一结果判定为畏罪自杀。”

“阁下……”哈尔巴赫又想开口。

塔肯举起了手中的小木槌。

“我在此宣布，恩特根·路易顿于死后犯有施行巫术之罪，法庭决定将按照惯例处理本案中的遗体。既然恶魔的魂灵潜伏在她死去的肉体中，那我们必须将这具遗体移送到远离上帝庇佑的蛮荒之地，然后将其深埋在那片不洁的泥土之下。剥皮匠会用马把尸体拖到郊外的刑场，把她葬在那里，然后再用土填平埋尸的坑，最后再用耙弄乱地面，以确保没人能够寻到她的尸体。”

哈尔巴赫神父跌坐在椅子上。

“死者所有的财产都会充公，以补偿法庭在整场审讯过程中付出的成本。”

对着面前的长桌，赫尔曼·塔肯将手中的小木槌重重地敲下。

· 说明 ·

恩特根·路易顿的法庭档案直到今天都保存完好，档案中不仅记录了审讯带来的影响，也记录了由马蒂亚斯·雅可比和卡斯帕·林森斯出具的验尸报告，他们在这份报告中声明，唯一的结论只可能是“这名女性是被勒死的”。

这份档案同样披露了被法庭收缴及售卖的恩特根·路易顿的财产明细，其中没有任何物品是在当时被普遍认为与女巫有关联的。记录在文件中的财产有：一头黑色奶牛、一头棕色奶牛、两头猪、一只大兔子、一只小兔子、一个装草药的箱子、一个切姜丝的厨房用具、一柄小斧子，还有六只鸡——文件上，“六只鸡”的后面还加上了个括号，括号里写着“归塔肯所有”。

一次审讯中，恩特根本人称她自己是八十一岁或八十二岁，不过就实际情况而言，她不太可能于 1592 年或 1593 年那么早的时候出生。她其他几个弟弟妹妹的受洗时间都有明确记录，分别为 1613 年、1615 年和 1623 年，她母亲生下第一个孩子和最后一个孩子的时间跨度不可能有超过三十年这么大。当地的受洗记录最早只能追溯到 1608 年，所以恩特根的受洗时间一定早于 1608 年，而且在那个年代，人们记不住自己准确的年龄也是常有的事。我在文中将恩特根的年龄定为 74 岁是为了使故事更加合理。

埋葬着恩特根·路易顿的林布里赫特刑场，如今位于菲尔德库勒，毗邻着艾尼格豪森的一座名为“伯格韦格 17”的城镇。

赫尔曼·温南德·范·布雷尔逝世于 1678 年，和他父亲一样埋葬在圣萨尔维乌斯教堂的地下墓地，他的坟上也立了个碑。赫尔曼·温南德死后，他的妹妹伊丽莎白在地下墓室的入口立了个纪念碑，同时接管了林布里赫特，直到她于 1706 年去世。据历史记载，伊丽莎白对林布里赫特和艾尼格豪森的人民非常友善，对待老人和病患更是照顾有加。当法国国王路易十四在锡塔德烧杀掳掠时，她也为锡塔德的修女们提供了庇护。1706 年伊丽莎白去世后，林布里赫特城堡就落入了弗朗斯·尼古拉斯·范·本廷克男爵手中，他同时也是霍尔特姆的领主。范·布雷尔家族就此消亡。

林布里赫特和艾尼格豪森在 1794 年的“法国统治时期”到来之前，的确是独立自治的城邦，只在名义上对德国皇帝负责，但是在经历了两次围攻后，当地的贵族们已经无力再靠他们自己维持这两座城邦的独立。在这种情况下，两座城邦受到了于利希公国日渐明显的控制，于利希公国境内的锡塔德更是在不断地施加自己的影响。

二十世纪末，人们开始了修复林布里赫特城堡和圣萨尔维乌斯教堂的工作，一直到 1984 年才完成。直到 1922 年以前，圣萨尔维乌斯教堂一直是当地村民进行礼拜仪式的地方。现如今，该城堡和教堂已划归“林布里赫特城堡基金会”所有。在城堡内部，恩特根受到审判的大厅和关押她的地牢都得到了保留，只有在重大场合才会向公众开放。圭多·科尔滕是基金会里的一名历史学家，他很慷慨地允许我和另一位名叫卡琳·本特的灵媒前往城堡进行实地探访。而城堡外墙内的空地上则开了一家名叫“城堡庄园”高级酒店，许多人将自己的结婚地点选在这个地方。酒店的所有者是伊戈尔夫妇，在他们的同意下，我得以在酒店里举办了该书的签售发布会。在此对他们致以诚挚的感谢。

历史学家J·J·德威特曾研究过法庭档案，并将他对档案的解读和翻译写进了《林布里赫特的出版物》这本书中，该书于1903年出版。2015年，玛戈·梅杰特恩斯在为锡塔德－赫伦地区汇编《锡塔德档案》时，根据法庭档案整理了新的打印本。

我要感谢我的编辑雅斯佩尔·亨德森，我的导师托马斯·威赫特，马里恩·波夫和埃斯梅·维克，他们对本书提供了许多宝贵的专业意见。我同样要感谢路易顿家族的后代——彼特·路易顿，他追溯自己的宗谱，然后发现了恩特根·路易顿是自己的祖先，同时也找到了恩特根父母及祖父母的相关信息。为表感谢，我将本书发行后的第一本样本赠予了他。恩特根·路易顿的故事本来就要消失在历史的长河当中，但是到了1993年，在纪念锡塔德750周年的纪念日上，一出描写该审判的戏剧在林布里赫特城堡墙内的空地上上演。该戏剧用林堡方言写成，作者是已故的赫尔曼·沃吉勒，他生前是林布里赫特的居民。

1999 年，艾尼格豪森的一条街道被命名为“恩特根”。

年表

1599（存疑）：恩特根·路易顿出生于卢达德。

1619：尼古拉斯·范·布雷尔成为林布里赫特领主。

1630：路易顿一家从卢达德搬到林布里赫特。同年，林布里赫特城堡建成。

1630—1632：于利希的公爵对林布里赫特城堡发起多次进攻。

1631：恩特根与雅各布·博文迪尔特成婚。

1632（存疑）：恩特根的女儿格蕾琴出生。

1640：恩特根的父亲皮斯肯·路易顿去世。

1648：恩特根诅咒了戈尔滕·范·诺伊斯的谣言出现。

同年，八十年战争（即荷兰独立战争）结束，但这没有影响到马斯特里赫特和布拉班特之间的地区，《明斯特》和约中没有对这片领土做出安排，由此导致了许多势力在此角逐，外国军队也进入了这片地区。

1650 年 4 月 20 日：于利希的公爵首次尝试接管林布里赫特城堡。

1650 年 10 月 19 日：于利希的公爵第二次尝试接管林布里赫特城堡。

1650：雅各布·博文迪尔特以叛国罪被捕，于城堡中死去。

1655：尼古拉斯·范·布雷尔去世，同年 3 月 2 日葬于圣萨尔维乌斯教堂的地下墓室。

同年，赫尔曼·温南德·范·布雷尔成为林布里赫特领主，终生未婚。

1656：赫尔曼·温南德·范·布雷尔被迫放弃了林布里赫特领主的名号，但仍作为贵族拥有城堡。

1658：恩特根诅咒了艾丽丝·布鲁格的谣言出现。

1661：分治条约将尼德兰共和国与荷兰南部分为了两个地区，后者由西班牙统辖。

1664：尼古拉斯·范·布雷尔的遗孀玛丽亚·范·埃纳滕去世。

1665：林布里赫特仍保有自治地位，但实际上受到公爵的控制，只剩下很少的实权。

1668：恩特根以诽谤罪起诉了齐泽恩·布鲁格。

1669：恩特根撤回了对于齐泽恩·布鲁格的指控。

1674：恩特根于7月10日被逮捕，于10月9日去世。

1678：赫尔曼·温南德·范·布雷尔去世，同年2月9日葬于圣萨尔维乌斯教堂的地下墓室。

恩特根·路易顿受审时间线

（1674年）

7月10日：被逮捕。

7月21日：由赫尔曼·塔肯主持了首场审讯。

7月—8月：收集证词。

8月4日：法庭起草了31项指控，并由赫尔曼·塔肯主持了公开审讯。

9月10日：法庭委派了独立法律专家尼古拉斯·海尔格斯。

9月：恩特根签署声明，表示不会起诉赫尔曼·温南德·范·布雷尔。

10月3日：由尼古拉斯·海尔格斯主持了一场审讯。

10月9日：恩特根被发现死于狱中，法庭起草验尸报告。

10月10日：尼古拉斯·海尔格斯公布了死亡原因，法庭宣布恩特根犯有施行巫术的罪名。

10月10日—11日：恩特根的遗体下葬，其财产被瓜分。

·后记·

当我还是个孩子时，我觉得“女巫”一词包含着勇敢和无畏的含义，它意味着独立、强大和自由，也散发出一种不惧尝试、随心所欲的魅力。为此，我还将自己于 2001 年出版的第一本书命名为“Heks”，这是荷兰语中“女巫”的说法。在那本书中，我描述了自己是如何用一年的时间理解了“巫术”的含义——我更愿意将其称之为“古老的宗教”，它起源于基督诞生之前的欧洲，以自然为基础，宣扬爱与和平。除此之外，我也描述了为何我会选择成为一名“女巫”。二十年过去了，那本书至今仍在不停地重印、出售，我每周也会收到读者向我发来的疑问，尤其是年轻女性的提问。我曾天真地以为，我只要写本书说说女巫的好话，就能去除这个词语中所有的负面含义，从而为女巫正名。然而，当我自称是“现代社会中的女巫”时，人们还是会不由得皱起眉头。我低估了基督教会数个世纪以来对女巫的妖魔化，我经常将其称作“有史以来最成功的诽谤运动”。时至今日，“女巫”一词依然会引起人们内心深处的恐惧。

历史上有很多女性都曾被指认为女巫，但通常来讲，她们都不会是。那些女性会根据农作季节的循环庆祝一年之中的节日，还会敬拜一位非基督教的女神，通常这位女神会和一名主神一起，代表着自然造物的神圣法则。而经过历史的演变，许多异端行为与异教信仰在当时都已成为了基督文化的一部分——根据自然交替而诞生的节日变成了基督教的节日，大自然中充满神性光辉的场所变成了一个个天主教堂。关于草药治病的知识和月亮的阴晴圆缺对作物影响的知识仍然代代相传，不过知识本身通常不会成为迫害女巫的理由，这另有原因。

着眼于记载了女巫审判的官方文件，我们可以看到几个字眼反反复复地出现：有嫌疑的被告者要么“尖酸刻薄”，要么“口无遮拦”。被打上女巫标签的女性大多心直口快，她们通常单身或是寡居，年龄较大，性格执拗，面对当地的牧师和自己的丈夫时也并不温顺，她们还拥有足够的能力照顾好自己——这样的女性就成了人们口中“有问题的女人”。

所谓的女巫都比较强势，她们不甘于受到支配和限制；在父权思想当道的社会，她们不愿温顺地屈从于男性；在基督教会统治的年代，她们的思想更加自由，性观念也更加开放。换句话说，她们用思想和行动否定了当时的体制，拒绝参与其中，转而开拓出了一条自己的路。

从根本上来说，女巫们算得上是最早的女性主义者，而对女巫的迫害则属于残暴、扭曲的厌女行为，它是对女性发起的战争，是一场针对女性的屠杀，而这场屠杀延续了数个世纪。这不仅仅是迫害女巫，这是在迫害全体女性。

在男权统治的社会里，恩特根·路易顿完美诠释了女性的顽强和坚韧。她经历了严刑和饥饿的折磨，忍受了漫长禁闭时的孤独，还蒙受了减刑的欺骗，却始终没有出卖任何人，也没有认下那些不实的罪名。没有人能够摧毁她的意志。她忠于事实，直到1674年10月8日的那个晚上——那晚，懦弱的伪君子们对她进行了无耻的谋杀，而她直到生命的最后一刻，都做到了无愧于心。在我看来，她的一生就是“尊严”一词最好的注脚。

无论是着眼欧洲还是放眼全世界，无论是过去还是现在，对女性的压迫都植根于宗教，并且受到宗教力量的驱使。基督教的发展壮大也不是一夜之间的事情。

旧日的宗教（基督教出现之前的其他宗教）直到基督教出现之后依然存在，并且它们共同存在了好些个世纪。普通人在当时很难接触到基督教，因为在一开始，只有受过良好教育的阶层群体才会信奉基督。

直到某个时刻，日益强大的教会开始将任何不信奉基督教的人打为异端，以强硬的方式将平民百姓拢为教徒。在很长一段时间里，巫术都是合法的（甚至在教会的支持下出版了几本关于巫术的书籍），而法术却是被禁止的。这两者有什么区别呢？区别就在于施行者的性别：男人施巫术，女人施法术。欧洲地区有很多根植于当地文化的仪式和节庆，这些仪式和节庆很难随着岁月的冲刷而消失，大多数情况下，它们都演变成了基督教的节日。人们经常在山丘上和喷泉边敬拜女神，那基督徒们就在这些地方修建教堂，并在教堂里供奉圣女玛利亚。任何无法转变为基督教节日的传统则都遭到了摧毁。这些旧日的宗教后来都被迫转入了地下，成为了人们口中的异端邪说。

1211 年，基督教会决定禁止民间的异端习俗，宗教裁判所应运而生，罗马天主法庭授命追查、惩戒不信教者和异教徒（这和后来的西班牙天主教法庭有所区别）。该宗教裁判所受教宗诺森三世监督，历届教皇都允许法庭严刑拷打嫌疑人，直到他们认罪为止。此后，便出现了越来越多严厉的刑罚，包括吊刑和火刑，而且不管是何种形式的传统巫术仪式，都会被视作异端。

1486 年，在教宗诺森八世的委托下，多米尼加修士海因里希·克拉玛和多米尼加牧师雅各布斯·司布伦格撰写了《女巫之锤》。此后，每一个法官的案前都会摆放这么一本书，成千上万的人因这本书而被定罪，这本书也开启了狩猎女巫的热潮，并将这场歇斯底里的猎巫运动持续推向了更多的地方，伤及了更多无辜的民众。这场纯粹的妖魔化行动针对的不仅仅是女巫，它污名化了所有再普通不过的女性。这本书的作者宣称，如果女人的邪恶不复存在，那么“哪怕我们这个世界上依旧有女巫存在，我们也能免遭许多危险”；本书还宣称“助产婆对天主教的伤害最大”“女人始终摆脱不了幼稚”“女人的欺骗性是与生俱来的，她们看似甜蜜诱人，实则狡诈危险”，还有——“一个懂得独立思考的女人必然坏事做尽”。

因为自身的弱小和贪得无厌的性欲，女人顺理成章地成为了恶魔最容易俘获的受害者。

据说，女人们会欣然地和出现在她们梦中的恶魔大汗淋漓地云雨一番，自此之后，她们就变成了女巫。《女巫之锤》中记载了如何辨别女巫（观察女性身上那些女巫特有的标记），记载了如何揭发女巫（用浸水测试和针头测试），记载了如何让她们认罪（各种折磨方法），还记载了为何必须要处死女巫（焚烧她的尸体，才能净化她的灵魂）。

在教皇的监督之下，宗教法庭审讯那些被怀疑施行了巫术的嫌疑人。宗教法庭遵循的是“审问式的法律”，这和其他世俗法庭遵循的“控诉式的法律”有根本的不同。在世俗法庭中，每一方都有平等的权利，并且都可以传唤证人，所有的证据都要呈交法庭，严刑逼供也是不被允许的。而当嫌疑人的罪名是施行巫术时，一切都会走向失控。一旦审讯开始，法庭只会容许对嫌疑人的单方面抱怨，如果有人声称自己看到了某些“超自然现象”，也不需要提交任何证据。被告人一方却不能传唤任何证人，几乎没有权利，也会受到严刑逼供。不仅如此，在这样的审讯中，法官也毫无公正可言，除了宣布判决外，他们还负责发起指控、查明事实和提出证据。

一场女巫审判往往是由执法官发起的，执法官会从市政官那边取得批准以执行逮捕，而执法官之所以发起审判通常是因为检察官的授意。在恩特根·路易顿的案子中，检察官是赫尔曼·塔肯，执法官是约翰·菲尔伦斯霍兹，而约翰·菲尔伦斯霍兹是由赫尔曼·温南德·范·布雷尔男爵任命的（男爵也有权解雇他）。

只有在被告人受到监禁之后，证人的证词才会被记录在案，这些证词就成为了被告人的犯罪事实。在审讯过程中，法庭人员会记录下被告人的回答，但到了最后，依旧是由市政官来决定哪些回答可以留在文件中，而哪些回答需要删去。酷刑只能使用一次，多多少少都是为了强迫被告人认罪。无论是审讯过程还是施刑过程，至少都需要两名市政官、一名记录员和一名医生在场。在没有供词的情况下，法庭不能给被告人定罪。

这样看来，恩特根是不应该受到惩罚的，因为她从没有承认过那些指控。如果被告人没有认罪，法庭就不能对其再次用刑；如果被告人在受刑过程中认了罪，那她们还需要在二十四小时内在认罪书上签字承认；如果被告人撤销了自己的认罪申明，那法庭可以对她们再次用刑。所有女巫受到处决之后，法庭会没收她们的财产并进行公开售卖，以补偿审讯过程的成本。所有没有卖掉的东西会留给统治者，在恩特根的案子中，这些东西都留给了赫尔曼·温南德·范·布雷尔男爵。

人们经常误认为猎巫运动是从中世纪才开始的。事实上，自文艺复兴时期的1450年起，就有女巫受到处决，这种现象在1550年至 1650 年间尤甚。在十四世纪，人们对异端赶尽杀绝（我指的是那种活跃在明处的非基督教）。1375 年，一个法国宗教裁判所的法官抱怨说所有重要的异教徒都已被执行了死刑，他写道："真是太可悲了，我们这般神圣的场所竟然无法确定自己的未来。"约翰教皇二十二世也同意这位法官的意见，他授权颁布了一项命令，允许宗教法庭检举任何有异端行为的人。很快，这些裁判所的法官们就发现异端人士简直无处不在。

到了 1550 至 1650 年间，社会上又流行起了对女巫的迫害，这一现象再一次大规模出现和当时的宗教改革运动以及随之而来的宗教纷争离不开关系。在当时的社会背景下，清教的发展受到了压制，前基督教时期的那些异教残党也受到了驱逐，平民百姓感到恐惧，只能保持沉默，天主教的力量空前强大。另外，对于那些体面的男医生来说，那些助产婆和只会用草药治病的女人成为了他们的眼中钉，毕竟他们自己学的是最前沿的医学，用的是放血疗法。最后一点，指控女巫也成为了很多男人的借口，让他们可以摆脱自己的妻子、情人或者是强奸和未婚先孕的受害者。

据估计，受到处决的女巫数量在 5 万至 10 万之间，这还不包括在审讯期间因酷刑折磨和恶劣的生存环境而死去的人数。受到施行巫术指控的人，有百分之八十为女性，最终定罪的人中，有百分之八十五为女性。时至今日，罗马教廷依旧没有为猎巫运动道歉。在 2000 年的春天，约翰·保罗教皇二世曾为罗马教廷在过去所犯下的大规模的暴行做出了辩解，其中自然也包括那些针对女性的暴行，他表示“今天的教会不应该为当时的教会负责”。他的言论没有为宗教法庭持续数个世纪的骇人听闻的行为道歉，哪怕宗教法庭在当时也是执行罗马教廷这个最高权力的命令。

猎巫运动破坏了女性间的团结，而女性的团结恰恰是能够打破现状的强大力量。宗教法庭会挑选出那些最口无遮拦的女性或是那些在生活上没那么贞洁或虔诚的女性，将她们推到公众面前进行审判，从而阐明他们的观点——作为一个女性，最好保持低调。

一名女性很难对其他的女性保持忠诚，因为法庭会对她们进行严刑拷打，逼她们指认其他参加了午夜集会的女性。法庭向她们承诺，只要她们指认了其他女性，就可以减少用刑，并且在被绑上火刑柱上后，可以在火焰吞噬她们之前先使用勒死的方式让她们解脱。对于一群女性来说，要组成自己的圈子也是很困难的，如果一个群体中只有女性，那人们很有可能会将她们看作是抱团的女巫。

在猎巫运动进行到高潮时，荷兰、法国和德国的贝居安会的特殊地位都被取缔。贝居安会的成员（她们不是修女，没有丈夫，但也不是寡妇）居住在只有女性的社群中，以此避开男性权威。

由此，中世纪的女性亚文化群、女性圈层和女性社区走向了灭亡。我有时会想，女性对其他同性的不信任依然会部分地留在我们的潜意识中，但随着对女巫形象的重新认识——她们不过是独立自主的，脾气有些固执的女性——女性之间对彼此的恐惧和猜忌都会随着时间逐渐淡化。女性必须团结，团结让我们勇于展示出自己的强大和独一无二，在其他姐妹们的支持下，我们一定能够战胜那些古老的恐惧，我们不会再惧怕受到惩罚，也不会再惧怕受到驱逐。

恩特根在那个时代的人看来是低贱的，她在人们的眼里和恶魔无异，甚至连她的遗体都不被允许葬在受到上帝庇护的土地上。三百多年后的今天，我希望能够通过此书将她载入史册，让这名伟大的女性作为力量、勇气和坚韧的象征，在历史的长河中闪耀。

上架建议：小说 外国小说

ISBN 978-7-221-17900-5

9 787221 179005 >

定价：49.80元